Noem me bij jouw naam

Van André Aciman verscheen eveneens
bij Ambo|Anthos *uitgevers*

Valse papieren
Witte nachten
Alibi's
Harvard Square
Het raadsel van de liefde
Vind me
Uit Egypte

ANDRÉ ACIMAN

Noem me bij jouw naam

Vertaald door Nan Lenders

Ambo|Anthos
Amsterdam

MIX
Papier van verantwoorde herkomst
FSC® C014496

De vertaalster ontving voor deze vertaling een werkbeurs van
de Stichting Fonds voor de Letteren.

Nederlands letterenfonds
dutch foundation
for literature

Eerste druk 2007
Twintigste druk 2021

ISBN 978 90 263 4250 9

Het vijftiende canto uit 'de Hel' van Dante Alighieri op blz. 182 is vertaald door
Frans van Dooren (*De goddelijke komedie*, Ambo 2006)
Oorspronkelijke titel *Call me by your name*
Oorspronkelijke uitgever Farrar, Straus and Giroux
Omslagontwerp Marry van Baar

Verspreiding voor België:
Veen Bosch & Keuning uitgevers nv, Antwerpen

Voor Albio,
Alma de mi vida

I

Zo niet later, wanneer dan?

'Later!' Dat woord, die stem, die houding.

Ik had nog nooit iemand 'later' horen gebruiken om afscheid te nemen. Het klonk nors, kortaf en laatdunkend en werd uitgesproken met de verholen onverschilligheid van iemand wie het misschien helemaal niet kan schelen of hij je ooit nog ziet of ooit nog iets van je hoort.

Het is het eerste wat ik me van hem herinner en ik hoor het hem zo nog zeggen. *Later!*

Ik doe mijn ogen dicht, zeg dat woord, en ben weer terug in Italië, al die jaren geleden, waar ik de met bomen gezoomde oprijlaan af loop en zie hoe hij uit de taxi stapt, fladderig blauw overhemd met wijd openstaande kraag, zonnebril, strooien hoed, overal blote huid. Opeens staat hij mijn hand te schudden, geeft me zijn rugzak aan, haalt zijn koffer uit de kofferbak van de taxi, vraagt me of mijn vader thuis is.

Het zou heel goed kunnen dat het daar, op dat moment was begonnen: dat hemd, die opgerolde mouwen, de ronding van zijn hielen die bij iedere stap weer uit zijn gerafelde espadrilles gleden alsof ze niets liever wilden dan het hete grindpad dat naar het huis leidde uittesten en die vroegen: *welke kant op naar het strand?*

De zomergast van dit jaar. Weer zo'n saaie.

Dan zwaait hij, bijna achteloos en met zijn rug al naar de auto gekeerd, even naar achteren met zijn vrije hand en roept onverschillig *Later!* naar een andere passagier in de auto met wie hij waarschijnlijk de kosten van de taxi heeft gedeeld vanaf het station. Zonder een naam erbij te noemen, zonder een geintje om wat minder de bink te lijken, niets. De ander wordt met één woord weggestuurd: kordaat, brutaal en bot – kies zelf maar, hem kan het niet schelen hoe je het noemt.

Let maar eens op, dacht ik, zo gaat hij ook van ons afscheid nemen als het zover is. Met een korzelig, achteloos *later!*

Maar eerst moesten we het zes lange weken met hem zien uit te houden.

Ik was volkomen geïntimideerd. Het onbenaderbare type.

Al zou ik hem best aardig kunnen gaan vinden. Van de ronding van zijn kin tot aan de ronding van zijn hiel. En vervolgens, binnen enkele dagen, zou ik hem leren haten. Deze zelfde man, wiens foto op het aanmeldingsformulier maanden eerder was opgevallen door een belofte van onmiddellijke affiniteit.

Door zomergasten in huis te nemen stelden mijn ouders jonge academici in de gelegenheid om aan de definitieve versie van een manuscript te werken voordat het werd uitgegeven. Elke zomer moest ik zes weken lang mijn slaapkamer afstaan en verhuizen naar een veel kleiner kamertje dat ooit van mijn grootvader was geweest. In de wintermaanden, als we in de stad woonden, deed het dienst als tijdelijke bergruimte en zolder, er werd gereedschap opgeslagen – en het gerucht ging dat mijn grootvader, mijn naamgenoot, er nog steeds lag te tandenknarsen in zijn eeuwige slaap. De zomergasten hoefden niets te betalen, hadden de beschikking over het hele huis en konden in wezen doen en laten wat ze wilden, mits ze mijn vader een uur per dag of zo hielpen met zijn correspondentie en ander schrijfwerk. Ze werden deel van de familie en we waren er, nadat we dit zo'n vijftien jaar hadden gedaan, aan gewend geraakt om niet alleen rond de kerst, maar het hele jaar door, bedolven te worden onder ansichtkaarten en postpakketjes van mensen die helemaal verknocht waren geraakt aan ons gezin en wie, als ze in Europa waren, niets te veel was om met hun gezin een paar dagen langs te komen in B. voor een nostalgisch bezoek aan hun oude zomeradres.

Het kwam regelmatig voor dat we nog twee of drie andere gasten te eten hadden, soms buren of familie, soms collega's, advocaten, dokters, mensen van naam en faam die, onderweg naar hun eigen zomerhuis, even bij mijn vader langskwamen. Soms kwam het zelfs voor dat we onze eetkamer openstelden voor een willekeurig toeristenechtpaar dat van het oude landhuis had gehoord en alleen even langs wilde komen om een kijkje te nemen, en dat dan helemaal in de wolken was als hun werd gevraagd bij ons te blijven eten en ons alles over zichzelf te vertellen, terwijl Mafalda, die het pas op de valreep te horen had gekregen, haar gebruikelijke kost opdiste. Hoewel mijn vader in huiselijke kring zwijgzaam en terughoudend was, genoot hij er met volle teugen van om een voorlijke rijzende ster op een of ander gebied de conversatie in verschillende talen gaande te laten houden, terwijl de hete zomerzon, na een paar glazen *rosatello*, de onvermijdelijke middagapathie inluidde. We doopten die verplichting de *dinersleur* – en meestal duurde het niet lang, of onze zesweekse gasten gingen het ook zo noemen.

Misschien begon het vlak na zijn aankomst tijdens een van die saaie lunches toen hij naast me zat en het eindelijk tot me doordrong dat de kleur van zijn handpalmen, ondanks zijn korte verblijf op Sicilië eerder die zomer, waar hij al een beetje bruin was geworden, dezelfde was als die van de bleke, zachte huid van zijn voetzolen en van zijn hals, van de onderkant van zijn onderarmen, die niet echt aan de zon blootgesteld waren geweest. Bijna zachtroze, zo glanzend en glad als de onderkant van een hagedissenbuik. Privé, maagdelijk, pril, als de blos op het gezicht van een atleet of het eerste ochtendgloren na een stormachtige nacht. Het vertelde me dingen over hem die ik nooit had kunnen vragen.

Het kan ook zijn begonnen gedurende die eindeloze uren na de lunch als iedereen in huis en buiten maar wat rondhing in badkleding, er overal languit lichamen lagen, iedereen de tijd doodde, totdat iemand eindelijk voorstelde om te gaan zwemmen bij de rotsen. Familieleden, neven en nichten, buren, vrienden, vrienden van vrienden, collega's, of wie er ook maar bij ons aanklopte om te vragen of hij onze tennisbaan mocht gebruiken – het stond iedereen vrij om naar hartenlust rond te hangen en te zwemmen en te eten en, als ze lang genoeg bleven, te blijven slapen in het gastenverblijf.

Of misschien begon het op het strand. Of op de tennisbaan. Of tijdens onze eerste wandeling samen op die allereerste dag toen mij werd gevraagd hem het huis te laten zien en alles eromheen en toen van het een het ander kwam en ik erin slaagde hem door de zeer oude smeedijzeren poort mee te nemen tot helemaal naar dat eindeloos lege achterland en het verlaten spoor dat vroeger B. met N. verbond. 'Is hier niet ergens een verlaten stationnetje?' vroeg hij, terwijl hij onder de gloeiende zon tussen de bomen door keek en waarschijnlijk probeerde de juiste vraag te stellen aan de zoon van de eigenaar. 'Nee, er is nooit een station geweest. De trein stopte gewoon als je erom vroeg.' Hij was benieuwd naar die trein; de rails leken zo smal. Het was een trein met twee wagons met de koninklijke insignes erop, legde ik uit. Nu woonden er zigeuners in. Ze woonden daar al sinds mijn moeder hier als meisje de zomers doorbracht. De zigeuners hadden de twee ontspoorde wagons verder landinwaarts gesleept. Wilde hij ze zien? 'Later een keer. Misschien.' Beleefde onverschilligheid, alsof hij mijn misplaatste geestdrift om het hem naar de zin te maken had opgemerkt en me terstond van zich af duwde.

Maar het stak me.

Wat hij wilde, zei hij, was een rekening openen bij een van de banken in B. en vervolgens langsgaan bij zijn Italiaanse vertaalster die zijn Italiaanse uitgever had aangesteld voor de vertaling van zijn boek.

Ik besloot er met hem naartoe te fietsen.

Op de fiets wilde het gesprek al net zomin vlotten als te voet.

Onderweg stopten we om iets te drinken. De *bar-tabaccheria* was helemaal donker en leeg. De eigenaar was de vloer aan het zwabberen met een krachtige ammoniakoplossing. We gingen zo snel mogelijk weer naar buiten. Een eenzame merel in een pijnboom zong een paar noten die onmiddellijk werden overstemd door het sjirpen van de cicaden.

Ik nam een lange teug uit een grote fles mineraalwater, gaf de fles aan hem, en dronk er toen opnieuw uit. Ik liet wat water in mijn hand lopen, wreef het over mijn gezicht en haalde mijn natte vingers door mijn haar. Het water was niet koud genoeg, niet bruisend genoeg en daardoor nauwelijks in staat onze dorst te lessen.

Wat je hier zoal deed?

Niets. Wachten tot de zomer voorbij was.

Wat je hier dan in de winter deed?

Ik moest lachen om het antwoord dat ik wilde gaan geven. Hij begreep het en zei: 'Zeg maar niks: wachten tot het zomer wordt, toch?'

Ik vond het aangenaam dat hij mijn gedachten las. Hij zou de dinersleur eerder oppikken dan zijn voorgangers.

'In de winter wordt het hier trouwens erg grijs en donker. We komen met de kerst. De rest van de tijd is het een spookstad.'

'En wat doe je hier dan verder nog met kerst afgezien van kastanjes poffen en eierpunch drinken?'

Hij was me aan het plagen. Ik lachte weer hetzelfde lachje. Hij begreep het, zei niks, we lachten.

Hij vroeg wat ik zoal deed. Ik tenniste. Zwom. Ging 's avonds uit. Jogde. Transcribeerde muziek. Las.

Hij zei dat hij ook jogde. 's Ochtends vroeg. Waar je hier jogde? Op de boulevard vooral. Ik kon het hem wel laten zien als hij wilde.

Het was een klap in mijn gezicht, net nu ik hem aardig begon te vinden: 'Later een keer. Misschien.'

Ik had lezen als laatste op mijn lijstje gezet omdat ik dacht dat lezen bij hem, met die eigenzinnige, schaamteloze houding die hij tot dusver had aangenomen, ook wel op de laatste plaats zou komen. Een paar uur later, toen ik erachter was gekomen dat hij net een boek over Heraclitus had voltooid en dat 'lezen' waarschijnlijk een niet onbelangrijk deel van zijn leven uitmaakte, realiseerde ik me dat ik nodig op een handige manier op mijn schreden moest terugkeren en hem duidelijk moest maken dat mijn ware interesses gelijke tred hielden met die van hem. Dat ik me toch verward voelde, kwam niet door de ingewikkelde manoeuvres die vereist waren om het weer recht te breien. Het was het bange voorgevoel waarmee het eindelijk tot me doordrong dat ik, al leek het dan niet zo, al wilde ik het niet eens toegeven, zowel op dat moment als tijdens ons terloopse gesprek bij het spoor, aldoor had geprobeerd – en gefaald – hem voor me te winnen.

Toen ik toch voorstelde om met hem naar de San Giacomo te gaan – omdat alle bezoekers dat zo fantastisch vonden – en helemaal tot boven in de klokkentoren te klimmen, die we de bijnaam Daar-doe-je-'n-moord-voor hadden gegeven, had ik beter moeten weten en een gevat antwoord klaar moeten hebben. Ik dacht dat ik hem wel op andere gedachten zou brengen door hem gewoon mee naar boven te nemen en hem te overrompelen met het uitzicht op de stad, de zee, de eeuwigheid. Maar nee. *Later!*

Maar het kan ook veel later zijn begonnen dan ik denk, zonder dat ik er ook maar iets van gemerkt heb. Je ziet iemand, maar je ziet hem niet echt, hij staat in de coulissen. Of je merkt hem op, maar het klikt niet, er is niets dat beklijft, en voordat je je ook maar bewust bent van zijn aanwezigheid of van iets wat je in verwarring brengt, zijn de zes weken die je geboden kreeg bijna voorbij en is hij al weg, of staat hij op het punt te vertrekken, terwijl jij in feite nog steeds worstelt met iets wat, zonder dat je het zelf wist, al weken vlak voor je neus aan het broeien was en wat, alles bij elkaar genomen, niet anders te omschrijven valt dan *ik begeer*. Hoe kan ik het niet geweten hebben, vraag je je af. Ik weet heus wel wat begeren is – en toch is het me deze keer volledig ontgaan. Ik was uit op dat sluwe lachje dat opeens zijn gezicht deed oplichten telkens als hij mijn gedachten had gelezen, terwijl ik eigenlijk alleen maar huid wilde, niets dan huid.

Tijdens het avondeten op zijn derde avond voelde ik dat hij naar me zat te kijken toen ik zat uit te leggen hoe ik *De zeven laatste woorden van Christus* van Haydn had bewerkt voor gitaar. Ik was dat jaar zeventien geworden en aangezien ik de jongste was aan tafel en degene naar wie doorgaans het minst werd geluisterd, had ik de gewoonte ontwikkeld om zoveel mogelijk informatie in zo weinig mogelijk woorden te proppen. Ik sprak snel, waardoor mensen de indruk kregen dat ik altijd zenuwachtig was en mompelde. Toen ik klaar was met het uitleggen van mijn transcriptie werd ik me bewust van die zeer doordringende blik van links. Ik voelde me opgewonden en gevleid; hij was kennelijk geïnteresseerd – hij vond me aardig. Zo moeilijk was het dus niet geweest. Maar toen ik ten slotte mijn hoofd zijn kant op draaide, keek ik in koude, ijzige ogen – vijandig en glazig tegelijk en bijna wreed.

Ik was volledig van mijn stuk gebracht. Waar had ik dat aan verdiend? Ik wilde dat hij weer vriendelijk tegen me was, dat hij om me lachte zoals een paar dagen eerder bij het verlaten spoor, of toen ik hem diezelfde middag had uitgelegd dat B. het enige stadje in Italië was waar de *corriera*, de regionale busdienst, met Christus aan boord voorbij zoefde zonder ooit te stoppen. Hij had onmiddellijk gelachen en de verhulde verwijzing naar Carlo Levi's boek herkend. Ik vond het heerlijk dat we kennelijk zo op één lijn zaten, dat we onmiddellijk van elkaar wisten dat de ander met bepaalde woorden speelde, maar ze op het laatste moment binnenhield.

Het zou nog niet makkelijk worden om hem in de buurt te hebben. Ik kan hem maar beter mijden, dacht ik. En dan te bedenken dat ik bijna was gevallen voor de huid van zijn handen, zijn borst, zijn voeten die nog nooit met een ruw oppervlak in aanraking waren geweest – en zijn ogen die, als hun andere, mildere blik op je viel, waren als het wonder van de opstanding. Je kon nooit lang genoeg naar hem kijken maar moest blijven kijken om erachter te komen waarom niet.

Ik heb hem vast net zo vals aangekeken.

Twee dagen lang stokten onze gesprekken.

Op het lange balkon waarop onze beide slaapkamers uitkwamen, meden we elkaar volledig; niet meer dan een geïmproviseerd hallo, goedemorgen, lekker weertje, oppervlakkige prietpraat.

Toen, zonder enige verklaring, werd het weer als vanouds.

Of ik zin had om mee te gaan joggen. Nee, niet echt. Nou, laten we dan gaan zwemmen.

De pijn die ik tegenwoordig voel, de aanwakkering, de opwinding, veroorzaakt door een nieuw iemand, de belofte van zoveel gelukzaligheid dat ik hem bijna kan aanraken, het onhandige gedoe met mensen die ik misschien verkeerd begrijp en die ik niet wil kwijtraken en van wie ik elke stap wil voorspellen, de wanhopige sluwheid waarmee ik iedereen benader die ik begeer en door wie ik begeerd wil worden, de schermen die ik optrek alsof er tussen mij en de wereld niet slechts één, maar vele lagen rijstpapieren deuren staan, de drang om boodschappen die in wezen nooit gecodeerd waren alsnog te coderen en weer te decoderen – dat alles is begonnen in die zomer dat Oliver bij ons kwam logeren. Het staat gegrift in ieder lied dat die zomer een hit was, in ieder boek dat ik gedurende zijn verblijf las, in alles, van de geur van rozemarijn op hete dagen tot het indringende gesjirp van de cicaden in de middag – geuren en geluiden waar ik mee was opgegroeid en die ik elke zomer van mijn leven had gekend, maar die zich ineens tegen me hadden gekeerd en die een andere modulatie hadden gekregen die voor altijd gekleurd was door de gebeurtenissen van die zomer.

Of misschien begon het na zijn eerste week, toen ik dolblij constateerde dat hij nog wist wie ik was, dat hij me niet negeerde en dat ik me daarom de luxe kon veroorloven hem op weg naar de tuin voorbij te lopen zonder te hoeven doen alsof ik me niet van hem bewust was. We gingen heel vroeg joggen die eerste morgen – helemaal naar B. en terug. De volgende ochtend vroeg gingen we zwemmen. Toen, de volgende dag, jogden we weer. Ik vond het leuk om de bestelwagen van de melkboer voorbij te rennen als die nog lang niet klaar was met zijn ronde, of langs de kruidenier en de bakker als die op het punt stonden hun winkel te openen, vond het heerlijk om over het strand te rennen en over de boulevard als er nog geen levende ziel te bekennen was en ons huis een verre luchtspiegeling leek. Ik vond het heerlijk als we precies gelijk op liepen, linkervoet tegelijk met linkervoet, en tegelijk de grond raakten, en voetafdrukken achterlieten in het zand waar ik het liefst naar wilde terugkeren om stiekem mijn voet neer te zetten waar de zijne een afdruk had achtergelaten.

Aan de universiteit was deze afwisseling van rennen en zwemmen voor hem gewoon dagelijkse kost. Of hij op de sabbat ook rende, vroeg ik gekscherend. Hij trainde altijd, zelfs als hij ziek was; hij trainde in bed als het niet anders kon. Zelfs als hij de avond ervoor voor het eerst met iemand had geslapen, zei hij, ging hij de volgende morgen in alle vroegte joggen. De enige keer dat hij echt niets had kunnen doen was toen hij geopereerd was. Toen ik hem vroeg waaraan dan, kwam het antwoord dat ik hem, zo had ik me voorgenomen, nooit meer zou ontlokken als een duveltje uit een doosje met een onheilspellend lachje. 'Later een keer.'

Misschien wilde hij niet te veel praten omdat hij buiten adem was, of wilde hij zich gewoon concentreren op zijn zwemmen of zijn rennen. Of misschien was het zijn manier om mij aan te sporen hetzelfde te doen – totaal onschuldig.

Maar die plotse afstand die op de meest onverwachte momenten tussen ons ontstond had iets kils en ontmoedigends. Het leek wel alsof hij het met opzet deed; de teugels laten vieren, en nog wat meer, en ze dan ineens met een ruk aantrekken om elke schijn van kameraadschappelijkheid uit te wissen.

De staalharde blik kwam ook steeds terug. Op een dag toen ik op mijn gitaar zat te spelen aan wat 'mijn tafel' was geworden, achter in de tuin bij het zwembad, en hij vlakbij in het gras lag, herkende ik die blik onmiddellijk. Hij had naar me liggen kijken terwijl ik me op de greepplank concentreerde en toen ik opeens mijn hoofd optilde om te zien of hij het mooi vond wat ik speelde, was hij daar weer: vlijmscherp, wreed, als een glanzend lemmet dat op het moment dat het slachtoffer het opmerkte onmiddellijk werd verborgen. Hij schonk me een minzame glimlach, alsof hij wilde zeggen: *nu heb je het toch al gezien.*

Bij hem uit de buurt blijven.

Hij moet hebben gemerkt dat ik geraakt was en in een poging het goed te maken begon hij me vragen te stellen over de gitaar. Ik was te zeer op mijn hoede om onbevangen te antwoorden. Toen hij hoorde hoeveel moeite het me kostte om antwoord te geven, begon hij te vermoeden dat er misschien meer mis was dan ik wilde laten zien. 'Laat maar zitten. Speel het gewoon nog maar een keertje.' Maar ik dacht dat je het afschuwelijk vond. Afschuwelijk? Hoe kom je daar nu bij? We kibbelden wat. 'Speel het nou maar, ja?' 'Hetzelfde?' 'Hetzelfde.'

Ik stond op en liep de woonkamer in, maar liet de grote terrasdeuren open zodat hij zou horen hoe ik het op de piano speelde. Hij kwam achter me aan en bleef tegen de deur geleund een tijdje staan luisteren.

'Je hebt het veranderd. Het is niet hetzelfde. Wat heb je ermee gedaan?'

'Ik speelde het alleen zoals Liszt het zou hebben gespeeld als hij er een beetje mee gestoeid had.'

'Spéél het nou maar gewoon, alsjeblieft!'

Leuk vond ik dat, als hij net deed of hij kwaad was. Dus speelde ik het stuk opnieuw.

Na een poosje: 'Nu heb je het wéér veranderd.'

'Nou, niet veel. Dit is gewoon hoe Busoni het zou hebben gespeeld als hij de versie van Liszt had veranderd.'

'Kun je een stuk van Bach niet gewoon spelen zoals Bach het geschreven heeft?'

'Maar Bach heeft het nooit voor gitaar geschreven. Hij heeft het misschien niet eens voor klavecimbel geschreven. Eigenlijk weten we niet eens zeker of het wel van Bach ís.'

'Laat ook maar zitten.'

'Oké, oké. Maak je niet zo druk,' zei ik. Nu was het mijn beurt om net te doen of ik tegen mijn zin instemde. 'Dit is het stuk van Bach zoals ik het bewerkt heb, zonder Busoni en Liszt. Het is van een erg jonge Bach en het is opgedragen aan zijn broer.'

Ik wist precies welke frase in het stuk hem de eerste keer geraakt moest hebben en telkens als ik die speelde, was het een klein cadeautje dat ik hem toezond, omdat het eigenlijk aan hem was opgedragen, als bewijs van iets heel moois in mij dat ook iemand die geen genie was makkelijk kon ontdekken en dat mij ertoe dreef een verlengde cadens toe te voegen. Alleen voor hem.

We waren – en hij moet veel eerder dan ik de tekenen hebben herkend – aan het flirten.

Later die avond schreef ik in mijn dagboek: *Ik overdreef toen ik zei dat ik dacht dat je het stuk afschuwelijk vond. Wat ik eigenlijk wilde zeggen was: ik dacht dat je mij afschuwelijk vond. Ik hoopte dat je me van het tegendeel zou overtuigen – en dat deed je ook, een tijdje. Waarom zal ik het morgenochtend niet meer geloven?*

Dus dit is hij ook, zei ik tegen mezelf toen ik zag hoe hij van het ene op het andere moment veranderde van ijs in zonneschijn.

Ik had net zo goed kunnen vragen: ben ik net zo wispelturig?

We zijn niet geschreven voor één enkel instrument; ik niet, en jij evenmin.

Ik was al zover geweest dat ik hem als lastig en onbenaderbaar had willen wegzetten en niets meer met hem te maken wilde hebben. Twee woorden van hem en ik zag mijn pruilende apathie veranderen in: ik zal spelen wat je maar wilt tot je me vraagt te stoppen, tot het tijd is om te gaan lunchen, tot de huid op mijn vingers er laag voor laag is afgesleten, omdat ik het fijn vind om dingen voor je te doen, alles voor je wil doen wat je maar vraagt, omdat ik je vanaf de eerste dag al graag mocht, en zelfs als je weer in ijs verandert bij mijn hernieuwde aanbod van vriendschap, zal ik nooit vergeten dat dit gesprek tussen ons heeft plaatsgevonden en dat er gemakkelijke manieren zijn om de zomer te laten terugkeren in de sneeuwstorm.

Wat ik bij deze belofte vergat was dat ijs en apathie zo hun eigen manier hebben om alle wapenstilstanden en goede voornemens die op zonnige momenten tot stand komen terstond ongeldig te maken.

Toen kwam de zondagmiddag in juli, toen ons huis opeens leegliep en wij de enigen waren die overbleven en het vuur door mijn ingewanden sloeg – omdat 'vuur' het eerste en makkelijkste woord was dat later die avond bij me opkwam toen ik er in mijn dagboek wijs uit probeerde te worden. Ik had in mijn kamer eindeloos liggen wachten, aan mijn bed gekluisterd in een tranceachtige toestand van panische angst en verwachting. Niet het vuur van de hartstocht, niet een verwoestend vuur, maar iets verlammends, zoals het vuur van clusterbommen die de zuurstof om zich heen opzuigen en je naar adem snakkend achterlaten, omdat je een trap in je buik hebt gekregen en een vacuüm al het levende longweefsel aan stukken heeft gescheurd en je mond heeft uitgedroogd, en je hoopt dat niemand iets zal zeggen, want je kunt niet praten, en je bidt dat niemand je zal vragen te bewegen, omdat je hart is dichtgeslibd en zo tekeergaat dat het nog liever glasscherven zou uitspugen dan iets anders door zijn verstopte kamers te laten vloeien. Vuur als angst, als paniek, als nog één minuut en ik ga dood als hij niet op mijn deur klopt, al zou ik liever hebben dat hij nooit klopt dan dat hij nu klopt. Ik had geleerd mijn openslaande balkondeuren op een kier te laten staan en lag dan op bed met alleen mijn zwembroek aan, en mijn hele lichaam in vuur en vlam. Vuur als een smeekbede die zegt: alsjeblieft, alsjeblieft, zeg me dat ik het mis heb, zeg me dat ik het me allemaal maar heb verbeeld, want het kan onmogelijk ook voor jou gelden en als het wel voor jou geldt, dan ben je de wreedste man op aarde. Dit was de middag dat hij eindelijk mijn kamer binnen kwam zonder te kloppen als opgeroepen door mijn gebeden en vroeg waarom ik niet met de anderen op het strand was, en het enige dat er bij me opkwam, ook al kon ik mezelf er niet toe brengen het te zeggen, was: om bij jou te zijn. Om bij jou te zijn, Oliver. Met of zonder zwembroek. Om met jou te zijn op mijn bed. In jouw bed. Wat mijn bed is in de andere maanden van het jaar. Doe met me wat je maar wilt. Neem me. Vraag nou maar of ik het wil en je ziet wel wat ik zal antwoorden, als je me maar niet nee laat zeggen.

En vertel me dat ik niet droomde die nacht toen ik buiten mijn deur op de overloop een geluid hoorde en opeens wist dat er iemand in mijn kamer was, iemand aan de voet van mijn bed zat die nadacht, lang, lang nadacht en die ten slotte mijn kant op begon te bewegen en ging liggen, niet naast me, maar boven op me, terwijl ik op mijn buik lag en het zo heerlijk vond dat ik, liever dan het risico te nemen iets te doen waaruit bleek dat ik wakker was geworden of hem van gedachten te doen veranderen en weg te laten gaan, net deed of ik in diepe slaap was en ondertussen dacht: dit is geen droom, kan geen droom zijn, mag geen droom zijn, want de woorden die bij me opkwamen terwijl ik mijn ogen dichtkneep waren: dit is net thuiskomen, thuiskomen na jaren te hebben verkeerd onder Trojanen en Laestrygonen, thuiskomen op een plek waar iedereen is zoals jij, waar de mensen weten, gewoon weten – thuiskomen alsof alles op zijn plek valt en je je opeens realiseert dat je bijna twee decennia lang alleen hebt zitten hannesen met de verkeerde combinatie. Dat was het moment dat ik besloot om jou, zonder me te verroeren, zonder een spier in mijn lichaam te vertrekken, duidelijk te maken dat ik bereid was me over te geven als je aandrong, dat ik me al overgegeven had, de jouwe was, helemaal de jouwe, alleen was je opeens verdwenen en al leek het te echt om een droom te zijn, toch was ik ervan overtuigd dat ik vanaf die dag niets anders meer wilde dan dat jij precies hetzelfde zou doen wat je in mijn slaap had gedaan.

De volgende dag, op de tennisbaan, waren we aan het dubbelen en tijdens een rust, toen we Mafalda's citroenlimonade zaten te drinken, legde hij zijn vrije arm om me heen en kneep me zachtjes met zijn duim en wijsvinger in mijn schouder, iets wat het midden hield tussen een vriendelijke knuffel en een massage – alsof we de dikste maatjes waren. Maar ik was als verlamd en wrong me los uit zijn aanraking, want als het een moment langer had geduurd zou ik slap zijn geworden als zo'n houten speeltje met van die flodderbeentjes, dat dubbel klapt zodra je de veer aanraakt. Het verraste hem en hij verontschuldigde zich en vroeg of hij 'een zenuw of zoiets' had geraakt – het was niet de bedoeling geweest me pijn te doen. Hij moet zich vreselijk gekrenkt hebben gevoeld als hij dacht dat hij me bezeerd had of me op de verkeerde manier had aangeraakt. Het laatste wat ik wilde was hem ontmoedigen. Toch brabbelde ik iets in de trant van: 'Het deed geen pijn,' en zou het verder hebben laten zitten. Maar als het geen pijn was geweest die een dergelijke reactie had uitgelokt, bedacht ik, waarom zou ik hem dan zo bruusk hebben afgeschud in bijzijn van mijn vrienden? Dus trok ik een gezicht als van iemand die erg zijn best doet, maar faalt, om een pijngrimas te onderdrukken.

Het kwam niet bij me op dat wat me zo in paniek had gebracht toen hij me aanraakte, precies dat was waar maagden van schrikken als ze voor het eerst worden aangeraakt door de persoon naar wie ze verlangen: hij raakt een snaar in hen waarvan ze het bestaan nooit hadden kunnen vermoeden en die veel verwarrender gevoelens van genot oproept dan die, die ze al kenden.

Hij leek nog steeds verbaasd over mijn reactie maar deed alsof hij geloofde in de pijn in mijn schouder, net zoals ik deed alsof ik die wilde verbergen. Het was zijn manier om me uit een vervelende situatie te redden, door te doen alsof hij zich niet in het minst bewust was van enige nuancering in mijn reactie. Later zou ik erachter komen hoe scherp hij tegenstrijdige signalen kon onderscheiden en ik twijfel er dan ook niet aan dat hij toen al iets moet hebben vermoed. 'Kom, dan maak ik het goed.' Hij was me op de proef aan het stellen en begon opnieuw mijn schouder te masseren. 'Ontspan eens,' zei hij, waar de anderen bij stonden. 'Maar ik ben ontspannen.' 'Je bent zo stijf als een plank.' 'Moet je voelen,' zei hij tegen Marzia, een van de meisjes die het dichtst bij ons stonden. 'Een en al knopen.' Ik voelde haar handen op mijn rug. 'Hier,' commandeerde hij, terwijl hij haar vlakke handpalm hard tegen mijn rug drukte. 'Voel je het?' 'Hij zou wat losser moeten worden,' zei hij. 'Je zou wat losser moeten worden,' herhaalde zij.

Misschien ging het hier net als altijd, dat ik, omdat ik niet wist hoe ik in code moest spreken, helemaal niet meer kon spreken. Ik voelde me als een doofstomme die niet eens gebarentaal kent. Ik stamelde van alles en nog wat alleen om niet te zeggen wat ik dacht. Verder reikte mijn code niet. Zolang ik maar adem had waarmee ik woorden uit mijn mond kon laten komen, kon ik me er min of meer uit redden. Anders zou de stilte tussen ons me waarschijnlijk verraden – vandaar dat wat dan ook, zelfs de onnozelste nonsens, te verkiezen was boven stilte. Stilte zou me blootgeven. Maar wat me zeker nog meer zou blootgeven was mijn worsteling om het zwijgen te boven te komen in bijzijn van de anderen.

De vertwijfeling over mezelf moet op mijn gezicht tot uitdrukking zijn gekomen als iets wat leek op ergernis en onuitgesproken woede. Het kwam helemaal niet bij me op dat hij zou kunnen denken dat het door hem kwam.

Misschien was het om soortgelijke redenen dat ik steeds wegkeek als hij me aankeek: om te verbergen hoe moeilijk ik het had met mijn verlegenheid. Dat hij het beledigend zou kunnen vinden dat ik hem meed en me dat af en toe betaald zette met een vijandige blik, kwam evenmin ooit bij me op.

Er was nog iets anders dat hij hopelijk niet had opgemerkt toen ik zo overdreven reageerde op zijn aanraking. Ik wist dat ik me, voordat ik me van zijn arm had losgemaakt, had overgegeven aan zijn hand en er bijna tegenaan was gaan leunen, alsof ik wilde zeggen – zoals ik volwassenen vaak had horen zeggen als iemand even in het voorbijgaan hun schouders masseerde – lekker, ga door. Had hij gemerkt dat ik niet alleen bereid was me over te geven, maar me helemaal naar zijn lichaam te voegen?

Dat was ook het gevoel dat ik die avond meenam naar mijn

dagboek: ik noemde het 'de zwijmeling'. Waarom had ik gezwijmeld? En kon dat zo gemakkelijk gebeuren – hoefde hij me maar ergens aan te raken of ik werd helemaal slap en willoos? Bedoelden mensen dat als ze zeiden dat je voor iemand smolt?

En waarom zou ik hem niet laten zien dat ik voor hem smolt? Omdat ik bang was voor wat er dan misschien zou gebeuren? Of was ik bang dat hij me zou uitlachen, het aan iedereen zou vertellen, of het gewoon zou negeren met de smoes dat ik te jong was om te weten waar ik mee bezig was? Of durfde ik het niet te laten zien omdat hij, als hij ook maar iets vermoedde – en iedereen die iets vermoedde onvermijdelijk op dezelfde golflengte moest zitten – wellicht in de verleiding kwam om ernaar te handelen? Wilde ik dat hij ernaar handelde? Of gaf ik er de voorkeur aan mijn leven lang naar hem te verlangen, op voorwaarde dat we dit gepingpong gaande hielden: niet weten, niet-niet weten, niet-niet-niet weten? Gewoon je mond houden, niks zeggen, en als je niet 'ja' kunt zeggen, zeg dan niet 'nee', zeg 'later een keer'. Is het daarom dat mensen 'misschien' zeggen als ze 'ja' bedoelen, maar hopen dat jij zult denken dat het 'nee' is, terwijl ze eigenlijk willen zeggen: *alsjeblieft, vraag het gewoon nog een keer en daarna nog een keer?*

Ik kijk terug op die zomer en kan niet geloven dat ons, ondanks al die pogingen om te leven met het 'vuur' en de 'zwijmeling', toch nog prachtige momenten werden geschonken. Italië. Zomer. Het geluid van de cicaden vroeg in de middag. Mijn kamer. Zijn kamer. Ons balkon dat de hele wereld buitensloot. De zachte wind die over de trap uitwasemingen vanuit onze tuin meevoerde naar mijn slaapkamer. Die zomer leerde ik vissen leuk te vinden. Omdat hij het leuk vond. Omdat hij ervan hield. Leerde ik te houden van joggen. Omdat hij ervan hield. Leerde ik te houden van inktvis, van Heraclitus, *Tristan*. Het was de zomer dat ik een vogel hoorde zingen, een plant rook, of op warme, zonnige dagen de mist voelde opkomen van onder mijn voeten en, omdat mijn zintuigen voortdurend op scherp stonden, dat alles onmiddellijk in verband bracht met hem.

Ik had zoveel dingen kunnen ontkennen – dat ik niets liever wilde dan zijn knieën en polsen aanraken die in de zon dat honingachtige kregen, dat ik maar bij zo weinig mensen heb gezien; dat ik het zo leuk vond dat zijn witte tennisshorts altijd onder de kleikleurige vlekken zaten, een kleur die, naarmate de weken voortschreden, de kleur van zijn huid werd; dat zijn haar, dat met de dag blonder werd, het zonlicht ving nog voordat de zon 's morgens helemaal was opgekomen; dat zijn fladderige blauwe hemd, dat almaar meer ging fladderen als hij het op winderige dagen aanhad op de patio bij het zwembad, de belofte in zich droeg van een geur van huid en zweet waar ik alleen maar aan hoefde te denken om een erectie te krijgen. Dat alles kon ik hebben ontkend. En mijn ontkenning kon ik nog geloofd hebben ook.

Maar het was de gouden ketting met de davidster en een gouden mezoeza om zijn hals die me vertelden dat hier iets onweerstaanbaarders was dan wat het ook was wat ik van hem wilde, want dit verbond ons met elkaar en herinnerde me eraan dat dit iets was wat tenminste alle verschillen oversteeg, ook al leek al het andere een complot om van ons de twee meest ongelijke wezens te maken. Ik zag zijn ster bijna meteen, de eerste dag dat hij bij ons was. En vanaf dat moment wist ik dat wat me verwarde en maakte dat ik zijn vriendschap zocht – en me deed hopen nooit iets te zullen ontdekken waardoor ik hem niet aardig meer zou vinden – groter was dan wat de een ooit van de ander kon wensen, groter en daarom beter dan zijn ziel, mijn lichaam, of de aarde zelf. Ik staarde naar zijn hals met die ster en die veelzeggende amulet en het was alsof ik naar iets tijdloos staarde, iets voorouderlijks, onsterfelijks in mij, in hem, in ons beiden, dat erom smeekte om aangewakkerd te worden en teruggehaald uit zijn duizendjarige slaap.

Wat me verbijsterde was dat het hem niet leek te deren of op te vallen dat ik er ook een droeg. Net zoals het hem waarschijnlijk niet deerde of opviel hoe vaak mijn blik over zijn zwembroek ging in een poging daar de omtrekken te onderscheiden van wat ons broeders in de woestijn maakte.

Met uitzondering van mijn familie was hij waarschijnlijk de enige andere jood die ooit voet in B. had gezet. Maar in tegenstelling tot ons liet hij het je vanaf het allereerste begin zien. Wij waren geen opvallende joden. Wij droegen ons judaïsme zoals mensen dat vrijwel overal elders in de wereld doen: onder het hemd, niet verborgen, maar weggestopt. 'Joden met beleid', om mijn moeders woorden te gebruiken. Voor ons was het schokkend om te zien dat iemand zo openlijk, om zijn hals, uitdroeg jood te zijn, zoals Oliver toen hij een van onze fietsen pakte en de stad in reed met zijn hemd wijd open, maar het leerde ons ook dat wij hetzelfde zouden kunnen doen en ermee zouden wegkomen. Ik probeerde hem een paar keer na te apen. Maar ik voelde me er niet bij op mijn gemak. Ik leek net iemand die het heel gewoon probeert te vinden om naakt door de kleedkamer te lopen, maar uiteindelijk alleen maar opgewonden raakt van zijn eigen naaktheid. In het stadje probeerde ik ermee te koop te lopen dat ik joods was met de stille branie die niet zozeer voortkomt uit arrogantie als wel uit onderdrukte schaamte. Hij niet. Niet dat hij nooit nadacht over zijn joods zijn, of over het leven van joden in een katholiek land. We hadden het er soms zelfs over, tijdens die lange middagen als we allebei ons werk lieten voor wat het was en gewoon lekker kletsten, terwijl het hele huishouden en de gasten zich hadden teruggetrokken in alle beschikbare slaapkamers om een paar uur te rusten. Hij had lang genoeg in kleine stadjes in New England gewoond om te weten hoe het voelde om de enige jood te zijn. Maar dat hij joods was zat hem nooit dwars zoals het mij dwarszat en het was evenmin het voorwerp van een eeuwig, metafysisch ongemak met zichzelf en de wereld. Het droeg niet eens die mystieke, onuitgesproken belofte in zich van bevrijdende broederschap. En misschien was het daarom dat hij zich niet ongemakkelijk voelde met zijn joods zijn en er niet constant aan hoefde te pulken, zoals kinderen aan korstjes pulken waarvan ze willen dat ze weggaan. Hij kon er prima mee leven dat hij joods was. Hij kon prima leven met zichzelf, net zoals hij prima kon leven met zijn lichaam, met zijn uiterlijk, met zijn potsierlijke backhand, met de keuze van zijn boeken, muziek, films en vrienden. Hij kon er prima mee leven dat hij zijn gekoesterde Mont Blanc-pen verloor. 'Ik kan toch een nieuwe kopen.' Hij kon ook prima leven met kritiek. Hij liet mijn vader trots een paar bladzijden zien die hij had geschreven. Mijn vader vertelde hem dat zijn inzicht in Heraclitus briljant was, maar dat hij het beter moest onderbouwen, dat hij het paradoxale karakter van de denkwijze van de filosoof moest accepteren en het niet simpelweg moest wegredeneren. Hij kon er prima mee leven dat hij het beter moest onderbouwen, hij kon er prima mee leven dat het paradoxaal was. Terug naar af – ook daarmee kon hij prima leven. Hij nodigde mijn jonge tante uit voor een middernachtelijke *gita* – tochtje – met zijn tweetjes in onze motorboot. Ze weigerde beleefd. Dat was prima. Hij probeerde het een paar dagen later nog eens, werd opnieuw afgewezen en weer leek hij er niet mee te zitten. Zij kon er ook prima mee leven en als ze nog een week bij ons was gebleven, zou ze er waarschijnlijk prima mee hebben kunnen leven als ze een middernachtelijke gita hadden gemaakt die duurde tot de zon opkwam.

Gedurende de allereerste paar dagen dat hij bij ons was werd ik slechts één keer gewaar dat deze eigenzinnige maar meegaande, relaxte vierentwintigjarige met zijn wat-kan-mij-het-ook-allemaal-schelen onverstoorbaarheid, die zo achteloos met zoveel dingen prima kon leven, in feite een door en door wakkere, koude, scherpzinnige kenner van karakters en situaties was. Niets van wat hij deed of zei was onopzettelijk. Hij doorzag iedereen maar hij kon dat nu juist omdat het eerste waarnaar hij zocht in mensen dát was wat hij in zichzelf had gezien en waarvan hij wellicht liever niet wilde dat anderen het zagen. Hij speelde, zoals mijn moeder op een dag tot haar ontzetting ontdekte, poker op topniveau en vluchtte een keer of twee in de week 's avonds naar de stad om 'een paar potjes te spelen'. Dat was ook de reden waarom hij, tot onze complete verrassing, erop had gestaan om op de dag van zijn aankomst een rekening te openen. Geen van onze zomergasten had ooit een plaatselijke bankrekening gehad. De meesten hadden geen rooie cent.

Het gebeurde tijdens een lunch waarvoor mijn vader een journalist had uitgenodigd die in zijn jeugd wat had geliefhebberd in de filosofie en die graag wilde laten zien dat hij, al had hij dan nooit over Heraclitus geschreven, over iedere denkbare kwestie kon discussiëren. Hij en Oliver lagen elkaar niet. Naderhand zei mijn vader: 'Erg geestige man – verdomde slim ook.' 'Vindt u dat echt, prof?' viel Oliver hem in de rede, zich er niet van bewust dat mijn vader, hoe meegaand ook, het niet altijd op prijs stelde om tegengesproken te worden, en nog veel minder om prof genoemd te worden, ook al liet hij het nu allebei passeren. 'Ja, dat vind ik,' hield mijn vader vol. 'Nou, ik weet niet of ik het daar wel mee eens ben. Ik vind hem arrogant, saai, fantasieloos en grof. Hij maakt alleen gebruik van humor en veel volume' – Oliver imiteerde de plechtstatigheid van de man – 'en brede gebaren om de aandacht van zijn gehoor vast te houden, omdat het hem met argumenten niet lukt. Die stem is echt overdreven, prof. Mensen lachen, niet omdat hij grappig is, maar omdat hij zo duidelijk te kennen geeft dat hij graag grappig gevonden wil worden. Zijn humor is niets anders dan een manier om mensen die hij niet kan overtuigen, voor zich te winnen.

Als je hem aankijkt terwijl je tegen hem zit te praten, kijkt hij altijd weg, hij luistert niet, kan niet wachten tot hij de dingen kan zeggen die hij heeft zitten instuderen terwijl jij zat te praten en die hij wil zeggen voordat hij ze weer vergeet.'

Hoe kon iemand de manier van denken van een ander zo feilloos aanvoelen als hij er niet zelf mee vertrouwd was? Hoe kon hij al dat slinkse gedraai in anderen waarnemen als hij het niet zelf in praktijk had gebracht?

Wat me opviel was niet alleen zijn verbazende gave om mensen te doorzien, om uit te vinden hoe ze precies in elkaar staken door in hun binnenste te woelen, maar zijn vermogen om intuïtieve waarnemingen te doen op exact dezelfde manier als ik ze zou hebben gedaan. Eigenlijk was dat voor mij zijn grootste aantrekkingskracht, dwingender nog dan begeerte of vriendschap of de verleidelijkheid van een gedeelde religie. 'Heb je zin om naar de bioscoop te gaan?' opperde hij ineens op een avond toen we allemaal bij elkaar zaten, alsof hij plotseling de remedie had gevonden voor wat een saaie avond thuis dreigde te worden. We waren net van tafel gegaan, waar mijn vader, zoals wel vaker tegenwoordig, er weer eens op had aangedrongen dat ik moest proberen wat vaker met vrienden uit te gaan, vooral 's avonds. We waren nog nieuw voor Oliver en hij kende niemand in de stad, dus waarschijnlijk moet ik hem een even goed bioscoopmaatje hebben geleken als ieder ander. Maar de manier waarop hij het vroeg was wel erg joviaal en spontaan, alsof hij mij en alle anderen in de woonkamer duidelijk wilde maken dat het hem nauwelijks kon schelen of we wel of niet gingen en hij net zo goed thuis kon blijven en aan zijn manuscript kon gaan werken. De onbekommerde toon van zijn aanbod was echter ook een knipoog naar mijn vader: hij deed alleen maar alsof hij net op het idee was gekomen; eigenlijk haakte hij, zonder dat ik het doorhad, in op het advies dat mijn vader mij onder het eten had gegeven en deed hij het aanbod alleen om mij ter wille te zijn.

Ik glimlachte, niet om het aanbod, maar om die dubbele listigheid. Hij begreep het onmiddellijk en glimlachte terug, met iets wat bijna zelfspot was, omdat hij aanvoelde dat hij schuld zou bekennen als hij er ook maar enige blijk van gaf door te hebben dat ik zijn list had doorzien had, maar dat hij nog meer schuld op zich zou laden als hij zou weigeren toe te geven nu ik duidelijk had gemaakt dat ik zijn boodschap onderschept had. Dus glimlachte hij om te bekennen dat hij betrapt was, maar ook om te laten zien dat hij sportief genoeg was om het toe te geven en het toch nog leuk zou vinden om samen naar de bioscoop te gaan. Ik vond het erg spannend allemaal.

Of misschien was zijn glimlach bedoeld als een koekje van eigen deeg omdat ik hem had doorzien, en zinspeelde hij erop dat hij dan wel betrapt mocht zijn bij zijn poging om het te doen voorkomen dat hij zomaar even terloops een voorstel had gedaan, maar dat hij ook iets in *míj* had waargenomen waar hij om kon glimlachen – namelijk dat ik er zoveel doortrapt, sluw, schuldbewust plezier in had om al die subtiele overeenkomsten tussen ons te ontdekken. Of misschien was er wel helemaal niets aan de hand en had ik het hele voorval alleen maar gefantaseerd. Maar we wisten allebei wat de ander gezien had. Die avond, toen we naar de bioscoop fietsten, was ik in de wolken – en het kon me niet schelen of hij het zag.

Dus, als hij iedereen zo goed doorhad, zal hij níet geweten hebben waarom ik zo plotseling wegdook voor zijn hand? Níet gemerkt hebben dat ik tegen hem aan leunde? Níet geweten hebben dat ik niet wilde dat hij me losliet? Níet hebben aangevoeld dat ik me, toen hij me begon te masseren, niet kon ontspannen omdat dat mijn laatste vluchtweg was, mijn laatste verdediging, mijn laatste voorwendsel, dat ik me helemaal niet had verzet, maar alleen had gedaan alsof ik me verzette, dat ik niet in staat was me te verzetten en dat ook nooit zou willen, wat hij ook zou doen of van me zou vragen? En die zondagmiddag toen er behalve ons tweetjes niemand thuis was en ik op mijn bed zat en hem mijn kamer zag binnenkomen en hij me vroeg waarom ik niet met de anderen op het strand was, zal hij níet geweten hebben dat ik weigerde te antwoorden en alleen maar mijn schouders ophaalde onder zijn blik, simpelweg om niet te laten merken dat ik niet genoeg lucht kreeg om iets te zeggen, dat, als ik ook maar een geluidje liet ontsnappen, dat misschien zou ontaarden in een wanhopige biecht of een snik – het een of het ander? Sinds mijn kinderjaren had niemand me ooit nog zo in verlegenheid gebracht. Last van mijn allergie, had ik gezegd. Ik ook, antwoordde hij. Waarschijnlijk voor hetzelfde. Weer haalde ik mijn schouders op. Hij nam mijn oude knuffelbeer in één hand met de snuit naar hem toe en fluisterde iets in het berenoor. Toen liet hij de beer naar mij kijken en zei met een verdraaide stem: 'Wat is er aan de hand? Ben je verdrietig?' Ondertussen moest hij hebben opgemerkt dat ik een zwembroek aanhad. Was het wel fatsoenlijk hoe laag die zat? 'Zullen we gaan zwemmen?' vroeg hij. 'Later, misschien,' zei ik, waarmee ik zijn woorden imiteerde maar meteen ook probeerde zo weinig mogelijk te zeggen voordat hij in de gaten kreeg dat ik niet kon ademen. 'Kom, we gaan nu.' Hij stak zijn hand uit om me overeind te helpen. Ik greep zijn hand beet en draaide me van hem af met mijn gezicht naar de muur zodat hij me niet kon zien, en vroeg: 'Moet dat?' Duidelijker dan zo zou ik nooit zeggen: blijf. Blijf gewoon hier bij mij. Laat je hand maar gaan waar hij naartoe wil, trek mijn zwembroek uit, neem me, ik zal muisstil zijn, het aan niemand vertellen, ik heb een stijve en dat weet je, en als jij het niet doet dan pak ik die hand van jou en stop hem nu zelf in mijn broek en laat ik je zoveel vingers als je maar wilt in me steken.

En dáár zou hij niets van gemerkt hebben?

Hij zei dat hij zich ging omkleden en liep mijn kamer uit. 'Ik zie je zo wel, beneden.' Toen ik naar mijn kruis keek zag ik tot mijn ontzetting dat het daar nat was. Had hij dat gezien? Natuurlijk, dat kon niet anders. Daarom wilde hij dat we naar het strand gingen. Daarom was hij mijn kamer uit gelopen. Ik sloeg me met mijn vuist voor het hoofd. Hoe had ik zo onvoorzichtig, zo onnadenkend, zo idioot kunnen zijn? Natuurlijk had hij het gezien.

Ik had moeten leren doen wat hij gedaan zou hebben. Mijn schouders moeten ophalen – en er prima mee kunnen leven dat ik nat was geworden. Maar zo was ik niet. Ik zou nooit hebben kunnen zeggen: dan heeft hij het gezien, nou en? Nu weet hij het.

Wat nooit bij me opkwam was dat iemand anders die onder ons dak woonde, die met mijn moeder kaartte, die aan onze tafel zijn ontbijt en zijn avondeten at, die op vrijdag de Hebreeuwse zegen uitsprak omdat hij dat zo leuk vond, in een van onze bedden sliep, onze handdoeken gebruikte, bevriend raakte met onze vrienden, op regenachtige dagen samen met ons televisiekeek in de woonkamer, met een deken om ons heen omdat het koud werd en we het allemaal zo knus vonden om met zijn allen samen naar de regen te luisteren die tegen de ramen tikte – dat iemand anders in mijn kleine wereldje misschien hetzelfde prettig vond wat ik prettig vond, wilde wat ik wilde, zou willen zijn wie ik was.

Het zou nooit bij me zijn opgekomen omdat ik nog steeds de illusie had dat, afgezien van wat ik in boeken had gelezen, van wat ik had opgemaakt uit geruchten en had meegekregen uit schuine praatjes die je overal hoorde, niemand van mijn leeftijd ooit zowel man als vrouw zou hebben willen zijn – met mannen en vrouwen. Het was al eerder voorgekomen dat ik wel iets wilde met een jongen van mijn leeftijd en ik had met een paar vrouwen geslapen. Maar voordat hij uit de taxi was gestapt en ons huis was binnengelopen, had het nooit ook maar in de verte mogelijk geleken dat iemand die zo jong was en die zo prima kon leven met zichzelf net zo graag zijn lichaam met me wilde delen als ik ernaar verlangde me aan hem over te geven.

En toch wilde ik, ongeveer twee weken na zijn aankomst, elke nacht niets liever dan dat hij zijn kamer uit zou komen, niet via de gewone deur, maar door de balkondeur. Ik wilde zijn balkondeur horen opengaan, zijn espadrilles op het balkon horen en dan het geluid van mijn eigen balkondeur, die nooit op slot zat en die hij openduwde om mijn kamer binnen te stappen, nadat iedereen naar bed was gegaan, en dat hij dan onder mijn dekens gleed, mij zonder te vragen zou uitkleden, en nadat hij gezorgd had dat ik naar hem verlangde, meer dan ik ooit had gedacht naar een andere levende ziel te kunnen verlangen, teder, zachtjes, met de zachtaardigheid die de ene jood de andere betuigt, zich in mijn lichaam naar binnen zou werken, teder en zachtjes, gehoor gevend aan de woorden die ik nu al dagen aan het repeteren was: alsjeblieft doe me geen pijn, wat betekende, doe me maar zoveel pijn als je wilt.

Overdag was ik zelden op mijn kamer. Liever werkte ik, al een paar zomers lang, achter in de tuin bij het zwembad aan een ronde tafel met parasol die ik me ooit had toegeëigend. Pavel, onze vorige zomergast, vond het prettig om op zijn kamer te werken en ging van tijd tot tijd op het balkon staan om even naar de zee te kijken of een sigaret te roken. Maynard, die er vóór hem was, had ook op zijn kamer gewerkt. Oliver had gezelschap nodig. In het begin kwam hij bij mij aan tafel zitten, maar na een poosje vond hij het aangenamer om een groot laken op het gras uit te spreiden waar hij dan op ging liggen, geflankeerd door losse bladzijden van zijn manuscript en wat hij zijn 'spullen' noemde: limonade, zonnebrandcrème, boeken, espadrilles, zonnebril, pennen in allerlei kleuren, en muziek waarnaar hij luisterde met een koptelefoon, zodat het onmogelijk was om tegen hem te praten, tenzij hij jou aansprak. Soms, als ik 's morgens met mijn partituur of andere boeken naar beneden kwam, lag hij al languit in de zon te zweten in zijn rode of gele zwembroek. Dan gingen we joggen of zwemmen en als we terugkwamen stond het ontbijt op ons te wachten. Vervolgens nam hij de gewoonte aan om zijn 'spullen' in het gras te laten liggen en zelf pal naast het zwembad te gaan liggen – wat hij 'de hemel' noemde, als afkorting van: 'Dit is de hemel', zoals hij vaak na de lunch zei, 'ik ga nu naar de hemel', waar hij als grapje onder latinisten aan toevoegde, 'om te apricaren.' We plaagden hem met de ontelbare uren die hij doortrokken van de zonnebrandcrème doorbracht op steeds weer exact dezelfde plek aan de rand van het zwembad. 'Hoe lang ben je vanmorgen al in de hemel geweest?' vroeg mijn moeder dan. 'Twee uur aan één stuk. Maar ik ben van plan om vanmiddag nog terug te gaan voor een veel langere apricatie.' Naar *de binnenzoom van het paradijs* gaan betekende ook op zijn rug op de rand van het zwembad liggen met één been in het water, zijn koptelefoon op en zijn strooien hoed op zijn gezicht.

Hier was iemand wie het aan niets ontbrak. Ik kon dat gevoel niet begrijpen. Ik was jaloers op hem.

'Oliver, slaap je?' vroeg ik dan als de lucht bij het zwembad drukkend heet en stil was geworden.

Stilte.

Dan kwam zijn antwoord, bijna een zucht, zonder een spier in zijn lichaam te bewegen. 'Ik sliep.'

'Sorry.'

Die voet in het water – ik zou iedere teen ervan hebben kunnen kussen. En daarna zijn enkels en zijn knieën. Hoe vaak had ik al niet naar zijn zwembroek zitten staren als die hoed op zijn gezicht lag? Hij kon onmogelijk weten waar ik naar zat te kijken.

Of: 'Oliver, slaap je?'

Lange stilte.

'Nee. Ik denk.'

'Waar denk je aan?'

Zijn tenen die het water licht doen opspatten.

'Ik denk na over Heideggers interpretatie van een tekst van Heraclitus.'

Of, als ik niet gitaar zat te spelen en hij niet naar muziek lag te luisteren met zijn koptelefoon, maar nog wel met zijn strooien hoed op zijn gezicht, en hij opeens de stilte verbrak:

'Elio.'

'Ja.'

'Wat ben je aan het doen?'

'Ik ben aan het lezen.'

'Niet waar.'

'Nou, aan het denken dan.'

'Waaraan?'

Ik wilde niets liever dan het hem vertellen.

'Dat is privé,' antwoordde ik.

'Dus je gaat het me niet vertellen?'

'Dus ik ga het je niet vertellen.'

'Dus je gaat het me niet vertellen,' herhaalde hij peinzend.

Heerlijk hoe hij herhaalde wat ik net zelf had herhaald. Het deed me denken aan strelen, of aan een gebaar dat de eerste keer heel toevallig is maar dat de tweede keer opzettelijk wordt en de derde keer nog meer. Het deed me denken aan hoe Mafalda elke morgen mijn bed opmaakte, door eerst het bovenlaken over de deken te vouwen, dan weer terug over de kussens boven op de deken en vervolgens nog een keer, als ze het geheel weer terugsloeg over de beddensprei – heen en weer, totdat ik wist dat daar tussen die vouwen blijken weggestopt zaten van iets devoots en lankmoedigs tegelijk, als berusting in een ogenblik van hartstocht.

De stilte op die middagen was altijd licht en niet opdringerig.

'Ik vertel het niet,' zei ik.

'Dan ga ik maar weer slapen,' zei hij.

Opnieuw diepe stilte. Na enkele ogenblikken: 'Dit is de hemel.'

En dan hoorde ik hem minstens een uur lang geen woord meer zeggen.

Er was niets dat ik heerlijker vond dan aan mijn tafel zitten broeden op mijn transcripties terwijl hij op zijn buik aantekeningen lag te maken op de bladzijden die hij elke morgen ophaalde bij signora Milani, zijn vertaalster in B.

'Moet je horen,' zei hij soms, terwijl hij zijn koptelefoon afzette, en de stilte van die lange hete zomerochtenden doorbrak. 'Moet je horen wat een onzin.' En dan las hij me iets voor waarvan hij niet kon geloven dat hij dat nog maar een paar maanden eerder had geschreven.

'Snap jij er iets van? Ik niet.'

'Misschien wel toen je het schreef,' zei ik.

Hij dacht een poosje na alsof hij mijn woorden woog.

'Dat is het aardigste wat iemand in maanden tegen me heeft gezegd' – bloedserieus, alsof hem opeens een licht was opgegaan en hij aan wat ik had gezegd veel meer betekenis toedichtte dan ikzelf. Ik voelde me niet op mijn gemak, keek weg en mompelde ten slotte het eerste wat er bij me opkwam: 'Aardig?' vroeg ik.

'Ja, aardig.'

Ik had geen idee wat aardigheid ermee te maken had. Of misschien zag ik niet duidelijk genoeg waar dit alles toe moest leiden en gaf ik er de voorkeur aan het erbij te laten zitten. Opnieuw stilte. Tot de volgende keer dat hij iets zei.

Heerlijk vond ik het als hij de stilte doorbrak om iets te zeggen – wat dan ook – of om te vragen wat ik vond van X, of had ik ooit gehoord van Y? Niemand in ons huishouden vroeg mij ooit naar mijn mening over wat dan ook. Als hij er nog niet achter was waarom, zou dat vast niet lang meer duren – het was slechts een kwestie van tijd voordat hij zich zou aansluiten bij de mening van de rest dat ik als benjamin weinig in te brengen had. En toch vroeg hij me, in de derde week dat hij bij ons was, of ik ooit had gehoord van Athanasius Kircher, Giuseppe Belli en Paul Celan.

'Ja hoor.'

'Ik ben bijna tien jaar ouder dan jij en ik heb pas een paar dagen geleden van hen gehoord. Ik snap het niet.'

'Lijkt me niet zo ingewikkeld. Mijn vader is professor aan de universiteit. We zijn opgegroeid zonder televisie. Snap je het nu?'

'Ga jij maar weer fijn tokkelen!' zei hij alsof hij een handdoek opfrommelde en in mijn gezicht gooide.

Zelfs hoe hij me op mij plaats zette vond ik leuk.

Op een dag schoof ik mijn schrift opzij op de tafel en stootte daarbij per ongeluk mijn glas om. Het viel in het gras. Het brak niet. Oliver, die vlakbij lag, kwam overeind, raapte het op en zette het niet gewoon op tafel, maar pal naast mijn papieren.

Ik wist geen woorden te vinden om hem te bedanken.

'Dat hoefde je niet te doen,' zei ik ten slotte.

Hij liet net genoeg tijd voorbijgaan om mij te laten registreren dat hij niet zomaar een onverschillig antwoord gaf.

'Ik wílde het graag doen.'

Hij wílde het graag doen, dacht ik.

Ik wílde het graag doen, liet ik hem in mijn fantasie herhalen – vriendelijk, behulpzaam, uitbundig, zoals hij kon zijn als hij er ineens voor in de stemming was.

Die uren aan die ronde houten tafel in onze tuin met de grote parasol die net niet genoeg schaduw bood voor al mijn paperassen, het geklingel van de ijsklontjes in onze limonade, het geluid van de niet zo verre golfslag die de reusachtige rotsen daarbeneden likte, en op de achtergrond, uit een huis ergens in de buurt, de gedempt krakende hitparademedley die constant werd herhaald – dat alles drukte een zo onuitwisbare stempel op die ochtenden dat ik alleen maar bad dat de tijd zou stilstaan. Laat de zomer nooit eindigen, laat hem nooit weggaan, laat de muziek steeds weer opnieuw spelen, ik vraag maar heel weinig en ik zweer dat ik nooit meer iets zal vragen.

Wat wilde ik? En waarom kon ik niet weten wat ik wilde ook

al was ik bereid tot nietsontziende openhartigheid?

Misschien wilde ik op zijn minst dat hij tegen me zei dat er niets mis met me was, dat ik niet minder menselijk was dan elke andere jongeman van mijn leeftijd. Ik zou tevreden zijn geweest en om niets anders hebben gevraagd dan dat hij zich gebukt had om mijn waardigheid op te rapen die ik zo moeiteloos aan zijn voeten had gelegd.

Ik was Glaucus en hij was Diomedes. In naam van een of andere obscure mannencultus gaf ik hem mijn gouden wapenrusting in ruil voor zijn bronzen. Eerlijke ruil. We marchandeerden geen van beiden, net als geen van beiden het over spaarzaamheid had of over verkwisting.

Het woord 'vriendschap' kwam bij me op. Maar vriendschap, zoals die algemeen gedefinieerd wordt, was een vreemd, braakliggend begrip waar ik niets mee aan kon. Wat ik misschien wél had gewild, vanaf het moment dat hij uit de taxi stapte tot aan ons afscheid in Rome, was wat alle mensen van elkaar vragen, wat het leven leefbaar maakt. Het zou eerst van hem moeten komen. Dan mogelijk van mij.

Er is een of andere wetmatigheid die zegt dat als iemand smoorverliefd is op een ander, die ander ook onvermijdelijk smoorverliefd is op hem. *Amor ch'a null'amato amar perdona.* Liefde die niemand die wordt bemind vrijstelt van beminnen, Francesca's woorden in *Inferno*. Gewoon wachten en blijven hopen. Ik bleef hopen, al was dit misschien wat ik altijd al gewild had. Om eeuwig te wachten.

Terwijl ik daar 's morgens aan mijn ronde tafel aan mijn transcripties zat te werken, was het niet zijn vriendschap waar ik genoegen mee had genomen, was het niets eigenlijk. Gewoon op te kunnen kijken en hem daar te zien, zonnebrand, strooien hoed, rode zwembroek, limonade. Op te kunnen kijken en jou daar te zien, Oliver. Want de dag zal snel genoeg komen dat ik opkijk en jij er niet meer bent.

Aan het eind van de ochtend kwamen er vaak vrienden en buren van belendende huizen binnenvallen. Ze kwamen bij elkaar in onze tuin om vervolgens samen naar het strand beneden te gaan. Ons huis lag het dichtst bij het water en je hoefde alleen maar het kleine poortje bij de balustrade open te maken, de smalle trap langs het klif af te dalen en je was op de rotsen. Chiara, een van de meisjes die drie jaar geleden nog kleiner van stuk was geweest dan ik en die de vorige zomer voortdurend achter me aan had gezeten, had zich inmiddels ontpopt tot een vrouw die eindelijk de kunst onder de knie had gekregen me niet bij elke ontmoeting te begroeten. Op een keer kwamen zij en haar jongere zusje samen met de rest van de groep langs, en raapte zij Olivers hemd op uit het gras, gooide het naar hem en zei: 'Genoeg gewerkt. We gaan naar het strand en jij gaat mee.'

Hij was best bereid haar dat plezier te doen. 'Ik leg alleen even deze papieren weg. Anders zal zijn vader' – en met zijn handen vol papieren wees hij met zijn kin in mijn richting – 'me levend villen.'

'Over villen gesproken, kom eens hier,' zei ze en met haar nagels probeerde ze zachtjes en langzaam een flintertje vervelde huid van zijn gebruinde schouders te trekken, die de lichtgouden tint van een tarweveld aan het eind van juni hadden gekregen. Wat had ik graag gewild dat ik dat kon doen.

'Zeg maar tegen zijn vader dat ík zijn papieren gekreukt heb. Kijken wat hij dan zegt.'

Terwijl ze het manuscript bekeek dat Oliver op weg naar boven op de grote eettafel had achtergelaten, riep Chiara van beneden dat zij die bladzijden beter kon vertalen dan de plaatselijke vertaalster. Net als ik was ze een kind van emigranten en ze had een Italiaanse moeder en een Amerikaanse vader. Ze sprak met beiden Engels en Italiaans.

'Kun je ook goed typen?' klonk zijn stem van boven. We hoorden hem met deuren slaan, laden opentrekken, schoenen uitschoppen, terwijl hij, eerst in zijn slaapkamer en vervolgens in de douche, naar een andere zwembroek zocht.

'Ik ken prima typen,' riep ze terwijl ze naar boven keek in het lege trapgat.

'Even prima als je ken spreken, zeker.'

'Ik kennet beter. En voor minder poen, reken maar.'

'Dan moet je vijf bladzijden per dag vertalen en die moeten elke morgen klaarliggen om opgehaald te worden.'

'Ja, dat kejje vergeten,' snibde Chiara. 'Zie maar dajje een ander zo gek krijgt.'

'Nou, signora Milani kan het geld goed gebruiken,' zei hij, terwijl hij de trap af kwam, fladderig blauw hemd, espadrilles, rode zwembroek, zonnebril en de rode Loeb-uitgave van Lucretius die hij altijd bij zich had. 'Ik kan prima met haar leven,' zei hij en smeerde zijn schouders in.

'Ik kan prima met haar leven,' giechelde Chiara. 'Ik kan prima met jou leven, jij kunt prima met mij leven, zij kan prima met hem leven –'

'Hou eens op met je geintjes en kom zwemmen,' zei Chiara's zusje.

Hij had, realiseerde ik me na een poosje, vier persoonlijkheden, afhankelijk van welke zwembroek hij aanhad. Het gaf me de illusie licht in het voordeel te zijn dat ik wist welke persoonlijkheid ik kon verwachten. Rood: schaamteloos, onverzettelijk, erg volwassen, bijna bruusk en slechtgehumeurd – uit de buurt blijven. Geel: levendig, opgewekt, grappig, niet zonder stekeligheden – niet te gauw zwichten; zou zomaar kunnen omslaan in rood. Groen, een kleur die hij zelden droeg: toegeeflijk, leergierig, praatgraag, zonnig – waarom was hij niet altijd zo? Blauw: de middag dat hij vanaf het balkon mijn kamer binnenkwam, de dag dat hij mijn schouder masseerde of toen hij mijn glas opraapte en het vlak naast me neerzette.

Vandaag was rood: hij was gehaast, vastbesloten, energiek.

Op weg naar buiten griste hij een appel van een grote fruitschaal, riep vrolijk 'Later, mevrouw P.' naar mijn moeder, die met twee vriendinnen in de schaduw zat, alle drie in badpak, en in plaats van het hekje naar de smalle trap die naar de rotsen leidde open te maken sprong hij eroverheen. Geen van onze zomergasten was ooit zo onbekommerd geweest. Maar daarom was iedereen dol op hem, net zoals iedereen *later!* leuk ging vinden.

'Oké, Oliver, oké, later,' zei mijn moeder in een poging zijn taaltje te spreken. Ze had zich zelfs neergelegd bij mevrouw P. als haar nieuwe titel. Er was altijd iets abrupts aan dat woord. Het was niet 'tot straks' of 'hou je haaks', of zelfs 'ciao'. *Later!* was een dreun van een afscheidsgroet die korte metten maakte met al die honingzoete Europese subtiliteiten. *Later!* liet een scherpe nasmaak achter van wat tot dan een warm, hartelijk moment kon zijn geweest. *Later!* was geen keurige afsluiting van iets en liet niet toe dat iets zich voortsleepte. Het knalde de deur dicht in je gezicht.

Maar *later!* was ook een manier om te voorkomen dat je afscheid moest nemen, een manier om het afscheid luchtig te houden. *Later!* zei je niet om vaarwel te zeggen maar om te zeggen dat je zo weer terug zou zijn. Het was het equivalent van zijn 'ogenblikje' toen mijn moeder hem een keer vroeg om het brood aan te geven en hij bezig was een vis op zijn bord van graten te ontdoen. '*Ogenblikje.*' Mijn moeder, die een hekel had aan wat zij zijn *amerikanismen* noemde, ging hem ten slotte *Il cauboi* noemen – de cowboy. Het begon als een kleinering en werd weldra een koosnaampje, dat paste bij die andere bijnaam die ze hem in zijn eerste week had gegeven, toen hij aan tafel kwam nadat hij had gedoucht en zijn nat glanzende haar achterover had gekamd. *La star*, zei ze, kort voor *la muvi star.* Mijn vader, altijd de meest toegeeflijke van ons, maar ook de opmerkzaamste, had de cauboi door. '*È un timido*, hij is verlegen, vandaar,' zei hij toen hem werd gevraagd Olivers agressieve *Later!* te verklaren.

Oliver *timido*? Dat was nieuw. Waren al zijn bruuske amerikanismen dan misschien niet meer dan een overdreven manier om het simpele feit te verhullen dat hij niet wist – of bang was niet te weten – hoe hij beleefd afscheid moest nemen? Het herinnerde me eraan dat hij dagenlang had geweigerd om 's morgens zachtgekookte eieren te eten. Op de vierde of de vijfde dag bleef Mafalda volhouden dat hij de streek niet kon verlaten zonder onze eieren te hebben geproefd. Uiteindelijk stemde hij erin toe, maar bekende met oprechte gêne die hij geenszins verborg dat hij niet wist hoe hij een zachtgekookt ei open moest maken. '*Lasci fare a me*, signor Ulliva, laat mij maar,' zei ze. Vanaf die morgen bracht ze Ulliva twee eitjes en ging pas door met het bedienen van de anderen nadat ze ze allebei van hun kapje had ontdaan.

Wilde hij misschien nog een derde eitje? vroeg ze. Sommige mensen lustten wel meer dan twee eitjes. Nee, twee was wel genoeg, antwoordde hij en, terwijl hij zich tot mijn ouders wendde, voegde hij eraan toe: 'Ik ken mezelf. Als ik er drie neem, neem ik ook nog een vierde, en nóg meer.' Ik had nog nooit iemand van zijn leeftijd horen zeggen, *ik ken mezelf*. Ik vond het intimiderend.

Maar hij had haar al veel eerder voor zich gewonnen, op zijn derde ochtend bij ons, toen ze hem vroeg of hij 's morgens een sapje wilde en hij ja had gezegd. Waarschijnlijk had hij sinaasappelsap of grapefruitsap verwacht; wat hij kreeg was een groot glas dat tot de rand gevuld was met dik abrikozensap. Hij had nog nooit van zijn leven abrikozensap gedronken. Ze bleef naar hem staan kijken met haar dienblad plat tegen haar schort gedrukt om zijn reactie te zien toen hij het in één lange teug opdronk. Eerst zei hij niets. Toen, waarschijnlijk zonder na te denken, smakte hij luidruchtig. Ze was verrukt. Mijn moeder kon niet geloven dat iemand die lesgaf aan een wereldberoemde universiteit smakte nadat hij een glas abrikozensap had leeggedronken. Vanaf die dag stond er elke morgen een vol glas op hem te wachten.

Het bleek dat hij nog nooit abrikozensap had gedronken en hij was dan ook verbijsterd toen hij erachter kwam dat er uitgerekend in onze boomgaard abrikozenbomen stonden. Op late namiddagen, als er in huis niets te doen was, vroeg Mafalda hem om met een mand de ladder op te klimmen en, zoals zij het zei, die vruchten te plukken die bijna bloosden van schaamte. Hij maakte een grapje in het Italiaans, koos er eentje uit en vroeg: bloost deze van schaamte? Nee, zei zij dan, die is nog te jong, de jeugd kent geen schaamte, schaamte komt met de jaren.

Ik zal nooit vergeten hoe ik van achter mijn tafel naar hem keek als hij in zijn rode zwembroek de kleine ladder opklom en er een eeuwigheid over deed om de rijpste abrikozen te plukken. Op weg naar de keuken – tenen mand, espadrilles, fladderig hemd, zonnebrandcrème en al – wierp hij me een heel grote toe en zei: 'Voor jou,' precies zoals hij me op de tennisbaan een bal toewierp en zei: 'Jij serveert.' Natuurlijk had hij geen idee van wat ik nog maar een paar minuten eerder had zitten denken, maar de stevige, ronde wangen van de abrikoos met hun spleetje in het midden herinnerden me aan hoe zijn lichaam zich had uitgestrekt over de takken van de boom en zijn strakke, ronde kont een imitatie leek van de kleur en de vorm van de vrucht. Toen ik de abrikoos aanraakte was het alsof ik hem aanraakte. Hij zou het nooit weten, evenmin als degene van wie je de krant koopt kan bevroeden dat je vervolgens, als je alleen bent, de hele nacht over hem of haar ligt te fantaseren en eindeloos veel plezier beleeft aan dat bijzondere gezichtstrekje of die gebruinde blote schouder.

Voor jou had, net als *Later!* dat informele, uit de losse polsachtige van *hier, vangen* dat me eraan herinnerde hoe gestoord en heimelijk mijn verlangens waren vergeleken bij de openhartige spontaniteit waarmee hij alles deed. Het zou nooit bij hem zijn opgekomen dat hij me, door me die abrikoos te geven, zijn kont aanbood of dat ik, door in die vrucht te bijten, ook in dat deel van zijn lichaam beet dat blanker moet zijn geweest dan de rest van zijn lichaam omdat het nooit apricaarde – en daar vlakbij, als ik zo ver durfde te bijten, zijn a-pik-oos.

Eigenlijk wist hij meer af van abrikozen dan wij – hoe ze geënt werden, hun etymologie, hun oorsprong en hun wederwaardigheden in en rond het Middellandse Zeegebied. Bij het ontbijt die morgen legde mijn vader uit dat de naam van de vrucht uit het Arabisch kwam, aangezien het woord – in het Italiaans *albicocca, abricot* in het Frans, *Aprikose* in het Duits, net als de woorden 'algebra', 'alchemie' en 'alcohol' – afgeleid was van een Arabisch zelfstandig naamwoord, gecombineerd met het Arabische lidwoord *al-*. De oorsprong van *albicocca* was *al-birquq*. Mijn vader die de verleiding niet kon weerstaan om zijn verhaal nog wat mooier te maken en het te bekronen met een extra wetenswaardigheid van recentere datum, besloot zijn betoog met de opmerking dat het pas echt verbazend was dat de vrucht tegenwoordig in Israël en in veel Arabische landen een totaal andere naam had: *mishmish*.

Mijn moeder was perplex. Wij allemaal, inclusief mijn neef die ouder was dan ik, hadden de neiging om te klappen.

Maar waar het de etymologie betrof moest Oliver het helaas met hem oneens zijn.

'Ah?!' reageerde mijn vader geschokt.

'Het is helemaal geen Arabisch woord,' zei hij.

'Hoe dat zo?'

Mijn vader ging duidelijk op de ironische, socratische toer, die begon met een onschuldig 'je meent het', om zijn gesprekspartner vervolgens op de klippen te laten lopen.

'Het is een lang verhaal, maar het is niet anders.' Opeens was Oliver heel serieus. 'Veel Latijnse woorden zijn afgeleid van het Grieks. In het geval van "abrikoos" echter is het precies andersom; het Grieks neemt het over uit het Latijn. Het Latijnse woord was *praecoquum*, van *pre-coquere*, voorkoken, prematuur zijn, zoals in precociteit wat vroegrijpheid betekent. De Byzantijnen leenden *praecox* en dat werd *prekokkia* of *berikokki*, en zo moeten de Arabieren het uiteindelijk hebben geërfd.'

Mijn moeder, niet in staat zijn charme te weerstaan, woelde met een hand door zijn haar en zei: '*Che muvi star!*'

'Hij heeft gelijk, het valt niet te ontkennen,' prevelde mijn vader zachtjes, alsof hij de rol speelde van een verslagen Galileo, die niet anders kan dan bij zichzelf de waarheid mompelen.

'Met dank aan de colleges filologie,' zei Oliver.

Het enige wat ik kon denken was *a-pik-oos, pik-koos, pik-koos, a-pik-oos*.

Op een dag zag ik Oliver samen met Anchise op de ladder staan omdat hij zoveel mogelijk wilde opsteken van de wijze van enten van onze tuinman, die verklaarde waarom onze abrikozen nog groter, vleziger en sappiger waren dan de meeste perziken in deze streek. Het enten fascineerde hem, vooral toen hij erachter kwam dat de tuinman er urenlang over kon vertellen aan eenieder die ernaar vroeg.

Het bleek dat Oliver meer wist over allerlei voedingsmiddelen, kazen en wijnen dan wij allemaal bij elkaar. Zelfs Mafalda was onder de indruk en boog, bij gelegenheid, het hoofd voor zijn oordeel – vind je dat ik de pasta eventjes zou moeten opbakken met uien of salie? Smaakt het nu niet te erg naar citroen? Nu heb ik het verpest, toch? Ik had er een extra ei bij moeten doen – het is niet stijf genoeg! Wat vind jij, zal ik de nieuwe mixer gebruiken of moet ik het gewoon in de oude vijzel doen? Mijn moeder kon het niet laten om een paar steken onder water te geven. Hij is net als alle caubois, zei ze: ze weten alles wat je maar kunt weten over voedsel omdat ze hun mes en vork niet fatsoenlijk kunnen vasthouden. Gourmet-aristocraten met de manieren van een boer. Laat hem maar mooi in de keuken eten.

Graag, zou Mafalda hebben geantwoord. En jawel hoor, op een dag, toen hij heel laat kwam opdagen voor de lunch nadat hij de ochtend bij zijn vertaalster had doorgebracht, zat signor Ulliva in de keuken spaghetti te eten en donkerrode wijn te drinken met Mafalda, Manfredi, haar echtgenoot en onze chauffeur, en Anchise, terwijl ze hem met zijn allen een Napolitaans lied probeerden bij te brengen. Het was niet alleen het volkslied van hun zuidelijke jeugd, maar het was het beste wat ze te bieden hadden als ze iemand van adel onthaalden.

Hij had iedereen voor zich gewonnen.

Ik kon zien dat Chiara al net zo ondersteboven was van hem. En haar zusje ook. Zelfs de groep tennisfanaten die al jarenlang elke dag vroeg in de middag langskwam voordat ze naar het strand gingen voor een late duik, bleef veel langer dan normaal in de hoop nog een snel partijtje met hem mee te pikken.

Bij elke andere zomergast zou ik me daaraan hebben gestoord.

Maar dat iedereen zo dol op hem was, was voor mij een vreemde, kleine oase van rust. Wat kon er verkeerd aan zijn om iemand zo graag te mogen die iedereen zo graag mocht? Iedereen was voor hem gevallen, inclusief mijn neven en nichten, mijn achterneven en -nichten en mijn andere familieleden die elk weekend bij ons logeerden en soms langer. Ik stond erom bekend dat ik het heerlijk vond om de tekortkomingen in anderen op te merken en het gaf me dan ook een zekere voldoening om mijn gevoelens voor hem te verbergen achter de onverschilligheid, vijandigheid, of wrok waarmee ik iedereen benaderde die in een dusdanige positie verkeerde dat hij me thuis kon overschaduwen. Omdat iedereen hem aardig vond moest ik ook zeggen dat ik hem aardig vond. Ik was net als die mannen die openlijk verklaren dat andere mannen onweerstaanbaar knap zijn om zo beter te verbergen dat ze niets liever willen dan hen omarmen. Had ik mijn algemene goedkeuring niet gegeven, dan zou ik de anderen er alleen op hebben geattendeerd dat ik kennelijk weerstand aan hem moest bieden omdat ik iets te verbergen had. Ja hoor, ik vind hem ontzettend aardig, zei ik tijdens zijn eerste tien dagen, toen mijn vader me vroeg wat ik van hem vond. Ik had opzettelijk compromitterende woorden gebruikt omdat ik wist dat niemand een valse bodem zou vermoeden in het geheimzinnige kleurenpalet dat ik gebruikte bij alles wat ik over hem zei. Ik heb nooit iemand gekend die zo geweldig is als hij, zei ik op de avond toen het kleine vissersbootje waarin hij vroeg in de middag met Anchise was uitgevaren maar niet terugkwam en wij alles in het werk stelden om het telefoonnummer van zijn ouders in de Verenigde Staten te vinden voor het geval we het verschrikkelijke nieuws moesten melden.

Die dag kreeg ik mezelf zelfs zover dat ik me over mijn geremdheid heen zette en mijn verdriet toonde zoals alle anderen. Maar ik deed het ook opdat niemand zou kunnen vermoeden dat ik zorgen had van een veel heimelijkere en desperatere aard – totdat ik me realiseerde, bijna tot mijn schaamte, dat een deel van mij het niet erg vond als hij doodging, dat er zelfs bijna iets opwindends was aan de gedachte aan zijn opgezwollen, oogloze lichaam dat uiteindelijk zou aanspoelen aan ons strand.

Maar ik kon mezelf niet voor de gek houden. Ik was ervan overtuigd dat er niemand ter wereld was die hem op een zo lichamelijke manier begeerde als ik; en er was ook niemand die bereid was zo ver voor hem te gaan als ik. Niemand had elk botje in zijn lichaam bestudeerd, enkels, knieën, polsen, vingers en tenen, niemand werd zo geil van iedere spierbeweging die hij maakte, niemand nam hem elke avond mee naar bed om 's ochtends, als hij hem in zijn *hemel* bij het zwembad zag liggen, naar hem te lachen en te zien hoe er een glimlach om zijn lippen verscheen en te denken: weet je wel dat ik vannacht in je mond ben klaargekomen?

Misschien koesterden ook de anderen speciale gevoelens voor hem, die ieder voor zich verborgen hield en kenbaar maakte op zijn of haar eigen manier. Maar in tegenstelling tot de anderen was ik de eerste die hem zag als hij de tuin in kwam vanaf het strand, of als het fragiele silhouet van zijn fiets, vervaagd door de middagmist, opdook vanuit het met pijnbomen gezoomde laantje dat naar ons huis leidde. Ik was de eerste die zijn stappen herkende toen hij op een avond laat aankwam bij de bioscoop en naar de rest van ons stond te zoeken, zonder iets te zeggen, totdat ik me omdraaide en wist dat hij hartstikke blij was dat ik hem had gezien. Ik herkende het geluid van zijn voetstappen op de trap naar ons balkon of op de overloop buiten mijn slaapkamerdeur. Ik wist wanneer hij stil bleef staan bij de balkondeuren, alsof hij in tweestrijd verkeerde of hij zou aankloppen en zich dan bedacht en verder liep. Ik wist dat hij het was die daar fietste door de speelse manier waarop de fiets over het diepe gravelpad slipte en stug doorging terwijl het duidelijk was dat hij geen grip meer had, om dan opeens abrupt en vastbesloten te stoppen met iets van een categorisch *voilà* in de manier waarop hij eraf sprong.

Ik probeerde hem altijd in mijn gezichtsveld te houden. Als hij bij me was, kon hij nooit ongemerkt verdwijnen. En als hij niet bij me was kon het me niet veel schelen wat hij deed zolang hij bij die anderen maar exact dezelfde persoon bleef die hij bij mij was. Laat hem niet iemand anders zijn als hij weg is. Laat hem niet iemand zijn die ik nog nooit heb gezien. Laat hem geen ander leven hebben dan het leven dat hij bij ons heeft, bij mij.

Laat me hem niet verliezen.

Ik wist dat ik geen greep op hem had, niets te bieden had, niets had om hem mee te lokken

Ik was niets.

Een kind nog maar.

Hij deelde alleen af en toe zijn aandacht uit als het hem zo uitkwam. Toen hij mij hielp bij een stukje van Heraclitus dat ik niet begreep, omdat ik vastbesloten was om 'zijn' schrijver te lezen, waren de woorden die bij me opkwamen niet 'zachtmoedig' of 'genereus', maar 'geduldig' en 'verdraagzaam', eigenschappen die hoger op de ranglijst stonden. Een paar tellen later, toen hij vroeg of het een goed boek was dat ik aan het lezen was, stelde hij die vraag niet zozeer uit nieuwsgierigheid, maar om een oppervlakkig praatje te maken. Alles was oppervlakkig.

Hij kon prima leven met oppervlakkig.

Hoezo ben je niet aan het strand met de anderen?

Ga jij maar weer fijn tokkelen.

Later!

Hier, voor jou!

Gewoon maar wat kletsen.

Een oppervlakkig praatje.

Niets.

Oliver werd vaak uitgenodigd door andere mensen. Ook dat was een soort traditie geworden bij onze zomergasten. Mijn vader wilde altijd dat ze zich vrij voelden om in het hele stadje over hun boeken en hun expertise te praten. Hij geloofde er ook in dat geesteswetenschappers met mensen van andere disciplines moesten leren praten en daarom nodigde hij voortdurend advocaten, dokters en zakenmensen uit om te komen eten. Iedereen in Italië had Dante, Homerus en Vergilius gelezen, zei hij altijd. Doet er niet toe met wie je praat, als je maar begint met Dante en Homerus. Vergilius is verplicht, daarna komt Leopardi en vervolgens staat het je vrij om ze te imponeren met alles wat je in huis hebt, Celan, selderij, salami, maakt niet uit. Dit had ook het voordeel dat al onze zomergasten in de gelegenheid waren om hun Italiaans te perfectioneren, een van de voorwaarden van hun verblijf. Het etentjescircuit van B. had ook nog een bijkomend voordeel: wij hadden hem niet elke avond van de week aan tafel.

Maar het aantal uitnodigingen dat Oliver kreeg nam duizelingwekkende vormen aan. Chiara en haar zusje wilden hem minstens twee keer in de week. Een cartoonist uit Brussel, die voor de hele zomer een villa had gehuurd, wilde hem voor zijn exclusieve zondagse soupers waarvoor hij altijd schrijvers en geleerden uit de omgeving uitnodigde. Verder waren er de Moreschi's, van drie villa's verderop, de Malaspina's uit N., en nog wat andere kennissen die hij had opgedaan in een van de bars op de *piazzetta*, of in Le Danzing. Dit alles nog helemaal afgezien van zijn spelletjes poker en bridge in de avond, die via voor ons volmaakt onbekende bemiddeling floreerden.

Zijn leven was, net als zijn paperassen, nauwkeurig gecategoriseerd, ook al kreeg je de indruk dat het één grote chaos was. Soms sloeg hij het avondeten helemaal over en dan zei hij gewoon tegen Mafalda: '*Esco*, ik ga uit.'

Zijn *Esco*, besefte ik algauw, was gewoon een andere versie van *Later!* Een bondig en onvoorwaardelijk afscheid, uitgesproken, niet terwijl je wegging, maar als je al de deur uit was. Je zei het met je rug naar degene die je achterliet. Ik had medelijden met hen voor wie het bestemd was, die nog een beroep op hem wilden doen, wilden pleiten.

Niet weten of hij zou komen opdagen voor het eten was een marteling. Maar draaglijk. Niet durven vragen of hij er zou zijn was de ware beproeving. Dat mijn hart opsprong wanneer ik opeens zijn stem hoorde of hem op zijn stoel zag zitten als ik al bijna de hoop had opgegeven dat hij vanavond onder ons zou zijn, bleek uiteindelijk het bloeien van een giftige bloem. Hem zien en denken dat hij vanavond bij ons zou eten om vervolgens alleen zijn onverbiddelijk *Esco!* te horen leerde me dat er bepaalde wensen zijn die, als de vleugels van een prachtige vlinder, moeten worden afgeknipt.

Ik wilde dat hij uit ons huis weg was, zodat ik hem achter me kon laten.

Ik wilde ook dat hij dood was, zodat, als ik al niet kon ophouden aan hem te denken en me zorgen te maken over wanneer ik hem weer zou zien, zijn dood daar tenminste een einde aan zou maken. Ik wilde hem zelfs wel eigenhandig doden om hem te laten weten hoe problematisch alleen al het naakte feit dat hij bestond voor me was, hoe onverdraaglijk het was dat hij met alles en iedereen uit de voeten kon, dat hij door niets gehinderd werd, dat hij onvermoeibaar met alles prima-kon-leven, dat hij over het hekje sprong naar het strand terwijl alle anderen het eerst openmaakten, om nog maar te zwijgen van zijn zwembroeken, zijn plekje in het paradijs, zijn brutale *Later!*, zijn smakkende voorliefde voor abrikozensap. En als ik hem niet doodde, dan zou ik hem levenslang invalide maken, zodat hij bij ons zou zijn in een rolstoel en nooit meer terug zou gaan naar de Verenigde Staten. Als hij in een rolstoel zat zou ik altijd weten waar hij was en zou hij makkelijk te vinden zijn. Ik zou zijn meester worden en me superieur voelen, nu hij invalide was.

Toen bedacht ik ineens dat ik ook mezelf zou hebben kunnen doden, of mezelf ernstig letsel zou kunnen toebrengen en hem dan laten weten waarom ik dat had gedaan. Als ik mijn gezicht zou verminken zou ik willen dat hij naar me keek en zich afvroeg waarom, waarom iemand zich dat aandeed, totdat hij, jaren en jaren later – ja, *Later!* – eindelijk alle stukjes van de puzzel gevonden zou hebben en zich voor het hoofd zou slaan.

Soms was het Chiara die opgeruimd moest worden. Ik wist wat zij van plan was. Ze was even oud als ik en haar lichaam was helemaal klaar voor hem. Meer dan het mijne? vroeg ik me af. Ze zat achter hem aan, dat was duidelijk, terwijl het enige dat ik werkelijk wilde één nacht met hem was, één nacht maar – of zelfs maar een uur – al was het maar om erachter te komen of ik hem daarna nog een nacht wilde. Wat ik me niet realiseerde was dat de wens om begeerte op de proef te stellen niets anders is dan een list om te krijgen wat we willen zonder toe te geven dat we het willen. Ik durfde er niet eens aan te denken hoe ervaren hijzelf was. Als hij binnen een paar weken na zijn aankomst hier al zo makkelijk vrienden kon maken, kon je nagaan hoe zijn leven thuis was. Je zag het zo voor je hoe het zou zijn als hij werd losgelaten in een kleine universiteitsstad in New England.

Dat met Chiara ging allemaal zo makkelijk dat er niets tegen te doen was. Met Chiara voer hij graag ver de zee op met onze catamaran-roeiboot voor een gita. Hij roeide en zij lag languit in de zon op een van de beide rompen en trok, als ze eenmaal ver uit de kust stil waren gaan liggen, haar bovenstukje uit.

Ik keek toe. Ik was doodsbenauwd hem aan haar te verliezen. Ik was ook doodsbenauwd haar aan hem te verliezen. Toch vond ik het niet erg om aan hen samen te denken. Ik kreeg er een stijve van, al wist ik niet of ik opgewonden raakte van haar naakte lichaam in de zon, van het zijne naast het hare, of van hun twee lichamen samen. Van waar ik stond tegen de balustrade achter in de tuin waar je uitzag over het klif, tuurde ik zo lang de zee af tot ik hen eindelijk naast elkaar in de zon zag liggen, waarschijnlijk kussend en strelend, terwijl zij af en toe een dij op die van hem legde en hij even later hetzelfde deed. Ze hadden hun zwemkleding niet uitgetrokken. Dat troostte me, maar toen ik ze later op een avond met elkaar zag dansen was er iets wat me zei dat dit niet de bewegingen waren van mensen die alleen maar een beetje met elkaar hadden gevreeën.

Eigenlijk vond ik het leuk om ze samen te zien dansen. Door hem zo met iemand te zien dansen realiseerde ik me misschien dat hij bezet was, dat er geen reden was tot hoop. En dat was goed. Het zou me helpen om eroverheen te komen. Misschien was zo denken al een teken dat ik er makkelijk overheen zou komen. Ik was rakelings langs de verboden zone gescheerd en was er nog makkelijk van afgekomen.

Maar toen mijn hart de volgende morgen opsprong toen ik hem op ons plekje in de tuin zag, wist ik dat ik die twee wel het beste kon wensen en hopen dat ik eroverheen kwam, maar dat dat niets te maken had met wat ik nog steeds van hem wilde.

Sprong zijn hart ook op als hij mij een kamer zag binnenkomen?

Ik betwijfelde het.

Negeerde hij mij zoals ik hem die ochtend negeerde: met opzet, om me uit te lokken, om zichzelf te beschermen, om te laten zien dat ik niets voor hem betekende? Of was hij zich gewoon nergens van bewust, zoals de opmerkzaamste mensen soms de duidelijkste tekenen niet opmerken omdat ze gewoon even niet opletten, niet in de verleiding worden gebracht, niet geïnteresseerd zijn?

Toen hij met Chiara danste zag ik dat zij haar dij tussen zijn benen liet glijden. En ik had hen speels zien worstelen in het zand. Wanneer was het begonnen? En hoe kwam het dat ik er niet bij was geweest toen het begon? En waarom werd mij niets verteld? Waarom was ik niet in staat het moment te reconstrueren dat ze van *x* naar *y* gingen? De tekenen waren vast overal om me heen geweest. Waarom had ik ze niet gezien?

Ik kon aan niets anders meer denken dan aan wat ze misschien met elkaar deden. Ik zou alles hebben gedaan om elke gelegenheid te verpesten die ze hadden om alleen te zijn. Ik zou geroddeld hebben over de een tegen de ander en dan de reactie van de ander weer terugvertellen. Maar ik wilde het ze ook zien doen, ik wilde er deelgenoot van zijn, zorgen dat ze me iets verschuldigd waren zodat ik wel hun medeplichtige moest worden, hun tussenpersoon, de pion die zo belangrijk is geworden voor de koning en de koningin dat hij nu de heerser is van het bord.

Ik begon aardige dingen over elk van hen te zeggen en deed net of ik geen idee had hoe het ervoor stond tussen hen. Hij vond dat ik me aanstelde. Zij zei dat ze wel voor zichzelf kon zorgen.

'Probeer je ons te koppelen?' vroeg ze met spottende stem.

'Waar maak je je eigenlijk druk om?' vroeg hij.

Ik beschreef haar naakte lichaam dat ik twee jaar eerder had gezien. Ik wilde hem opwinden. Het maakte niet uit waarnaar hij verlangde als hij maar opgewonden raakte. Ik beschreef hem ook aan haar omdat ik wilde zien of haar opwinding dezelfde vorm aannam als de mijne zodat ik de mijne met de hare kon vergelijken en zien welke van de twee het meest authentiek was.

'Wil je soms graag dat ik haar aardig vind?'

'Wat is daar verkeerd aan dan?'

'Niets. Behalve dan dat ik dat zelf wel uitmaak, als je het niet erg vindt.'

Het duurde een poosje voor ik erachter kwam wat ik werkelijk wilde. Niet alleen dat hij opgewonden raakte in mijn aanwezigheid, of ervoor zorgen dat hij me nodig had, maar door hem aan te moedigen om achter haar rug over haar te praten zou ik Chiara het voorwerp maken van een wij-mannen-onder-elkaar roddel. Door haar zouden we dichter bij elkaar gebracht worden, zou de kloof tussen ons gedicht worden doordat we toegaven beiden op dezelfde vrouw te vallen.

Misschien wilde ik alleen maar dat hij wist dat ik op meisjes viel.

'Hoor eens, het is erg aardig van je – en ik waardeer het. Maar doe maar niet.'

Zijn waarschuwing maakte me duidelijk dat hij niet van plan was mijn spelletje mee te spelen. Het was een terechtwijzing.

Nee, hij heeft een nobel karakter, dacht ik. Niet zoals ik, duister, laag en geslepen. En dat maakte mijn kwelling en schaamte alleen nog een graadje erger. Boven op de schaamte dat ik net zo naar hem verlangde als Chiara, kwam nu ook nog dat ik hem respecteerde en vreesde en hem haatte om het feit dat hij maakte dat ik mezelf haatte.

De ochtend nadat ik hen had zien dansen maakte ik geen aanstalten om met hem te gaan joggen. Hij evenmin. Toen ik uiteindelijk over joggen begon, omdat het stilzwijgen daarover ondraaglijk was geworden, zei hij dat hij al was geweest. 'Je staat nogal laat op tegenwoordig.'

Slim, dacht ik.

Het was inderdaad waar dat ik er de afgelopen paar ochtenden zo aan gewend was geraakt dat hij op me stond te wachten dat ik brutaal was geworden en me niet al te druk maakte over hoe laat ik opstond. Dat zou me leren.

Ook al wilde ik de volgende ochtend graag met hem gaan zwemmen, toch had ik het gevoel dat het eruit zou zien alsof ik me gekastijd voelde door een terloopse terechtwijzing als ik naar beneden zou komen. Dus bleef ik op mijn kamer. Alleen maar om hem eens wat te laten zien. Ik hoorde hem met lichte pas over het balkon lopen, op zijn tenen bijna. Hij meed me.

Ik kwam pas veel later naar beneden. Maar toen was hij al vertrokken om zijn correcties af te leveren en de nieuwe pagina's op te halen bij signora Milani.

We praatten niet meer tegen elkaar.

Zelfs als we ons 's morgens op dezelfde plek bevonden werd er hoogstens iets onbenulligs gezegd, als het echt niet anders kon. Je kon het niet eens een praatje noemen.

Hij zat er niet mee. Hij had er waarschijnlijk niet eens over nagedacht.

Hoe komt het dat sommige mensen door de diepste ellende gaan in een poging je te benaderen, terwijl jij er geen flauw benul van hebt en zelfs niet eens aan ze denkt terwijl er twee weken voorbijgaan en jij geen woord met ze gewisseld hebt? Had hij er enig idee van? Moest ik het hem laten weten?

De romance met Chiara was begonnen op het strand. Vervolgens verwaarloosde hij het tennissen en begon hij met haar en haar vrienden in de namiddag fietstochtjes te maken in de bergstadjes verder westelijk langs de kust. Op een dag, toen ze met een man te veel waren om te gaan fietsen, vroeg Oliver mij of Mario mijn fiets mocht lenen aangezien ik hem toch niet gebruikte.

Ik had het gevoel dat ik weer zes was.

Ik haalde mijn schouders op alsof ik zeggen wilde, ga je gang, kan mij het schelen. Maar ze waren nog niet weg of ik rende de trap op en snikte het uit in mijn kussen.

’s Avonds kwamen we elkaar soms tegen in Le Danzing. Je wist nooit van tevoren of Oliver zou komen opdagen. Ineens was hij er en net zo plotseling was hij weer verdwenen, soms alleen, soms met anderen. Als Chiara bij ons thuis kwam, wat ze al van kleins af aan had gedaan, ging ze in de tuin voor zich uit zitten staren, wat inhield dat ze alleen maar zat te wachten tot hij zich eindelijk eens liet zien. Dan, als we minutenlang nauwelijks iets tegen elkaar hadden gezegd, vroeg ze ten slotte: ‘*C’è Oliver?*’ Hij is naar zijn vertaalster. Of: hij is in de bibliotheek met mijn vader. Of: hij is ergens beneden op het strand. ‘Nou, dan ga ik maar weer eens. Zeg maar dat ik langs ben geweest.’

Het is voorbij, dacht ik.

Mafalda schudde het hoofd met deernis en afkeuring in haar blik. ‘Ze is nog maar een kind, hij is professor aan de universiteit. Had ze niet iemand van haar eigen leeftijd kunnen zoeken?’

‘Heeft iemand je iets gevraagd?’ snauwde Chiara die het gehoord had en er niets voor voelde om bekritiseerd te worden door een kokkin.

‘Sla niet zo’n toon tegen me aan of je krijgt een draai om de oren,’ zei onze Napolitaanse kokkin terwijl ze haar hand hief. ‘Dat is nog geen zeventien en loopt een beetje met blote borsten smoorverliefd te wezen. Je denkt zeker dat ik niks heb gezien?’

Ik kon me zo voorstellen dat Mafalda Olivers lakens elke morgen inspecteerde. Of de laatste nieuwtjes uitwisselde met Chiara’s dienstmeisje. Er bleef niets geheim voor dit netwerk van goed geïnformeerde *perpetue*, huishoudsters.

Ik keek naar Chiara. Ik wist dat ze leed.

Iedereen vermoedde dat er iets gaande was tussen hen. ’s Middags zei hij soms dat hij naar het schuurtje bij de garage ging om een van de fietsen te halen en naar de stad te fietsen. Anderhalf uur later was hij dan weer terug. De vertaalster, legde hij uit.

‘De vertaalster,’ echode mijn vaders stem, terwijl hij zijn cognacje na het eten koesterde.

‘*Traduttrice*, amehoela,’ spotte Mafalda.

Soms kwamen we elkaar in de stad tegen.

Toen ik in het *caffè* zat waar we 's avonds met een stel naartoe gingen na de film of voordat we naar de disco gingen, zag ik Chiara en Oliver samen pratend uit een zijsteegje komen. Hij likte aan een ijsje terwijl zij met beide handen aan zijn vrije arm hing. Wanneer hadden ze de tijd gevonden om zo intiem te worden? Hun gesprek leek ernstig.

'Wat doe jij hier?' zei hij toen hij me zag. Plagen was zowel zijn manier om zich in te dekken als om te proberen te verbergen dat we helemaal niet meer met elkaar praatten. Goedkope truc, dacht ik.

'Uitgaan.'

'Is het niet allang bedtijd?'

'Mijn vader gelooft niet in bedtijd,' pareerde ik.

Chiara was nog steeds diep in gedachten. Ze meed mijn blik.

Had hij haar de aardige dingen verteld die ik over haar had gezegd? Ze leek van streek. Vond ze het erg dat ik ineens binnendrong in hun kleine wereldje? Ik herinnerde me haar toon die ochtend dat ze zo boos was geworden op Mafalda. Er lag een zelfgenoegzaam lachje om haar lippen; ze stond op het punt om iets gemeens te zeggen.

'Bij hun thuis is het nooit bedtijd, geen regels, geen toezicht, niets. Daarom is hij zo'n welgemanierde jongen. Snap je? Niets om tegen aan te schoppen.'

'Klopt dat?'

'Vast wel,' antwoordde ik in een poging er luchtig over te doen voordat ze erover verdergingen. 'We hebben allemaal zo onze eigen manier van schoppen.'

'Is dat zo?' vroeg hij.

'Noem er dan eens een,' viel Chiara in.

'Je zou het niet begrijpen.'

'Hij leest Paul Celan,' kwam Oliver tussenbeide in een poging van onderwerp te veranderen maar misschien ook om mij uit de brand te helpen en om, zonder het te dik erbovenop te leggen, te laten zien dat hij ons vorige gesprek niet had vergeten. Probeerde hij mijn gezicht te redden na die steek onder water over mijn bedtijd, of was dit het begin van weer een nieuwe grap ten koste van mij? Zijn gezicht had een harde, neutrale uitdrukking.

'E chi è?' Ze had nog nooit van hem gehoord.

Ik wierp hem een samenzweerderige blik toe. Hij ving hem op, maar er was niets ondeugends in zijn ogen toen hij me aankeek. Aan wiens kant stond hij?

'Een dichter,' fluisterde hij terwijl ze naar het midden van de piazzetta slenterden en hij me een terloops *Later!* toeriep.

Ik zag hen een leeg tafeltje zoeken bij een van de andere *caffès*.

Mijn vrienden vroegen me of hij haar aan het versieren was.

Weet ik niet, antwoordde ik.

Doen ze het dan?

Wist ik ook niet.

Ik zou maar wat graag in zijn schoenen staan.

Wie niet?

Maar ik was in de hemel. Dat hij ons gesprek over Celan niet had vergeten vervulde me met een gelukzaligheid die ik al vele, vele dagen lang niet meer ervaren had. Alles wat ik aanraakte werd erdoor overspoeld. Niet meer dan een woord, een blik, en ik was in de hemel. Misschien was het helemaal niet zo moeilijk om me zo gelukkig te voelen. Ik moest alleen de bron van dat geluk in mezelf zien te vinden en er de volgende keer niet op rekenen dat het door iemand zou worden aangedragen.

Ik herinnerde me de scène in de bijbel waar Jacob Rachel om water vraagt en hij, als hij haar de woorden hoort zeggen die hem geprofeteerd waren, zijn handen ten hemel heft en de grond bij de bron kust. Ik joods, Celan joods, Oliver joods – in een anderszins wrede en onverschrokken wereld bevonden wij ons op een plek die half getto, half oase was en waar opeens geen sprake meer is van enige verwarring ten aanzien van vreemdelingen, waar we niemand verkeerd interpreteren en waar niemand zich in ons vergist, waar de ene persoon de andere gewoon kent, en wel zo door en door dat het *galut* is om iemand uit een dergelijke innige verbondenheid weg te halen – het Hebreeuwse woord voor diaspora en verbanning. Was hij dan mijn thuis, mijn thuiskomen?

Jij bent mijn thuiskomen, Oliver. Als ik bij jou ben en het is goed tussen ons, heb ik verder niets meer nodig. Jij maakt dat ik houd van wie ik ben, van wie ik word als jij bij mij bent. Als er al waarheid is in de wereld, dan is die er als ik bij jou ben en als ik op een dag de moed vind om jou mijn waarheid te vertellen, herinner me er dan aan dat ik als dankbetoon een kaarsje opsteek bij elk altaar in Rome.

Het kwam niet bij me op dat als één woord van hem me zo gelukkig kon maken, een ander woord me net zo eenvoudig kon verpletteren, dat als ik niet ongelukkig wilde zijn, ik moest leren om ook voor zulke kleine geneugten op mijn hoede te zijn.

Maar diezelfde avond gebruikte ik de bedwelmende opgetogenheid van dat moment om met Marzia praten. We dansten tot na middernacht en liepen toen terug over het strand. Daar bleven we staan. Ik zei dat ik zin had om even snel een duik te nemen en verwachtte dat ze me zou tegenhouden. Maar ze zei dat zij het ook heerlijk vond om 's nachts te zwemmen. In een oogwenk hadden we onze kleren uit. 'Je bent toch niet met mij omdat je boos bent op Chiara?'

'Waarom ben ik boos op Chiara?'

'Vanwege hem.'

Ik schudde het hoofd en veinsde een verbaasde blik om haar te laten zien dat ik geen idee had hoe ze daarbij kwam.

Ze vroeg me of ik me wilde omdraaien en niet naar haar wilde kijken toen ze haar lichaam droogwreef met haar trui. Ik deed net of ik haar toch tersluiks even bekeek, maar was te gehoorzaam om niet te doen wat me werd gevraagd. Ik durfde haar niet te vragen om niet te kijken toen ik mijn kleren aantrok, maar was blij dat ze de andere kant op keek. Toen we niet meer naakt waren, pakte ik haar hand vast en kuste haar palm en toen de ruimte tussen haar vingers en toen kuste ik haar mond. Het duurde even voor ze me terugkuste, maar toen wilde ze niet meer ophouden.

We spraken af elkaar de volgende avond weer te ontmoeten op dezelfde plek op het strand. Ik zou zorgen dat ik er eerder was dan zij, zei ik.

'Als je het maar aan niemand vertelt,' zei ze.
Ik gebaarde dat mijn mond op slot zat.

'We hadden het bijna gedaan,' vertelde ik mijn vader en Oliver de volgende morgen aan het ontbijt.

'En waarom heb je het dan níet gedaan?' vroeg mijn vader.

''k Weetniet.'

'Niet geschoten is altijd mis.' Oliver gebruikte het oude cliché half spottend maar ook om me te troosten. 'Ik had alleen de moed moeten vinden om verder te gaan en ze zou ja hebben gezegd,' zei ik, deels om nog meer kritiek van hen te pareren maar ook om te laten zien dat, als het op zelfspot aankwam, ik me daar zelf wel van kon bedienen, dank u zeer. Ik zat op te scheppen.

'Gewoon nog eens proberen, later,' zei Oliver. Dat was wat mensen die prima met zichzelf konden leven deden. Maar ik merkte ook dat hij iets op het spoor was wat hij niet wilde prijsgeven, misschien omdat zijn dwaze maar goedbedoelde *gewoon nog eens proberen, later* enigszins verontrustend was. Hij bekritiseerde me. Of hij hield me voor de gek. Of hij doorzag me.

Het stak me toen hij het eindelijk zei. Dit kon alleen gezegd worden door iemand die me volledig doorzien had. 'Zo niet later, wanneer dan?'

Aan mijn vader was het wel besteed. 'Zo niet later, wanneer dan?' Het was een echo van rabbi Hillels beroemde gebod: 'Zo niet nu, wanneer dan?'

Oliver probeerde zijn hatelijkheid meteen terug te nemen. 'Ik zou het absoluut nog eens proberen. En daarna nog eens,' klonk zijn verwaterde versie. Maar *gewoon nog eens proberen, later* was zijn versluiering van *zo niet later, wanneer dan?*

Ik herhaalde zijn uitspraak alsof het een profetische mantra was die weergaf op welke manier hij leefde en op welke manier ik poogde te leven. Door deze mantra, die rechtstreeks van hem afkomstig was, te herhalen zou ik misschien de geheime doorgang vinden naar een onderliggende waarheid die me tot nu toe ontgaan was, over mezelf, over het leven, over anderen, over mij samen met anderen.

Gewoon nog eens proberen, later waren de laatste woorden die ik elke avond tegen mezelf sprak toen ik me had voorgenomen iets te doen om Oliver dichter bij me te brengen. *Gewoon nog eens proberen, later* betekende: ik heb er nu de moed niet voor. De omstandigheden waren er niet naar, *nog niet.* Waar ik de wil en de moed vandaan moest halen om het *gewoon nog eens te proberen, later* wist ik niet. Maar het besluit om iets te doen in plaats van passief te blijven, gaf me het gevoel dat ik al iets aan het doen was, zoiets als de winst opstrijken van geld dat ik niet had geïnvesteerd, laat staan verdiend.

Maar ik wist ook dat ik het leven op afstand hield met mijn *gewoon nog eens proberen, later*, en dat er maanden, seizoenen, hele jaren, een heel leven kon verstrijken met vrome voornemens elke dag weer. *Gewoon nog eens proberen, later* werkte voor mensen als Oliver. *Zo niet later, wanneer dan?* was mijn sjibbolet.

Zo niet later, wanneer dan? En als hij me nu had doorgrond en al mijn diepste geheimen had ontdekt met die vijf snijdende woorden?

Ik moest hem duidelijk maken dat hij me volkomen onverschillig liet.

De verwarring was compleet toen ik op een ochtend, een paar dagen later, met hem praatte en er niet alleen achter kwam dat hij al het verleidelijks dat ik over Chiara te zeggen had helemaal niet wilde horen, maar dat ik volkomen op het verkeerde spoor zat.

'Wat bedoel je, op het verkeerde spoor?'

'Geen interesse.'

Ik wist niet of hij bedoelde dat hij er geen interesse in had om het te bespreken, of in Chiara.

'Iedereen heeft interesse.'

'Dat kan best zijn. Maar ik niet.'

Nog steeds onduidelijk.

Zijn stem had iets droogs, maar tegelijkertijd klonk hij geïrriteerd en nerveus.

'Maar ik heb jullie twee gezien.'

'Wat jij hebt gezien zijn jouw zaken niet. En trouwens, ik heb geen zin in dit spelletje, niet met haar en niet met jou.'

Hij trok aan zijn sigaret en keek me aan met zijn gebruikelijke, dreigende, kille blik die met chirurgische precisie je ingewanden kon doorboren.

Ik haalde mijn schouders op. 'Nou, sorry dan,' – en wendde me weer tot mijn boeken. Ik was weer eens te ver gegaan en kon het alleen maar goedmaken door toe te geven dat ik vreselijk indiscreet was geweest.

'Misschien moest *jij* het eens proberen,' opperde hij.

Zulke goedmoedige humor had ik nog nooit van hem gehoord. Meestal was ik het die de grenzen van het fatsoen opzocht.

'Ze zou niks met mij willen.'

'Zou jij het dan wel willen?'

Waar ging dit naartoe, en waarom had ik het gevoel dat ik zo meteen in een val ging trappen?

'Nee?' antwoordde ik voorzichtig zonder me te realiseren dat mijn 'nee' zo bedeesd was dat het haast klonk als een vraag.

'Weet je het zeker?'

Zou het kunnen dat ik hem ervan had overtuigd dat ik haar de hele tijd al gewild had?

Ik keek naar hem op alsof ik de uitdaging wilde aangaan.

'Wat weet jij daar nou van?'

'Ik weet dat je haar leuk vindt.'

'Je hebt er geen idee van wat ik leuk vind,' snauwde ik. 'Geen idee.'

Ik deed mijn best om hooghartig en mysterieus te klinken alsof ik het had over een gebied van menselijke ervaring waar iemand als hij onmogelijk iets vanaf kon weten. Maar ik was er alleen maar in geslaagd om chagrijnig en hysterisch te klinken.

Iemand die wat minder slim was in het lezen van de menselijke ziel zou mijn aanhoudende ontkenningen hebben geduid als een zenuwachtige bekentenis omtrent Chiara, die ik haastig wilde wegmoffelen.

Maar een slimmere waarnemer zou het herkend hebben als

een inleiding tot een totaal andere waarheid: duw de deur open op eigen risico – geloof me, je wilt dit niet horen. Misschien moet je nu maar weggaan, nu het nog kan.

Maar ik wist ook dat ik alles in het werk zou stellen om hem onmiddellijk weer de woestijn in te sturen als hij ook maar enigszins liet blijken dat hij een vermoeden had van de waarheid. Maar als hij niets vermoedde, zouden mijn zenuwachtige woorden hem net zo goed in het ongewisse hebben gelaten. Uiteindelijk wilde ik liever dat hij dacht dat ik Chiara wilde dan dat hij door ging vragen en me aan het struikelen bracht. Om woorden verlegen zou ik dingen hebben toegegeven die ik zelf nog niet scherp had of waarvan ik niet wist of ik ze kon toegeven. Om woorden verlegen zou ik veel eerder zijn aangeland waar mijn lichaam naartoe wilde, dan met een bon mot in mijn hoofd dat ik al uren eerder had voorbereid. Ik zou hebben gebloosd, en nog eens hebben gebloosd om het blozen, geen woorden hebben gevonden en uiteindelijk alles hebben bekend – en wat zou ik daaraan hebben? Wat zou hij dan zeggen?

Ik kan beter nu alles bekennen, dacht ik, dan nog een dag langer te jongleren met al mijn ongeloofwaardige voornemens om het *gewoon nog eens te proberen, later.*

Nee, hij kon het maar beter nooit te weten komen. Daar kon ik mee leven. Daar zou ik altijd, altijd mee kunnen leven. Het verbaasde me niet eens hoe makkelijk ik me daarbij kon neerleggen.

En toch kwam het voor dat er een teder moment tussen ons uit de lucht kwam vallen, zo plotseling dat de woorden die ik hem zo graag wilde zeggen bijna vanzelf uit mijn mond rolden. Groenezwembroek-momenten, noemde ik ze – zelfs nadat mijn kleurentheorie volkomen incorrect was gebleken en ik wist dat ik er niet op kon vertrouwen om vriendelijkheid te verwachten op 'blauwe' dagen of om op mijn hoede te zijn voor 'rode' dagen.

Over muziek praten ging ons makkelijk af, vooral als ik aan de piano zat. Of als hij graag wilde dat ik iets speelde in de trant van die en die. Hij vond het leuk als ik twee, drie, zelfs vier componisten combineerde in een en hetzelfde stuk, en dan door mij getranscribeerd. Op een dag begon Chiara een liedje uit de hitparade te neuriën en omdat het een winderige dag was en niemand naar het strand wilde of zelfs maar naar buiten, stonden al onze vrienden opeens rond de piano in de woonkamer terwijl ik een Brahms-variatie improviseerde op een Mozart-vertaling van datzelfde liedje. 'Hoe doe je dat?' vroeg hij me op een morgen toen hij in de hemel lag.

'Soms kun je een kunstenaar alleen begrijpen door in zijn schoenen te gaan staan, door in hem te kruipen. Als dat lukt, gaat het vanzelf.'

We praatten weer over boeken. Ik had zelden met iemand over boeken gepraat, behalve met mijn vader.

Of we praatten over muziek, over de presocratische filosofen, over de universiteit in de Verenigde Staten.

Of Vimini was er.

De eerste keer dat ze binnendrong in onze ochtenden was precies toen ik een variatie had zitten spelen op de laatste variaties van Brahms op Händel.

Haar stem doorbrak de intense hitte halverwege de ochtend.

'Wat ben je aan het doen?'

'Aan het werken,' antwoordde ik.

Oliver, die op zijn buik aan de rand van het zwembad lag terwijl het zweet tussen zijn schouderbladen door over zijn rug liep, keek op.

'Ik ook,' zei hij toen ze zich naar hem omdraaide en hem dezelfde vraag stelde.

'Jullie waren aan het praten, niet aan het werken.'

'Dat is hetzelfde.'

'Ik wou dat ik kon werken. Maar niemand geeft me werk.'

Oliver, die Vimini nog nooit had gezien, keek me volslagen hulpeloos aan, alsof hij de regels van deze conversatie niet kende.

'Oliver, dit is Vimini, het meisje van hiernaast in de meest letterlijke zin.'

Ze stak haar hand naar hem uit en hij schudde hem.

'Vimini en ik zijn op dezelfde dag jarig, maar zij is tien. Vimini is bovendien geniaal. Ja toch, Vimini?'

'Dat zeggen ze. Maar ik denk dat het misschien niet waar is.'

'En waarom denk je dat?' vroeg Oliver die probeerde niet te neerbuigend te klinken.

'Het zou nogal smakeloos zijn van de natuur om mij geniaal te maken.'

Oliver keek zo mogelijk nog verbaasder. 'Pardon?'

'Hij weet het niet, hè?' vroeg ze mij waar hij bij zat.

Ik schudde het hoofd.

'Ze zeggen dat ik waarschijnlijk niet lang meer te leven heb.'

'Waarom zeggen ze dat?' Hij leek volkomen verbijsterd. 'Hoe weet je dat?'

'Iedereen weet het. Omdat ik leukemie heb.'

'Maar je bent zo mooi en zo slim en je ziet er zo gezond uit,' protesteerde hij.

'Dat bedoel ik: slechte grap.'

Oliver, die inmiddels op zijn knieën in het gras zat, had letterlijk zijn boek uit zijn handen laten vallen.

'Misschien kun je eens een keer bij mij thuis komen en me voorlezen,' zei ze. 'Je ziet er aardig uit – sorry als ik je aan het schrikken heb gemaakt. Nou, dag.'

Ze klom over de muur. 'En ik ben ook heel aardig, al denk je misschien wat een spook – nou ja... '

Je kon haast zien hoe graag ze die slecht gekozen metafoor ongedaan had willen maken.

Als de muziek ons die dag al niet een paar uur dichter bij elkaar had gebracht, dan deed Vimini's verschijning dat wel.

We hadden het de hele middag over haar. Ik hoefde niet na te denken over wat ik eens zou zeggen. Het was Oliver die praatte en vragen stelde. Hij was door haar gebiologeerd. Eindelijk had ik het eens niet over mezelf.

Het duurde niet lang of ze werden vrienden. Ze was 's morgens altijd al op als hij terugkeerde van zijn joggen of zwemmen en samen liepen ze dan naar ons poortje en daalden de trap af om op een van de grote rotsen te gaan zitten praten tot het tijd was voor het ontbijt. Nooit eerder had ik zo'n mooie, intense vriendschap gezien. Ik was er nooit jaloers op en niemand, ik zeker niet, durfde tussen hen te komen of hen af te luisteren. Ik zal nooit vergeten hoe zij hem, als ze het poortje naar de trap die naar de rotsen leidde hadden opengemaakt, altijd haar hand gaf. Ze waagde zich zelden zo ver, tenzij ze in gezelschap was van een ouder iemand.

Als ik terugdenk aan die zomer krijg ik de volgorde van de gebeurtenissen nooit op een rijtje. Er zijn een paar sleutelscènes. Verder herinner ik me alleen de terugkerende momenten. Het ochtendritueel voor en na het ontbijt: Oliver die in het gras ligt, of bij het zwembad, of die aan mijn tafel zit. Vervolgens het zwemmen of het joggen. Dan dat hij een fiets pakt en naar de vertaalster in de stad rijdt. Lunch aan de grote beschaduwde eettafel in de andere tuin, of lunch binnen, altijd met een paar gasten voor de lunchsleur. De middaguren, stralend en weelderig met een overvloed aan zon en stilte.

Dan zijn er de scènes die nog over zijn van voorgaande zomers: mijn vader die zich voortdurend afvroeg wat ik met mijn tijd deed, waarom ik altijd alleen was; mijn moeder die me aanmoedigde nieuwe vrienden te maken als de oude me niet interesseerden, maar vooral niet voortdurend in huis rond te hangen – boeken, boeken, boeken, altijd maar boeken, en al die partituren, zij allebei die erop aandrongen dat ik meer moest tennissen, moest gaan dansen 's avonds, mensen moest leren kennen, zelf moest ontdekken waarom anderen zo noodzakelijk zijn in het leven en niet slechts vreemde lichamen zijn waar je je schuchter naartoe beweegt. Doe anders eens iets geks, zeiden ze tegen me, terwijl ze voortdurend spiedden naar geheimzinnige tekenen die konden duiden op een gebroken hart dat zowel hij als zij, in hun onhandige, bemoeizuchtige, aanhankelijke manier onmiddellijk zouden willen helen, alsof ik een soldaat was die per ongeluk in hun tuin terecht was gekomen en wiens wond onmiddellijk gestelpt moest worden anders zou hij sterven. Je kunt altijd met me praten. Ik ben ook ooit zo oud geweest als jij, zei mijn vader altijd. Geloof me nou maar, de gevoelens die jij hebt en waarvan je denkt dat jij de enige bent die ze ooit heeft gehad, die heb ik ook allemaal gehad, daar heb ik ook onder geleden en meer dan eens – en er zijn er waar ik nooit overheen ben gekomen en andere waar ik nog steeds even weinig vanaf weet als jij vandaag, maar ik ken wel bijna elke bocht, elk tolhuis, elke kamer van het menselijk hart.

Er zijn andere scènes: de stilte na het middagmaal – als sommigen van ons een dutje deden, sommigen werkten, anderen lazen, de hele wereld zich koesterde in zacht klinkende halve tonen. Hemelse uren als stemmen van de wereld buiten ons huis zo zachtjes naar binnen sijpelden dat ik er zeker van was dat ik in slaap was gedommeld. Dan middagtennis. Douchen en cocktails. Wachten op het avondeten. Weer gasten. Avondeten. Zijn tweede tochtje naar de vertaalster. De stad in slenteren en pas laat in de avond weer terug, soms alleen, soms met vrienden.

Dan zijn er de uitzonderingen: de stormachtige middag toen we in de woonkamer naar de muziek zaten te luisteren en naar de hagel die tegen alle ramen van het huis kletterde. Het licht ging uit, de muziek stierf weg en we hadden alleen nog elkaars gezichten. Een tante die maar doorkletste over haar vreselijke jaren in St. Louis, Missouri, wat ze uitsprak als Sen Loewie, moeder met de geur van earl grey om zich heen en op de achtergrond, helemaal vanuit de keuken beneden, de stemmen van Manfredi en Mafalda – de dunne fluister die overbleef van een stel dat luid sissend kibbelde. In de regen de magere, in een cape met capuchon gehulde gedaante van de tuinman in strijd met de elementen, altijd bezig onkruid uit te trekken, zelfs als het regende, en mijn vader die voor het woonkamerraam stond te gebaren, ga naar binnen, Anchise, ga naar binnen.

'Die man is een griezel,' zei mijn tante.

'Die griezel heeft een hart van goud,' zei mijn vader.

Maar al die uren waren doortrokken van angst, alsof angst een broedende geest was, of een vreemde verdwaalde vogel die in ons stadje gevangenzat en wiens roetzwarte vleugels elk levend ding bevlekte met een schaduw die er nooit meer uitgewassen kon worden. Ik wist niet waar ik bang voor was, of waar ik me zo druk over maakte, of waarom dat wat het ook was en wat zo makkelijk paniek kon veroorzaken, soms aanvoelde als hoop en, net als hoop in de donkerste momenten, zoveel vreugde bracht, onechte vreugde, vreugde met een strop eromheen. De sprong die mijn hart maakte als ik hem onaangekondigd zag was tegelijk beangstigend en opwindend. Ik was bang als hij kwam opdagen, bang als hij dat niet deed, bang als hij naar me keek, maar nog angstiger als hij het niet deed. Ik raakte uitgeput van die voortdurende kwelling en op verzengende middagen hield ik het gewoon niet langer vol en viel ik in slaap op de bank in de woonkamer en wist ik precies, ook al lag ik nog te dromen, wie er in de kamer was, wie op zijn tenen naar binnen kwam en weer naar buiten ging, wie daar naar mij stond te kijken en hoe lang, wie probeerde de krant van vandaag te pakken zonder er al te veel mee te ritselen, en het dan toch maar opgaf en ging opzoeken welke films er vanavond draaiden, of ik er nu wakker van werd of niet.

De angst verliet me nooit. Ik werd ermee wakker, merkte hoe hij veranderde in vreugde als ik hem 's ochtends hoorde douchen in de wetenschap dat hij beneden zou zijn om met ons te ontbijten, alleen om die vreugde weer te voelen verschrompelen als hij door het huis rende en meteen aan het werk ging in de tuin, in plaats van koffie te drinken. Tegen de middag was de kwelling van het wachten tot hij iets tegen me zou zeggen erger dan ik kon verdragen. Ik wist dat ik over een uur of zo weer op de bank zou liggen. Ik haatte mezelf om hoe ongelukkig ik me voelde, hoe volslagen onzichtbaar, hoe verslagen, hoe onervaren. Zeg nou iets, raak me nou eens aan, Oliver. Kijk lang genoeg naar me om de tranen in mijn ogen te zien wellen. Klop 's nachts op mijn deur en zie of ik hem niet al voor je op een kier heb laten staan. Loop naar binnen. Er is altijd plaats in mijn bed.

Het bangst was ik voor de dagen dat ik hem een hele poos niet zag – hele middagen en avonden soms zonder te weten waar hij was geweest. Soms zag ik hem de piazzetta oversteken of met mensen praten die ik daar nooit eerder had gezien. Maar dat telde niet, want op de kleine piazzetta waar mensen rond sluitingstijd bij elkaar kwamen, keek hij zelden naar me, hoogstens een knikje dat misschien meer was bedoeld voor mijn vader, wiens zoon ik toevallig was, dan voor mij.

Mijn ouders, en vooral mijn vader, waren meer dan tevreden met hem. Oliver deed het een stuk beter dan de meeste andere zomergasten. Hij hielp mijn vader zijn paparassen op orde te krijgen, handelde een groot deel van zijn buitenlandse correspondentie af en schoot duidelijk op met zijn eigen boek. Wat hij in zijn privéleven en in zijn eigen tijd deed moest hij zelf weten – *als de jeugd al stapvoets moet gaan, wie gaat er dan nog in galop?* luidde het onbeholpen adagium van mijn vader. Bij ons thuis kon Oliver niets verkeerds doen.

Aangezien mijn ouders zich er nooit druk om maakten dat hij vaak weg was, leek het mij veiliger om niet te laten zien dat ik dat wél deed. Ik zei alleen iets over zijn afwezigheid als een van hen zich afvroeg waar hij uithing; ik probeerde dan net zo verschrikt te kijken als zij. Ja inderdaad, hij is wel al erg lang weg. Nee, geen idee. En ik moest ervoor waken niet al te verschrikt te kijken, want dat zou weleens gemaakt over kunnen komen en hen attenderen op wat mij dwarszat. Onoprechtheid zouden ze onmiddellijk herkennen. Het verbaasde me dat dat al niet gebeurd was. Ze hadden altijd gezegd dat ik *te makkelijk gehecht* raakte aan mensen. Maar het was pas deze zomer dat ik besefte wat ze bedoelden met *te makkelijk gehecht* raken. Kennelijk was het al eerder voorgekomen en zij moeten het al hebben opgepikt toen ik waarschijnlijk nog te jong was om zelf iets te merken. Het had alarmsignalen doen afgaan in hun leven. Ze maakten zich zorgen om mij. Ik wist dat ze zich terecht zorgen maakten. Ik hoopte alleen dat ze nooit zouden weten hoe ver voorbij hun normale zorgen ik inmiddels al was aangeland. Ik wist dat ze niets vermoedden en dat zat me dwars – al zou ik het niet anders hebben gewild. Het maakte me duidelijk dat ik, als ik niet langer doorzien werd en zoveel van mijn leven kon verhullen, eindelijk niets meer van hen te vrezen had, en van hem – maar tegen welke prijs en wilde ik wel van niemand meer iets te vrezen hebben?

Er was geen mens met wie ik kon praten. Wie kon ik het vertellen? Mafalda? Ze zou het huis verlaten. Mijn tante? Die zou het waarschijnlijk aan iedereen doorvertellen. Marzia, Chiara, mijn vrienden? Ze zouden me onmiddellijk in de steek laten. Mijn neven of nichten als die kwamen? Nooit van mijn leven. Mijn vader was een bijzonder liberale geest – maar hierover? Wie anders? Schrijven aan een van mijn leraren? Naar een dokter gaan? Zeggen dat ik een psychiater nodig had? Het aan Oliver vertellen?

Het aan Oliver vertellen. Er is niemand anders aan wie ik het kan vertellen, Oliver, dus ik ben bang dat jij het moet worden...

Op een middag toen ik wist dat er geen mens in huis was, ging ik naar zijn kamer. Ik wist dat hij niet thuis was. Ik maakte zijn kast open en omdat dit mijn kamer was als er geen zomergasten waren, deed ik net of ik op zoek was naar iets wat ik had achtergelaten in een van de onderste laden. Ik was van plan geweest om in zijn papieren te neuzen, maar zodra ik zijn kast opendeed, zag ik hem. Daar, op een haakje, hing de rode zwembroek die hij die morgen had aangehad maar waarin hij niet had gezwommen, vandaar dat hij niet te drogen hing op het balkon. Ik pakte hem van het haakje. Nog nooit van mijn leven had ik in iemands persoonlijke bezittingen rondgeneusd. Ik bracht de zwembroek naar mijn gezicht, wreef mijn gezicht over de binnenkant alsof ik probeerde mezélf erin te nestelen en me in de vouwen te verliezen – dus zo ruikt hij als zijn lichaam niet onder de zonnebrand zit, zo ruikt hij, zo rook hij, herhaalde ik steeds weer bij mezelf, terwijl ik de broek doorzocht naar iets nog persoonlijkers dan zijn geur en vervolgens elk stukje ervan kuste, haast wenste dat ik een haar zou vinden, wat dan ook, de broek wilde likken, hem helemaal in mijn mond wilde stoppen en, als ik hem maar kon stelen, voor altijd bij me wilde houden en voorkomen dat Mafalda hem ooit zou wassen, zodat ik hem thuis in de wintermaanden kon pakken en Oliver, zo naakt als hij nu op dit moment bij mij was, weer tot leven kon brengen door eraan te snuffelen. In een opwelling trok ik mijn zwembroek uit en begon de zijne aan te trekken. Ik wist wat ik wilde en ik wilde het met het soort bedwelmende vervoering die mensen risico's doet nemen die ze zelfs met een boel alcohol in hun lichaam nooit zouden nemen. Ik wilde in zijn zwembroek klaarkomen en het bewijs achterlaten opdat hij het zou vinden. En toen kreeg ik een nog idioter idee. Ik sloeg de dekens terug van zijn bed, trok zijn zwembroek uit en nestelde me tussen zijn lakens, naakt. Laat hij me maar vinden – ik verzin er wel iets op, wat dan ook. Het bed voelde bekend. Mijn bed. Maar de geur was de zijne, overal om me heen, heilzaam en vergevensgezind, zoals de vreemde lucht die opeens over mijn hele lichaam was neergedaald toen een oudere man die toevallig vlak naast me stond in een synagoge op Jom Kippoer zijn tallith over mijn hoofd had gelegd zodat ik bijna helemaal verdwenen was en verenigd met een natie die voor altijd verstrooid is maar die, van tijd tot tijd, weer samenkomt als de ene persoon en de andere zich wikkelen in hetzelfde stuk stof. Ik legde zijn kussen op mijn gezicht, kuste het wild en vertelde het, terwijl ik mijn benen eromheen sloeg, wat ik aan niemand anders ter wereld durfde te vertellen. Toen vertelde ik hem wat ik wilde. Het duurde minder dan een minuut.

Het geheim had mijn lichaam verlaten. Dan zag hij het, nou en? Dan betrapte hij me, nou en? Nou en, nou en, nou en?

Op weg van zijn kamer naar de mijne vroeg ik me af of ik ooit nog eens gek genoeg zou zijn om hetzelfde opnieuw te proberen.

Die avond betrapte ik me erop dat ik zorgvuldig in de gaten hield waar iedereen was in huis. De beschamende drang overviel me sneller dan ik ooit voor mogelijk had gehouden. Het zou doodeenvoudig zijn geweest om weer naar boven te sluipen.

Toen ik op een avond in de bibliotheek van mijn vader zat te lezen, stuitte ik op een verhaal over een knappe jonge ridder die dodelijk verliefd is op een prinses. Zij is ook verliefd op hem, al lijkt ze zich daar niet echt van bewust, en ondanks de vriendschap die tussen hen opbloeit, of misschien juist vanwege die vriendschap, voelt hij zich door haar onbevangenheid zo gedeemoedigd en geremd dat hij absoluut niet in staat is om over zijn liefde te beginnen. Op een dag vraagt hij haar rechtuit: 'Is het beter om te spreken of om te sterven?

Ik zou niet eens de moed hebben om een dergelijke vraag te stellen.

Maar wat ik in zijn kussen had gezegd maakte me duidelijk dat ik, voor een ogenblik althans, geoefend had om de waarheid te spreken, de waarheid in de openbaarheid had gebracht, dat ik het zelfs fijn had gevonden de waarheid te spreken en als hij toevallig op het moment dat ik die dingen mompelde, die ik niet eens tegen mijn eigen gezicht in de spiegel durfde te zeggen, voorbij was gekomen, zou het me niet hebben kunnen schelen, zou ik het niet erg hebben gevonden – laat het hem maar weten, laat het hem maar zien, laat hem mij maar veroordelen als hij dat wil – vertel het alleen niet aan de wereld – ook al ben jij op dit moment de wereld voor me, ook al is in jouw ogen een geschokte, minachtende wereld te zien. Die harde blik van jou, Oliver, ik sterf nog liever dan die te ondergaan als ik het je eenmaal verteld heb.

II

Het heuveltje van Monet

Tegen het eind van juli bereikten we eindelijk een kritiek punt. Het leek duidelijk dat er na Chiara een hele reeks *cotte* was geweest, verliefdheden, miniverliefdheden, verliefdheden van één nacht, uitspattingen, Joost mag het weten. Voor mij kwam het allemaal neer op slechts één ding: zijn pik was overal geweest in B. Elk meisje had hem aangeraakt, die pik van hem. Hij had in wie weet hoeveel vagina's en monden gezeten. Ik vond het wel een amusant idee. Ik zat er helemaal niet mee om me hem voor te stellen tussen de benen van een meisje dat naar hem opkeek terwijl zijn brede, gebruinde, glanzende schouders op en neer bewogen zoals ik me hem die middag had voorgesteld toen ook ik mijn benen om zijn kussen had geslagen.

Ik hoefde alleen maar naar zijn schouders te kijken als hij zijn manuscript lag door te nemen in zijn hemel, en ik vroeg me af waar ze gisteravond geweest waren. Wat bewogen zijn schouderbladen moeiteloos en vrij telkens als hij even van houding veranderde, wat vingen ze achteloos de zon op. Vond de vrouw die vannacht onder hem had gelegen en erin had gebeten dat ze naar de zee smaakten? Of naar zijn zonnebrand? Of naar de geur die was opgestegen uit zijn lakens toen ik ertussen ging liggen?

Wat had ik graag schouders gehad zoals hij. Zou ik er misschien niet naar verlangen als ik ze zelf had?

Muvi star.

Wilde ik zo zijn als hij? Wilde ik hem zijn? Of wilde ik hem alleen maar hebben? Of zijn 'zijn' en 'hebben' volslagen ontoereikende werkwoorden in de warrige verstrengelingen van het verlangen, waarin het een en hetzelfde is om het lichaam van de ander te kunnen aanraken en die ander, die we zo graag willen aanraken, te zijn, alleen maar de beide oevers van een rivier die van jezelf naar die ander stroomt, terug naar jezelf en opnieuw naar de ander in die eeuwige kringloop waarin de kamers van het hart, als de valluiken van het verlangen, en de wormgaten in de tijd, en de lade met valse bodem die we identiteit noemen, een bedrieglijke logica gemeen hebben volgens welke de kortste afstand tussen het echte leven en het ongeleefde leven, tussen wie we zijn en wat we willen, een wenteltrap is, ontworpen met de duivelse wreedheid van M.C. Escher. Wanneer hadden ze ons uit elkaar gehaald, jou en mij, Oliver? En waarom wist ik het wel en jij niet? Is het jouw lichaam dat ik wil als ik elke nacht in gedachten naast je lig, of wil ik er ongemerkt in kruipen en het bezitten alsof het van mij was, zoals ik deed toen ik jouw zwembroek aantrok en weer uit, terwijl ik er die middag alleen maar naar hunkerde, zoals ik nog nooit naar iets gehunkerd had, om jou bij me naar binnen te voelen glijden alsof mijn hele lichaam jouw zwembroek was, jouw thuis? Jij in mij, ik in jou...

Toen kwam de dag. We waren in de tuin en ik vertelde hem over de novelle die ik net uit had.

'Over de ridder die niet weet of hij moet spreken of sterven. Dat heb je me al verteld.'

Kennelijk had ik het erover gehad en was ik het weer vergeten.

'Ja.'

'Nou, doet hij het of niet?'

'Het is beter om te spreken, zei ze. Maar ze is op haar hoede. Ze voelt dat er een addertje onder het gras zit.'

'Nou, en spreekt hij?'

'Nee, hij draait eromheen.'

'Nogal logisch.'

Het was net na het ontbijt. We hadden geen van beiden veel zin om te werken die dag.

'Hoor eens, ik moet iets gaan ophalen in de stad.'

Iets was altijd de nieuwste bladzijden van de vertaalster.

'Als je wilt, ga ik wel.'

Hij zweeg even.

'Nee, laten we samen gaan.'

'Nu?' Wat ik wellicht echt bedoelde was: echt?

'Hoezo, heb je iets beters te doen?'

'Nee.'

'Nou, kom op dan.' Hij stopte een paar bladzijden in zijn aftandse groene rugzak en hees hem over zijn schouders.

Sinds onze laatste ritjes naar B. had hij me nooit meer gevraagd om ergens met hem naartoe te gaan.

Ik legde mijn vulpen neer, sloeg mijn partituur dicht, zette een halfvol glas limonade boven op mijn blaadjes en was klaar om te gaan.

Op weg naar de schuur kwamen we langs de garage.

Zoals gewoonlijk stond Manfredi, Mafalda's echtgenoot, te ruziën met Anchise. Ditmaal beschuldigde hij hem ervan de tomaten te veel water te geven en dat dat helemaal verkeerd was omdat ze dan te snel groeiden. 'Daar worden ze melig van,' klaagde hij.

'Hoor eens. Ik zorg voor de tomaten, jij zorgt voor de auto – iedereen blij.'

'Je begrijpt het niet. In mijn tijd verplantte je de tomaten op een gegeven moment naar een andere plek, van de ene plek naar de andere, en je plantte er basilicum naast. Maar natuurlijk weten jelui die in het leger hebben gezeten alles beter.'

'Klopt.' Anchise negeerde hem.

'Natuurlijk klopt dat. Geen wonder dat ze je niet gehouden hebben in het leger.'

'Klopt. Ze hebben me niet gehouden in het leger.'

Beide mannen begroetten ons. De tuinman gaf Oliver zijn fiets aan. 'Ik heb gisteravond de slag uit het wiel gehaald, dat viel nog niet mee. Ik heb ook de banden opgepompt.'

Manfredi raakte zomogelijk nog meer ontstemd.

'Van nu af aan repareer ik de wielen en teel jij de tomaten,' zei de gepikeerde chauffeur.

Anchise lachte spottend. Oliver lachte terug.

Toen we door het cipressenlaantje reden dat naar de hoofdweg leidde vroeg ik Oliver: 'Vind je hem geen griezel?'

'Wie?'

'Anchise.'

'Nee, waarom? Ik ben gister op de terugweg gevallen en heb me behoorlijk geschaafd. Anchise wilde er per se een of ander heksenbrouwsel opsmeren. En hij heeft mijn fiets gerepareerd.'

Met één hand aan het stuur tilde hij zijn shirt omhoog en liet een grote schaafwond en blauwe plek zien op zijn linkerzij.

'Toch vind ik het een griezel,' zei ik in navolging van mijn tante.

'Eigenlijk meer een verloren ziel.'

Ik zou die schaafwond hebben aangeraakt, gestreeld, bemind.

Het viel me op dat Oliver er zijn gemak van nam. Hij was niet zo gejaagd als anders, hoefde niet zo nodig keihard te fietsen of met zijn gebruikelijke atletische enthousiasme de heuvel te beklimmen. En hij leek evenmin snel terug te willen naar zijn paperassen, of zich bij zijn vrienden op het strand te willen voegen, of, zoals gewoonlijk het geval was, mij te willen lozen. Misschien had hij niets beters te doen. Dit was míjn moment in de *hemel* en, ik mocht dan nog zo jong zijn, ik wist dat het niet lang zou duren en dat ik het moest nemen zoals het was zonder het te verpesten met mijn veelvuldig aangezwengelde voornemen onze vriendschap te verstevigen of naar een ander niveau te tillen. Er zal nooit een vriendschap zijn, dacht ik, dit is niets, alleen een minuut van genade. *Zwischen Immer und Nie. Zwischen Immer und Nie.* Tussen altijd en nooit. Celan.

Toen we aankwamen op de piazzetta die uitzag over de zee, hield Oliver halt om sigaretten te kopen. Hij was Gauloises gaan roken. Ik had nog nooit een Gauloise geproefd en vroeg of ik er eentje mocht. Hij haalde een *cerino* uit het doosje, maakte heel dicht bij mijn gezicht een kommetje van zijn handen en stak mijn sigaret aan. 'Niet slecht, hè?' 'Helemaal niet slecht.' Ze zouden me aan hem herinneren, aan deze dag, dacht ik, terwijl ik me realiseerde dat hij over minder dan een maand spoorloos verdwenen zou zijn.

Dit was waarschijnlijk de eerste keer dat ik mezelf toestond om zijn resterende dagen in B. af te tellen.

'Kijk nou toch eens,' zei hij toen we met de fiets aan de hand door het ochtendzonlicht naar de rand van de piazzetta slenterden en uitkeken over de heuvels die zich onder ons uitstrekten.

Verder weg, helemaal in de diepte lag de schitterende zee met slechts een paar strepen schuim die de baai kliefden als reuzendolfijnen die door de branding braken. Een piepkleine bus kwam langzaam de berg op, met drie geüniformeerde fietsers in zijn kielzog die duidelijk klaagden over de uitlaatgassen. 'Je weet toch wel wie naar verluidt hier in de buurt is verdronken,' zei hij.

'Shelley.'

'En weet je ook wat zijn vrouw Mary deed toen ze zijn lichaam vonden?'

'*Cor cordium*, hart van mijn hart,' antwoordde ik, verwijzend naar het moment dat een vriend Shelleys hart uit de vlammen redde voordat die zijn gezwollen lichaam, dat op het strand gecremeerd werd, helemaal in bezit hadden genomen.

'Is er ook iets wat je niet weet?'

Ik keek hem aan. Dit was mijn moment. Ik kon het grijpen of ik kon het verliezen, maar ik wist dat ik het, wat ik ook deed, nooit meer ongedaan zou kunnen maken. Of ik kon blij zijn met het compliment – en vervolgens mijn leven lang overal spijt van hebben. Dit was waarschijnlijk de eerste keer in mijn leven dat ik tegen een volwassene sprak zonder dat ik een deel van wat ik ging zeggen had gepland. Ik was te nerveus om wat dan ook te plannen.

'Ik weet niets, Oliver. Niets, helemaal niets.'

'Je weet meer dan wie dan ook hier.'

Waarom reageerde hij op de haast tragische toon die ik aansloeg met dit nietszeggende, onnozele oppoetsen van mijn ego?

'Je moest eens weten hoe weinig ik weet over de dingen die er echt toe doen.'

Ik was aan het watertrappelen, aan het proberen om noch te verdrinken, noch mezelf in veiligheid te brengen, bleef gewoon op dezelfde plek, omdat hier de waarheid lag – en zelfs al kon ik de waarheid niet uitspreken, of er zelfs maar naar verwijzen, toch kon ik zweren dat zij hier ergens moest zijn, zoals je dat zegt van een kettinkje dat je bij het zwemmen hebt verloren: ik weet dat het hier ergens moet liggen. Wist hij het maar, wist hij maar dat ik hem elke kans bood om het optelsommetje te maken en uit te komen op een oneindig groot getal.

Maar als hij het had begrepen, dan moet hij een vermoeden hebben gehad, en als hij een vermoeden had dan zou hij zich in dezelfde situatie hebben bevonden terwijl hij vanaf een parallelle rijstrook met die harde, vijandige, glazige, scherpe, alwetende blik naar me keek.

Hij moet opeens iets bedacht hebben, maar god mag weten wat. Misschien probeerde hij niet overdonderd te lijken.

'Wat voor dingen die er echt toe doen?'

Deed hij nu gemaakt naïef?

'Je weet best wat voor dingen. Jíj zou dat ondertussen toch zeker moeten weten.'

Stilte.

'Waarom vertel je me dit allemaal?'

'Omdat ik vind dat je het moet weten.'

'Omdat je vindt dat ik het moet weten.' Hij herhaalde mijn woorden bedachtzaam, probeerde hun volle betekenis te vatten en probeerde ze ondertussen op een rijtje te krijgen, tijd te winnen door de woorden te herhalen. Het ijzer, wist ik, was gloeiend heet.

'Omdat ik wil dat jíj het weet,' flapte ik eruit. 'Omdat er niemand anders is tegen wie ik het kan zeggen.'

Zo, ik had het gezegd.

Begreep hij er iets van?

Ik stond op het punt om het gesprek op de lange baan te schuiven door iets te zeggen over de zee en het weer van morgen en of het misschien een idee was om naar E. te varen, iets wat mijn vader rond deze tijd van het jaar steeds weer beloofde.

Maar het sierde hem dat hij me niet liet ontsnappen.

'Weet je wel wat je zegt?'

Ditmaal keek ik naar de zee en zei, op een vage, vermoeide toon die mijn laatste afleiding was, mijn laatste schuilplaats, mijn laatste ontsnappingsmogelijkheid: 'Ja, ik weet wat ik zeg en er is níéts bij dat je verkeerd begrepen hebt. Ik ben alleen niet zo goed in praten. Maar het staat je vrij om nooit meer een woord tegen me te zeggen.'

'Wacht. Zeg je echt wat ik denk dat je zegt?'

'Já-ha.' Nu ik mijn mond voorbij had gepraat kon ik die ontspannen, licht geïrriteerde houding aannemen waarmee een crimineel die zich aan de politie heeft overgegeven voor de zoveelste keer tegen de zoveelste politieman vertelt hoe hij de winkel heeft overvallen.

'Wacht hier op me, ik ren even naar boven om wat papieren op te halen. Niet weggaan.'

Ik keek naar hem met een vertrouwelijke glimlach.

'Je weet maar wat goed dat ik nergens naartoe ga.'

Als dat niet nóg een bekentenis is, dan weet ik het niet meer, dacht ik.

Terwijl ik op hem wachtte, pakte ik onze beide fietsen en liep ermee naar het oorlogsmonument ter herinnering aan de jongemannen van de stad die in de Eerste Wereldoorlog waren omgekomen in de Slag aan de Piave. Elk stadje in Italië heeft zo'n monument. Vlakbij waren net twee kleine bussen gestopt om hun passagiers te laten uitstappen – oudere vrouwen uit omliggende dorpen die een dagje kwamen winkelen in de stad. Overal op de kleine piazza zaten de oude mensen, veelal mannen, gekleed in saaie, oude, bruingrijze pakken, op kleine, gammele stoeltjes met een strooien rug of op parkbanken. Ik vroeg me af hoeveel van die mensen zich nog de jongemannen konden herinneren die waren gesneuveld bij de rivier de Piave. Ze zouden nu minstens tachtig moeten zijn om ze te hebben gekend. En minstens honderd zo niet ouder om ouder te zijn geweest dan zij toen waren. Als je honderd bent zul je toch vast wel geleerd hebben met verlies en rouw om te gaan – of blijft dat je achtervolgen tot het bittere eind? Op honderdjarige leeftijd herinnert niemand zich meer iets: broers en zussen, zonen, geliefden, iedereen heeft vergeten, zelfs zij die de grootste verwoesting hebben meegemaakt herinneren het zich niet meer. Vaders en moeders zijn al lang dood. Herinnert iemand het zich nog?

Er schoot een gedachte door mijn hoofd: zouden mijn nakomelingen weten wat hier vandaag op deze piazzetta was gezegd? Zou iemand het weten? Of zou het in lucht oplossen, wat een deel van mij eigenlijk graag wilde? Zouden ze weten dat hun lot op deze dag op deze piazzetta op de rand van de afgrond had gestaan? Ik vond het een amusante gedachte en die zorgde ervoor dat ik genoeg afstand kon nemen om de rest van deze dag aan te kunnen.

Over een jaar of dertig, veertig zal ik hier terugkomen en terugdenken aan een gesprek waarvan ik wist dat ik het nooit zou vergeten, al zou ik dat op een dag misschien nog zo graag willen. Ik zou hier komen met mijn vrouw, mijn kinderen, hun het uitzicht laten zien, naar de baai wijzen, de plaatselijke *caffès*, Le Danzing, het Grand Hotel. Dan zou ik hier staan en het standbeeld en de stoeltjes met de strooien rug en de gammele houten tafels vragen me te herinneren aan iemand die Oliver heette.

Toen hij terugkwam was het eerste wat hij eruit flapte: 'Die stomme Milani heeft de bladzijden door elkaar gegooid en moet alles opnieuw typen. Dus ik kan vanmiddag nergens aan werken en lig meteen een dag achter op schema.'

Het was nu zijn beurt om smoezen te bedenken waarmee hij het onderwerp kon vermijden. Ik kon hem gemakkelijk helpen als ik dat wilde. We konden over de zee praten, over de Piave, of over Heraclitus: 'Ik ging op zoek naar mezelf.' Of: 'De verhulde overeenstemming is beter dan de onmiskenbare.' Of: 'De natuur mag zich graag verbergen.' En hadden we het daar niet over, dan was er nog het tochtje naar E. waar we nu al dagenlang over praatten. En het kamermuziekensemble dat nu iedere dag kon aankomen.

Onderweg passeerden we de winkel waar mijn moeder altijd bloemen bestelde. Als kind had ik graag naar de grote etalageruit gekeken waar zachtjes een onafgebroken watergordijn langs stroomde dat de winkel iets toverachtigs en geheimzinnigs gaf en dat me deed denken aan hoe in veel films het scherm wazig werd als er een flashback zat aan te komen.

'Ik wou maar dat ik niets had gezegd,' zei ik ten slotte.

Zodra ik het had gezegd wist ik dat ik de karige betovering tussen ons had verbroken.

'Dan doe ik toch gewoon net of dat zo is,' antwoordde hij.

Tja, dat was een benadering die ik nooit had verwacht van een man die zo prima kon leven met de hele wereld. Zo'n uitspraak had ik bij ons thuis nog nooit iemand horen doen.

'Betekent dat dat we wel met elkaar praten – maar niet heus?'

Daar moest hij even over nadenken.

'Hoor eens, over zulke dingen kúnnen we niet praten. Dat kan gewoon niet.'

Hij slingerde zijn tas over zijn schouders en we reden de heuvel af.

Een kwartier geleden had ik nog doodsangsten uitgestaan, was nog elk zenuwuiteinde, elk gevoel gekwetst geweest, vertrapt, verbrijzeld als in de vijzel van Mafalda, totaal verpulverd tot je geen angst meer kon onderscheiden van woede of van het kleinste beetje begeerte. Maar toen was er nog wel iets geweest om me op te verheugen. Nu we onze kaarten op tafel hadden gelegd, waren de geheimzinnigheid en de schaamte verdwenen, maar daarmee ook dat sprankje onuitgesproken hoop dat de afgelopen weken alles in leven had gehouden.

Alleen de omgeving en het weer konden me nu nog opbeuren. En het ritje samen over de lege landweg, die we op deze tijd van de dag helemaal voor onszelf hadden en waar de zon ongenadig begon neer te beuken op onbeschutte delen van de route. Ik zei dat hij mij moest volgen, dat ik hem een plek zou laten zien die de meeste toeristen en vreemdelingen nog nooit hadden gezien.

'Als je tenminste tijd hebt,' voegde ik eraan toe omdat ik ditmaal niet opdringerig wilde zijn.

'Ik heb tijd.' Hij zei het met een neutrale zangerigheid in zijn stem, alsof hij mijn overdreven tact enigszins komisch vond. Maar misschien was het wel een kleine concessie om het goed te maken dat hij niet praatte over waar het eigenlijk om ging.

'Dit,' zei ik ter inleiding om zijn interesse vast te houden, 'is de plek waar Monet kwam schilderen.'

In het kreupelhout stonden overal kleine, onvolgroeide palmen en knoestige olijfbomen. Voorbij de bomen, op een helling die helemaal doorliep tot aan de rand van het klif, lag een aardheuvel die voor een deel werd beschaduwd door hoge zeedennen. Ik zette mijn fiets tegen een van de bomen, hij deed hetzelfde, en ik liep voor hem uit naar het heuveltje. 'Kijk nu maar eens,' zei ik, uitermate tevreden, alsof ik iets onthulde wat meer voor mij sprak dan wat ik ooit zelf zou kunnen zeggen.

Recht onder ons in de diepte lag een stille baai. Nergens een teken van beschaving, geen huis, geen aanlegsteiger, geen vissersboten. Verder weg was, als altijd, de klokkentoren van de San Giacomo te zien, en, als je lang genoeg tuurde, de omtrek van N., en nog weer verder lag iets wat eruit zag als ons huis en de aanpalende villa's, die waar Vimini woonde en de familie Moreschi met hun twee dochters met wie Oliver waarschijnlijk geslapen had, een voor een of met allebei tegelijk, wie zou het zeggen, en wie kon het ook schelen op dit moment.

'Dit is mijn plekje. Helemaal van mij alleen. Hier kom ik om te lezen. Ik kan je niet vertellen hoeveel boeken ik hier al heb gelezen.'

'Vind je het fijn om hier alleen te zijn?' vroeg hij.

'Nee. Niemand vindt het fijn om alleen te zijn. Maar ik heb ermee leren leven.'

'Ben je altijd zo vreselijk wijs?' vroeg hij. Sloeg hij nu een neerbuigende, ik-ga-je-de-les-lezen toon aan om hetzelfde te gaan zeggen als iedereen, dat ik meer moest uitgaan, meer vrienden moest maken en, als ik die vrienden eenmaal had, ze niet zo voor mezelf moest houden? Of was dit een inleiding op zijn rol als psychiater-annex-deeltijd-vriend-van-de-familie? Of interpreteerde ik hem weer eens helemaal verkeerd?

'Ik ben helemaal niet wijs. Dat zei ik al, ik weet niets, wat ik weet komt uit boeken, en ik weet hoe ik woorden achter elkaar moet zetten – dat wil nog niet zeggen dat ik weet hoe ik moet praten over de dingen die er voor mij het meest toe doen.'

'Maar dat doe je nu wel – in zekere zin.'

'Ja, in zekere zin – zo zeg ik altijd alles: in zekere zin.'

Met mijn blik op de zee gericht om niet naar hem te hoeven kijken, ging ik in het gras zitten en zag dat hij een stukje verderop op zijn hurken zat, balancerend op zijn tenen, alsof hij elk moment overeind kon springen en teruggaan naar waar we onze fietsen hadden achtergelaten.

Het kwam niet bij me op dat ik hem niet alleen hierheen had gebracht om hem mijn kleine wereldje te laten zien, maar ook om mijn kleine wereldje te vragen hem binnen te laten, zodat de plek waar ik op zomermiddagen naartoe kwam om alleen te zijn hem leerde kennen, hem zou beoordelen, zien of hij hier paste, hem zou opnemen, zodat ik hier kon terugkomen en herinneringen kon ophalen. Hier kwam ik altijd naartoe om aan de bekende wereld te ontsnappen en een andere te zoeken die ik zelf bedacht; eigenlijk liet ik hem kennismaken met mijn lanceerplatform. Ik hoefde alleen maar de lijst boeken op te sommen die ik hier had gelezen en hij zou alle plaatsen kennen waar ik naartoe was gereisd.

'Ik vind het mooi hoe jij dingen zegt. Waarom kleineer je jezelf altijd?'

Ik haalde mijn schouders op. Bekritiseerde hij me nu omdat ik mezelf bekritiseerde?

'Ik weet niet. Om je voor te zijn, denk ik.'

'Ben je bang voor wat anderen denken?'

Ik schudde het hoofd. Maar ik wist het antwoord niet. Of misschien was het antwoord zo duidelijk dat ik niet hoefde te antwoorden. Het waren momenten als deze waardoor ik me zo kwetsbaar voelde, zo naakt. Dring maar aan, maak me maar nerveus en, tenzij ik je terugdring, ik val al door de mand. Nee, ik had geen antwoord. Maar weggaan zou ik ook niet. Ik had zin om hem in zijn eentje naar huis te laten gaan. Ik zou zorgen dat ik op tijd thuis was voor de lunch.

Hij wachtte tot ik iets zou zeggen. Hij zat naar me te kijken.

Dit is, geloof ik, de eerste keer dat ik het aandurfde om ook hem recht aan te kijken. Meestal keek ik even snel naar hem en dan weer weg – keek ik weg omdat ik niet in die prachtige, heldere vijver van zijn ogen wilde zwemmen tenzij ik daartoe was uitgenodigd – en wachtte ik nooit lang genoeg om te weten of ik er gewenst was; keek ik weg omdat ik te bang was om wie dan ook te blijven aankijken; keek ik weg omdat ik mezelf niet wilde verraden; keek ik weg omdat ik niet kon toegeven hoe belangrijk hij was. Keek ik weg omdat die harde blik van hem me er altijd aan herinnerde op wat voor hoogte hij zich bevond en hoe veel lager ik stond. Nu, in de stilte van het ogenblik, keek ik hem aan, niet om hem uit te dagen, of om te laten zien dat ik niet meer verlegen was, maar om me over te geven, om hem te vertellen dit is wie ik ben, dit is wie jij bent, dit is wat ik wil, er is nu niets dan waarheid tussen ons en waar waarheid is zijn geen belemmeringen, geen stiekeme blikken, en als hier niets uit voortkomt kunnen we geen van beiden ooit zeggen dat we ons niet bewust waren van wat er had kunnen gebeuren. Ik had geen enkele hoop meer. En misschien keek ik hem aan omdat ik niets meer te verliezen had. Ik keek hem aan met de alwetende, kus-me-dan-als-je-durft blik van iemand die in één en hetzelfde gebaar zowel uitdaagt als vlucht.

'Je maakt het me wel erg moeilijk.'

Kon dit slaan op hoe we elkaar zaten aan te kijken?

Ik keek niet weg. Hij ook niet. Ja, het sloeg op hoe we elkaar zaten aan te kijken.

'Waarom maak ik het je moeilijk?'

Mijn hart klopte te snel om nog iets zinnigs uit te kunnen brengen. Ik schaamde me er niet eens voor dat hij zag hoe ik zat te blozen. Dan wist hij het maar, van mij mocht hij.

'Omdat het erg verkeerd zou zijn.'

'*Zou zijn?*' vroeg ik.

Was er dan toch nog een sprankje hoop?

Hij ging in het gras zitten en vervolgens op zijn rug liggen met zijn armen onder zijn hoofd en staarde naar de lucht.

'Ja, *zou zijn*. Ik ga niet net doen of ik hier nooit aan heb gedacht.'

'En ik zou de laatste zijn geweest die ervan af zou hebben geweten.'

'Nou, ik heb er wel degelijk aan gedacht. Nu weet je het! Wat dacht jij dan dat er aan de hand was?'

'Aan de hand?' Ik stelde de vraag omdat ik in het duister tastte. 'Niets.' Ik dacht er nog even over na. 'Niets,' herhaalde ik alsof dat wat vagelijk tot me door begon te dringen zo vormeloos was dat ik het met alle gemak kon wegstoppen door mijn herhaalde 'niets' en tegelijkertijd de ondraaglijke stiltes kon vullen. 'Niets.'

'O,' zei hij ten slotte. 'Dan heb je het toch bij het verkeerde eind, mijn vriend' – op berispende, meewarige toon. 'Een schrale troost misschien, maar ik moet me inhouden. Het wordt tijd dat jij dat ook eens leert.'

'Ik kan nooit iets beters verzinnen dan net doen of het me niks kan schelen.'

'Ja, dat weten we nu al een poosje,' reageerde hij bits.

Ik was verbijsterd. Al die keren dat ik had gedacht hem te kleineren door te laten zien hoe makkelijk het was om hem te negeren in de tuin, op het balkon, op het strand, had hij dwars door me heen gekeken en geweten dat mijn chagrijnige gedoe alleen maar de zoveelste tactische zet was geweest.

Zijn bekentenis, die alle sluizen tussen ons leek open te zetten, was ook exact datgene wat al mijn hoop de grond in boorde. Waar konden we vanhier nog naartoe? Wat was er nog aan toe te voegen? En wat zou er de volgende keer gebeuren als we net deden of we niet met elkaar spraken, maar er niet meer zeker van konden zijn of de kilheid tussen ons nog wel schijn was?

We bleven nog een poosje zitten praten, maar de gespreksstof raakte op. Nu we onze kaarten op tafel hadden gelegd, leek alles wat we zeiden onbeduidend.

'Dus hier kwam Monet naartoe om te schilderen.'

'Ik zal het je thuis laten zien. We hebben een boek met prachtige reproducties van deze streek.'

'Ja, dat moet je me dan maar eens laten zien.'

Het klonk paternalistisch en dat vond ik afschuwelijk.

We staarden naar het uitzicht, allebei op één arm geleund.

'Je bent de grootste bofkont ter wereld,' zei hij.

'Je moest eens weten.'

Ik liet hem even nadenken over die uitspraak. Toen, misschien om de stilte te vullen die ondraaglijk werd, flapte ik eruit: 'Maar er is zoveel wat er niet aan deugt.'

'Wat dan? Je familie?'

'Die ook.'

'De hele zomer lang hier wonen, in je eentje lezen, met al die saaie eetgasten praten die je vader er elke maaltijd weer bij sleept?' Hij was me weer voor de gek aan het houden.

Ik meesmuilde. Nee, dat was het ook niet.

Hij zweeg even.

'Je bedoelt ons.'

Ik gaf geen antwoord.

'Eens even zien dan –' En voor ik het wist schoof hij naar me toe. We waren te dicht bij elkaar, dacht ik, ik was nog nooit zo dicht bij hem geweest behalve in een droom of toen hij een kommetje van zijn handen maakte om mijn sigaret aan te steken. Als hij nog dichterbij kwam met zijn oor zou hij mijn hart horen. Ik had het in romans zien staan, maar had het nooit geloofd, tot nu. Hij keek naar mijn gezicht, alsof hij mijn gezicht mooi vond en het wilde bestuderen en ernaar wilde blijven kijken, en toen raakte hij met zijn vinger mijn onderlip aan en liet hem van links naar rechts gaan en van rechts naar links en nog eens, terwijl ik daar maar lag te kijken hoe hij glimlachte op een manier die mij bang maakte dat nu alles zou kunnen gebeuren en er geen terugweg meer zou zijn, dat dit zijn manier van vragen was en mijn kans om nee te zeggen of om iets te zeggen om tijd te winnen, zodat ik voor mezelf nog een afweging kon maken nu we op dit punt waren aangekomen – alleen had ik geen tijd meer, omdat hij zijn lippen naar mijn mond bracht, een warme, verzoenende ik-zal-je-halverwege-tegemoet-komen-maar-verder-ook-niet kus, totdat hij zich realiseerde hoe uitgehongerd de mijne was. Ik wilde dat ik mijn kus zo goed kon afstemmen als hij. Maar je kunt je ook beter verbergen achter hartstocht en mocht ik me op dat moment bij het heuveltje van Monet al hebben willen verbergen in die kus, ik wilde ook niets liever dan die kus te vergeten door mezelf erin te verliezen.

'Zo beter?' vroeg hij toen we gestopt waren met kussen.

Ik gaf geen antwoord maar tilde mijn gezicht naar hem op en kuste hem opnieuw, bijna woest, niet uit hartstocht en ook niet omdat zijn kus de vurigheid ontbeerde die ik zocht, maar omdat ik er niet zo zeker van was dat onze kus mij, wat mijzelf betrof, ergens van had overtuigd. Ik wist niet eens zeker of ik er wel zo van had genoten als ik had verwacht en ik voelde de behoefte om nog eens de proef op de som te nemen. Zelfs tijdens de proef, zo blijkt, moet ik de proef op de som nemen. Mijn gedachten dwaalden af naar de meest alledaagse dingen. *Zoveel ontkenning?* zou een waardeloze leerling van Freud hebben opgemerkt. Ik onderdrukte mijn twijfels met een nog heftigere kus. Ik wilde geen hartstocht, ik wilde geen genot. Misschien wilde ik zelfs geen bewijs. En ik wilde geen woorden, niet praten over kleine dingen, niet over grote dingen, niet over fietsen, niet over boeken, over niets. Alleen de zon, het gras, af en toe een zeebriesje en de geur van zijn lichaam vers van zijn borstkas, zijn hals en zijn oksels. Neem me nou maar en kneed me en keer me binnenstebuiten, tot ik, net als een personage in Ovidius, één word met jouw lust, dat was wat ik wilde. Geef me een blinddoek, houd mijn hand vast en vraag me niet te denken – wil je dat voor me doen?

Ik wist niet waar dit alles toe zou leiden, maar ik gaf me aan hem over, stukje bij beetje, en hij moet het hebben geweten, want ik voelde dat hij nog steeds afstand bewaarde. Zelfs met onze gezichten tegen elkaar aan, raakten onze lichamen elkaar nergens. Ik wist dat alles wat ik nu deed, iedere beweging die ik maakte, de harmonie van het moment zou kunnen verstoren. Ik was me ervan bewust dat er waarschijnlijk niets zou volgen op onze kus, dus probeerde ik me voorzichtig los te maken van zijn mond maar ontdekte, nu ik er alleen nog maar aan dacht om de kus te beëindigen, hoe graag ik had gewild dat hij niet zou ophouden, hoe graag ik zijn tong in mijn mond wilde en de mijne in die van hem – want wat we geworden waren, na al die weken en al het geharrewar en al die haperende toenaderingen die telkens weer een kilte inluidden, was niet meer dan twee natte tongen wild bewegend in elkaars mond. Niet meer dan twee tongen, en de rest was alleen maar geklets. Toen ik ten slotte een knie optilde en die naar hem toe bewoog om me op mijn zij te draaien, wist ik dat ik de betovering had verbroken.

'Ik denk dat we maar eens moesten gaan.'

'Nog niet.'

'We moeten dit niet doen – ik ken mezelf. Tot nu toe hebben we ons gedragen. We hebben niks verkeerds gedaan. We hebben geen van beiden iets gedaan waar we ons voor moeten schamen. Laten we het zo houden. Ik wil me netjes gedragen.'

'Je hoeft je niet netjes te gedragen. Mij kan het niet schelen. Niemand hoeft het toch te weten?'

In een wanhopige beweging waarvan ik wist dat ik hem nooit meer goed kon maken als hij zich niet liet vermurwen, stak ik mijn hand uit en legde hem op zijn kruis. Hij bleef doodstil liggen. Ik had mijn hand meteen in zijn shorts moeten laten glijden, dacht ik. Hij moet mijn gedachten hebben gelezen want met een absoluut beheerst gebaar, dat zowel heel teder als erg ijzig was, bracht hij zijn hand omlaag en liet hem heel even op de mijne rusten voordat hij zijn vingers in de mijne verstrengelde en mijn hand optilde.

Heel even daalde er een ondraaglijke stilte op ons neer.

'Ben je nu boos?'

'Doe maar niet.'

Het klonk een beetje als *later!* toen ik dat weken geleden voor het eerst had gehoord – bits en bot en volslagen vreugdeloos, zonder ook maar iets in zijn stem van de blijdschap of de hartstocht die we net hadden gedeeld. Hij gaf me zijn hand en hielp me overeind.

Opeens kromp hij ineen.

Ik herinnerde me de schaafwond in zijn zij.

'Ik moet zorgen dat het niet ontstoken raakt,' zei hij.

'We gaan op de terugweg wel even langs de apotheek.'

Hij gaf geen antwoord. Maar het was ongeveer het meest ontnuchterende wat we hadden kunnen zeggen. Het liet de opdringerige echte wereld weer als een windvlaag ons leven binnen – Anchise, de gerepareerde fiets, het gekibbel over tomaten, de partituur die haastig was achtergelaten onder een glas limonade, hoe lang geleden leek dat allemaal al.

Toen we wegreden van mijn plekje zagen we dan ook twee toeristenbusjes in zuidelijke richting naar N. rijden. Het moest al bijna tegen de middag lopen.

'Nu praten we nooit meer,' zei ik terwijl we de eindeloze helling afreden met de wind in ons haar.

'Dat moet je niet zeggen.'

'Ik weet het gewoon. We gaan alleen nog wat babbelen. Niet meer dan prietpraat. En het gekke is, ik kan ermee leven. Ik denk dat dat wel gaat.'

'Dat rijmt,' zei hij.

Heerlijk vond ik het, hoe hij zomaar van stemming kon veranderen.

Twee uur later, onder de lunch, bewees ik mezelf eens en voor altijd dat ik er nooit mee zou kunnen leven.

Terwijl Mafalda, net voor het nagerecht, de borden weghaalde en ieders aandacht was gericht op een gesprek over Iacopone da Todi, voelde ik een warme, blote voet terloops langs de mijne gaan.

Ik herinnerde me dat ik op het heuveltje de kans had moeten grijpen om te voelen of de huid van zijn voet zo glad was als ik hem me had voorgesteld. Nu was dit de enige kans die ik zou krijgen.

Misschien was het mijn voet geweest die per ongeluk de zijne had geraakt. Hij trok zijn voet terug, niet onmiddellijk, maar al snel, alsof hij welbewust een toepasselijke tijdspanne had gewacht om niet de indruk te geven dat hij in paniek terugdeinsde. Ook ik wachtte eerst nog een paar seconden voordat ik, zonder het werkelijk te plannen, mijn voet op zoek liet gaan naar de andere. Ik was er nog maar nauwelijks mee begonnen toen mijn teen tegen zijn voet stootte; hij had zijn voet nauwelijks verplaatst, als een piratenschip dat de indruk wekte kilometers te zijn gevlucht, maar dat zich in werkelijkheid nog geen vijftien meter verderop schuilhield in de mist, erop wachtend om toe te slaan zodra de kans zich voordeed. Ik had nauwelijks genoeg tijd om iets met mijn voet te doen toen zijn voet plotseling, onverhoeds, zonder me de tijd te geven om me naar zijn voet toe te werken of om de mijne weer op veilige afstand te zetten, zachtjes, teder naar de mijne toe bewoog en die begon te strelen, te wrijven, onophoudelijk, terwijl de zachte ronde bal van zijn hiel mijn voet op zijn plaats hield en af toe wat druk uitoefende om die meteen weer te verlichten met een streling van de tenen, en hij me onderwijl de hele tijd liet blijken dat het bedoeld was als puur vermaak, omdat het zijn manier was om de saaie lunchgasten die recht tegenover ons zaten te laten stikken, maar ook dat anderen hier niets mee te maken hadden en dat het uitsluitend onder ons zou blijven, omdat het over ons ging, maar dat ik er niet te veel achter moest zoeken. Het stiekeme, onverzettelijke van zijn strelingen deed me de rillingen over de rug lopen. Ik voelde me ineens duizelig worden. Nee, ik ging niet huilen, dit was geen paniekaanval, het was geen 'zwijmeling', en ik ging ook niet klaarkomen in mijn shorts, ook al vond ik dit heel, heel erg lekker, vooral als zijn voetholte boven op de mijne lag. Toen ik naar mijn dessertbord keek en de chocoladecake met frambozensaus zag, leek het net of iemand er steeds meer saus overheen goot en of de saus uit het plafond boven mijn hoofd kwam, totdat het opeens tot me doordrong dat het uit mijn neus stroomde. Ik hapte naar adem en propte snel het servet tegen mijn neus terwijl ik mijn hoofd zo ver mogelijk achterover hield. *Ghiaccio*, ijs, Mafalda, *per favore, presto*,' zei ik zachtjes om te laten zien dat ik de situatie helemaal onder controle had. 'Ik ben vanmorgen boven op de heuvel geweest. Dan gebeurt me dat steeds,' zei ik verontschuldigend tegen de gasten.

Er klonk druk geschuifel om me heen toen mensen zich de eetkamer in en uit haastten. Ik had mijn ogen dichtgedaan. Beheers je, zei ik tegen mezelf, beheers je. Laat je lichaam niet alles verraden.

'Was dat mijn schuld?' vroeg hij toen hij na de lunch mijn slaapkamer binnenkwam.

Ik gaf geen antwoord. 'Wat een puinhoop maak ik er weer van, hè?'

Hij lachte en zweeg.

'Ga even zitten.'

Hij ging op de verste hoek van mijn bed zitten. Hij bezocht een vriend in het ziekenhuis die een ongeluk had gehad tijdens de jacht.

'Gaat het weer een beetje met je?'

'Eerst dacht ik van wel. Ik kom er wel overheen.' Ik had te veel personages in te veel boeken hetzelfde horen zeggen. Zo hielp je de weggelopen minnaar uit de knoei. Zo zorgde je ervoor dat niemand voor gek stond. Zo herstelde je de waardigheid en de moed van degene wiens ware identiteit ineens bekend was geworden.

'Ik zal je nu maar laten slapen.' Gesproken als een zorgzame ziekenbroeder.

Toen hij naar buiten liep zei hij: 'Ik blijf wel in de buurt,' zoals iemand zou zeggen, ik zal het licht voor je aanlaten. 'Gedraag je.'

Toen ik probeerde om wat te slapen, leek het incident op de piazzetta, dat ergens verdwaald was tussen het oorlogsmonument aan de Piave en ons ritje de heuvel op, waarbij ik me bezwaard had gevoeld door angst en schaamte en god mocht weten wat nog meer, een herinnering van zomers en eeuwen geleden, alsof ik als kleine jongen vóór de Eerste Wereldoorlog naar de piazzetta was gefietst en was teruggekeerd als een kreupele negentigjarige soldaat die aan dit bed gekluisterd lag dat niet eens het mijne was, omdat het mijne aan een jongeman was gegeven die mijn oogappel was.

Mijn oogappel, zei ik, licht van mijn ogen, licht van de wereld, dat ben je, licht van mijn leven. Ik wist niet wat oogappel betekende en een deel van mij vroeg zich af waar ik in godsnaam zulke onzin vandaan haalde, maar het was nonsens als deze die me nu in tranen bracht, tranen die ik wilde huilen in zijn kussen, waarmee ik zijn zwembroek wilde doorweken, tranen waarvan ik wilde dat hij ze aanraakte met het puntje van zijn tong om het verdriet weg te nemen.

Ik begreep niet waarom hij zijn voet op de mijne had gezet. Was het een toenaderingspoging, of een welgemeend gebaar van solidariteit en kameraadschap, zoals zijn vriendschappelijke knuffelmassage, een luchthartige por tussen minnaars die niet meer met elkaar slapen maar hebben besloten vrienden te blijven en af en toe samen naar de film te gaan? Betekende het: ik ben het niet vergeten, het zal altijd onder ons blijven, ook al zal er nooit iets uit voortkomen?

Ik wilde het huis uit vluchten. Ik wilde dat het al herfst was en dat ik zo ver mogelijk hiervandaan was. Ik wilde weg uit ons stadje met zijn onnozele Le Danzing en zijn onnozele jongelui met wie geen normaal mens vrienden wilde worden. Ik wilde weg bij mijn ouders en mijn neven en nichten die altijd met me concurreerden, weg van die vreselijke zomergasten met hun mysterieuze geleerde projecten die altijd alle badkamers aan mijn kant van het huis inpikten.

Wat zou er gebeuren als ik hem weer zag? Zou ik weer gaan bloeden, huilen, klaarkomen in mijn shorts? En als ik hem met iemand anders zag, 's avonds rondslenterend bij Le Danzing, zoals hij zo vaak deed? En als hij daar niet liep met een vrouw, maar met een man?

Ik moest leren hem te mijden, alle banden verbreken, een voor een, als een neurochirurg die de ene zenuwcel losmaakt van de andere, de ene door gedachten gepijnigde wens van de andere, niet meer achter in de tuin komen, niet meer spioneren, 's avonds niet meer naar de stad gaan, elke dag een beetje minder, als een verslaafde, een dag, een uur, een minuut, de ene van sentimenteel gezeur vergeven seconde na de andere. Dat was mogelijk. Ik wist dat er geen toekomst in zat. Stel dat hij vannacht werkelijk mijn slaapkamer binnenkwam. Of, beter nog, stel dat ik een paar glazen dronk en zijn slaapkamer binnenging en hem de volle waarheid recht in je gezicht zei, Oliver: Oliver, ik wil dat je me neemt. Iemand moet het doen, dus dan maar jij. Herstel: ik wíl graag dat jij het doet. Ik zal proberen om niet de slechtste te zijn met wie je het ooit hebt gedaan. Doe maar gewoon met me wat je met ieder ander zou doen die je nooit meer hoopt tegen te komen. Ik weet dat dit in de verste verte niet romantisch klinkt maar ik zit zo vreselijk in de knoop dat er nodig gordiaans moet worden opgetreden. Dus doe nou maar.

We zouden het doen. Dan zou ik teruggaan naar mijn slaapkamer en me wassen. Daarna zou ik degene zijn die af en toe mijn voet op de zijne zette en dan zouden we eens zien hoe hij dat vond.

Dat was mijn plan. Dat zou mijn manier worden om van hem los te komen. Ik zou wachten tot iedereen naar bed was. Zijn licht in de gaten houden. Ik zou zijn kamer binnengaan via het balkon.

Klop klop. Nee, niet kloppen. Ik wist zeker dat hij naakt sliep. En als hij nu eens niet alleen was? Ik zou buiten op het balkon luisteren voordat ik naar binnen ging. Als er iemand anders bij hem was en het te laat was om snel de aftocht te blazen, zou ik zeggen: 'Oeps, verkeerd adres.' Ja: Oeps, verkeerd adres. Wat luchthartigheid om mijn gezicht te redden. En als hij alleen was? Dan zou ik naar binnen lopen. Pyjama. Nee, alleen een pyjamabroek. Ik ben het, zou ik zeggen. Waarom ben je hier? Ik kan niet slapen. Zal ik iets te drinken voor je halen? Ik hoef niets te drinken. Ik heb me al moed ingedronken om van mijn kamer naar jouw kamer te lopen. Ik kom voor jou. Is dat zo? Maak het me niet moeilijk, praat niet, geef me geen redenen, en doe niet alsof je elk moment om hulp zult gaan roepen. Ik ben veel jonger dan jij en je zou jezelf alleen maar belachelijk maken als je opeens alarm sloeg of dreigde om het aan mijn moeder te vertellen. En dan zou ik spoorslags mijn pyjamabroek uittrekken en bij hem in bed glijden. Als hij me niet aanraakte, zou ik degene zijn die hem aanraakte en als hij niet reageerde dan zou ik mijn mond onverschrokken naar plaatsen laten gaan waar hij nooit eerder was geweest. Ik vond het grappig om die woorden te gebruiken. Intergalactisch gezwijmel. Mijn davidster, zijn davidster, zijn hals en mijn hals samen één, twee besneden joodse mannen die sinds onheuglijke tijden waren samengevoegd. Als dit alles niet werkte zou ik me op hem storten, hij zou me afweren en we zouden worstelen en ik zou me ervan verzekeren dat hij geil van me werd als hij me neerdrukte, terwijl ik mijn benen om hem heen sloeg als een vrouw en zelfs zijn heup zou bezeren die hij geschaafd had bij zijn val van de fiets, en als zelfs dat niet werkte, zou ik de ultieme vernedering begaan en hem door die vernedering laten zien dat de schaamte alleen van zijn kant kwam, niet van mij, dat ik gekomen was met waarheid en menselijke goedheid in mijn hart en dat ik die nu op zijn lakens achterliet om hem eraan te herinneren dat hij nee had gezegd tegen een jongeman die hem gesmeekt had om broederschap. Als je daar nee tegen zei, moest je branden in de hel, te beginnen bij de voeten.

En als hij me helemaal niet lekker vond? Ze zeggen dat 's nachts alle katjes – en als hij het nou helemaal niet lekker vindt? Dan moet hij het maar gewoon proberen. En als hij echt geschokt en beledigd is? – maak dat je wegkomt, jij ellendige, zieke, gestoorde viespeuk. De kus had bewezen dat hij er wel voor te porren was. Om nog maar te zwijgen van de voet? *Amor ch'a null'amato amar perdona.*

De voet. De laatste keer dat iemand een dergelijke reactie bij me teweeg had gebracht was niet toen hij me gekust had maar toen hij zijn duim in mijn schouders drukte.

Nee, er was nog een andere keer geweest. In mijn slaap, toen hij mijn slaapkamer was binnengekomen en boven op me was gaan liggen en ik net had gedaan of ik sliep. Nee, nog een correctie: in mijn slaap had ik me heel lichtjes omhoog gedrukt, net genoeg om hem te zeggen, ga niet weg, je mag best doorgaan, je mag alleen niet zeggen dat ik ervan afwist.

Toen ik later die middag wakker werd had ik opeens verschrikkelijk veel zin in yoghurt. Herinneringen aan vroeger. Ik ging naar de keuken waar Mafalda loom het servies aan het wegruimen was dat al uren eerder was afgewassen. Zo te zien had zij ook een dutje gedaan en was ze pas weer wakker. Ik zag een grote perzik in de fruitschaal liggen en begon hem te schillen.

'*Faccio io*,' zei ze en probeerde me het mes uit de hand te grissen.

Ik wilde hem doorsnijden en de stukken vervolgens in kleinere stukjes snijden en de kleinere stukjes in nog weer kleinere. Totdat het atomen waren geworden. Therapie. Toen koos ik een banaan uit, pelde die zo traag als ik maar kon en begon hem vervolgens in flinterdunne plakjes te snijden, die weer doormidden gingen. Toen een abrikoos. Een peer. Dadels. Vervolgens haalde ik een grote bak yoghurt uit de koelkast en goot de inhoud en de gesneden vruchten in de blender. Ten slotte gingen er voor de kleur nog een paar verse aardbeien uit de tuin bij. Heerlijk dat gesnor van de blender.

Dit dessert kende ze niet. Maar ze liet me mijn gang gaan in haar keuken zonder zich ermee te bemoeien, als om iemand ter wille te zijn die al genoeg gekwetst was. Ze wist het, dat kreng. Ze had vast de voet gezien. Haar ogen volgden me voortdurend alsof ze klaarstond om zich op mijn mes te storten voordat ik mijn polsen ermee doorsneed.

Toen ik mijn brouwsel gemixt had, schonk ik het in een groot glas, mikte er een rietje in alsof het een dartspijltje was en ging ermee naar de patio. Ik liep via de woonkamer, waar ik het grote boek met reproducties van Monet uit de kast haalde. Ik legde het op een klein krukje bij de ladder. Ik zou hem het boek niet laten zien. Ik zou het gewoon daar achterlaten. Hij zou het begrijpen.

Op de patio zag ik mijn moeder die thee zat te drinken met twee gezusters die helemaal uit S. waren gekomen om te bridgen. De vierde speelster kon ieder moment arriveren.

In de buurt van de garage hoorde ik hun chauffeur over voetballers praten met Manfredi.

Ik nam mijn drankje mee naar het verste uiteinde van de patio, zette een ligstoel recht tegenover de lange balustrade en probeerde te genieten van het laatste halfuurtje volle zon. Ik vond het fijn om de dag langzaam te zien overgaan in het veranderende licht van de vooravond. Dit was het tijdstip dat je een late middagduik ging nemen, maar het was ook aangenaam om te lezen.

Ik voelde me lekker uitgerust. Misschien hadden ze het in de oudheid wel bij het rechte eind gehad: het was niet verkeerd om van tijd tot tijd te bloeden. Als ik me zo goed bleef voelen zou ik straks proberen een of twee preludes en fuga's te spelen, misschien een fantasie van Brahms. Ik dronk nog wat yoghurt en legde mijn been op de stoel naast me.

Het duurde een poosje voor ik me realiseerde dat ik een pose aannam.

Ik wilde dat hij terugkwam en me totaal ontspannen aantrof. Wist hij veel wat ik vanavond van plan was.

'Is Oliver er?' vroeg ik aan mijn moeder.

'Is die niet ergens naartoe?'

Ik zei niets. Nu wist ik dus wat ik aan 'ik blijf wel in de buurt' had.

Na een poosje kwam Mafalda het lege glas halen. *Vuoi un altro di questi* of ik er nog zó eentje wilde? leek ze te zeggen alsof ze het over een vreemd brouwsel had waarvan de buitenlandse, on-Italiaanse naam, als die al bestond, haar niet interesseerde.

'Nee, misschien ga ik nog weg.'

'Maar waar ga je nu dan nog naartoe?' vroeg ze, doelend op het avondeten. 'En al helemaal met die toestand onder de lunch. *Mi preoccupo*, ik maak me zorgen.'

'Er gebeurt heus niets.'

'Ik zou het niet doen.'

'Maak je maar geen zorgen.'

'Signora,' riep ze in een poging mijn moeder aan haar kant te krijgen.

Mijn moeder was het met haar eens dat het geen goed idee was.

'Dan ga ik nog even zwemmen.'

Alles om niet de uren te hoeven tellen tot vanavond.

Toen ik via de trap naar het strand liep kwam ik een groep vrienden tegen. Ze waren aan het volleyballen in het zand. Of ik zin had om mee te doen. Nee, bedankt, ik was vanmiddag niet lekker. Ik liet ze achter en slenterde naar de grote rots, staarde er een tijdje naar en keek toen naar de zee die een rimpelende zonnestraal op het water rechtstreeks op mij leek te richten als in een schilderij van Monet. Ik liep het warme water in. Ik was niet ongelukkig. Ik wilde met iemand samen zijn. Maar ik vond het niet erg dat ik alleen was.

Vimini, die hier door een van de anderen naartoe gebracht moest zijn, zei dat ze gehoord had dat ik niet lekker was. 'Wij zieken... ' begon ze.

'Weet jij waar Oliver is?' vroeg ik.

'Nee, weet ik niet. Ik dacht dat hij uit vissen was met Anchise.'

'Met Anchise? Hij is gek! De vorige keer heeft hij het haast niet overleefd.'

Geen antwoord. Ze keek weg van de ondergaande zon.

'Jij vindt hem aardig, hè?'

'Ja,' zei ik.

'Hij vindt jou ook aardig – aardiger dan jij hem, geloof ik.'

Was dat haar indruk?

Nee, het was Olivers indruk.

Wanneer had hij haar dat dan verteld?

Een poosje geleden.

Het kwam overeen met de periode dat we vrijwel niets meer tegen elkaar hadden gezegd. Zelfs mijn moeder had me die week terzijde genomen en me erop gewezen dat ik wat beleefder moest zijn tegen onze cauboi – al dat binnenkomen en weer weggaan zonder ook maar een obligaat hallo, niet netjes.

'Ik denk dat hij gelijk heeft,' zei Vimini.

Ik haalde mijn schouders op. Maar ik was nog nooit aan zulke heftige tegenstrijdige gevoelens ten prooi geweest. Dit was een foltering, want iets wat leek op woede leek in mijn binnenste te overstromen. Ik probeerde mijn gedachten tot bedaren te brengen en aan de zonsondergang daar vóór ons te denken, zoals mensen die aan de leugendetector gaan een serene en kalme omgeving oproepen om hun nervositeit te verhullen. Maar ik dwong mezelf ook om over andere dingen na te denken om te voorkomen dat ik niet in de buurt kwam van enige gedachte die met vanavond te maken had, laat staan er daar een van op te gebruiken. Hij zou nee kunnen zeggen, hij zou zelfs kunnen besluiten om ons huis te verlaten en, onder druk, uitleggen waarom. Verder dan daar liet ik mezelf niet denken.

Ik werd overvallen door een vreselijke gedachte. Stel dat hij, op dit moment, te midden van een aantal van de mensen uit de stad met wie hij bevriend was geraakt, of te midden van al die mensen die hem zo nodig te eten moesten vragen, iets losliet, of alleen maar iets liet doorschemeren van wat er tijdens ons fietstochtje naar de stad was voorgevallen? Zou ík in zijn plaats in staat zijn geweest om mijn mond te houden over zo'n geheim? Nee.

Van de andere kant had hij me laten zien dat wat ik wilde zo natuurlijk kon worden gegeven en ontvangen dat je je afvroeg waarom er zoveel handenwringende kwelling en schaamte aan te pas moest komen, aangezien het net zoiets ongecompliceerds was als een pakje sigaretten kopen, of een joint doorgeven, of 's avonds laat langsgaan bij een van de meisjes achter de piazzetta en, na de prijs te hebben afgesproken, een paar minuten met haar naar boven te gaan.

Toen ik na het zwemmen terugkeerde was hij nog steeds nergens te bekennen. Ik vroeg naar hem. Nee, hij was nog niet terug. Zijn fiets stond nog op dezelfde plek waar wij hem net voor de middag hadden neergezet. En Anchise was al uren geleden thuisgekomen. Ik ging naar mijn kamer en probeerde via de balkondeur zijn kamer binnen te komen. Hij zat op slot. Het enige wat ik door het glas kon zien was zijn short die hij onder de lunch had aangehad.

Ik probeerde het me te herinneren. Toen hij die middag mijn slaapkamer binnen was gekomen en beloofd had om in de buurt te blijven had hij een zwembroek aangehad. Ik keek vanaf het balkon uit over zee in de hoop de boot ergens op het water te zien, voor het geval hij had besloten daar weer mee uit te varen. Hij lag afgemeerd aan onze steiger.

Toen ik beneden kwam was mijn vader een cocktail aan het drinken met een journalist uit Frankrijk. Waarom speel je niet iets, vroeg hij. '*Non mi va*,' zei ik, 'geen zin.' '*E perché non ti va?*' vroeg hij alsof mijn toon hem niet beviel. '*Perché non mi va!*' snauwde ik.

Aangezien ik vanmorgen eindelijk een belangrijke grens was gepasseerd had ik het idee dat ik openlijk uiting kon geven aan alles wat ik op dit moment onbeduidend vond.

Misschien moest ik ook maar een wijntje nemen, zei mijn vader.

Mafalda kondigde het avondeten aan.

'Is het niet wat vroeg om te eten?' vroeg ik.

'Het is al acht uur geweest.'

Mijn moeder bracht een van haar vriendinnen, die met de auto was gekomen en nu weg moest, naar de deur.

Ik was blij dat de Fransman op het puntje van zijn leunstoel zat, alsof hij wilde opstaan om naar de eetkamer te gaan maar voorlopig nog even bleef zitten. Met beide handen om een leeg glas dwong hij mijn vader, die hem net had gevraagd wat hij vond van het aankomende operaseizoen, om ook te blijven zitten terwijl hij antwoord gaf op zijn vraag.

Zo werd het avondeten weer vijf tot tien minuten uitgesteld. Als hij te laat kwam zou hij niet met ons mee-eten. Maar als hij te laat was betekende dat ook dat hij elders aan het eten was. Ik wilde niet dat hij vanavond ergens anders at dan bij ons.

'Noi ci mettiamo a tavola, we gaan aan tafel,' zei mijn moeder. Ze vroeg mij naast haar te komen zitten.

Olivers stoel was leeg. Mijn moeder klaagde dat hij ons ten minste had kunnen laten weten dat hij niet kwam eten.

Vader zei dat het misschien weer door de boot kwam. Die boot moest gewoon helemaal gesloopt worden.

Maar de boot lag beneden, zei ik.

'Dan zal het wel aan de vertaalster liggen. Wie zei nu ook alweer dat hij vanavond naar de vertaalster moest?' vroeg mijn moeder.

Niet laten zien dat ik me ongerust maakte. Of dat het me iets kon schelen. Rustig blijven. Ik wilde niet weer een bloedneus krijgen. Maar dat moment van wat nu pure gelukzaligheid leek, toen we met onze fietsen over de piazzetta hadden gelopen, zowel voor als na ons gesprek, maakte deel uit van een ander tijdsegment, alsof het een andere ik was overkomen, in een ander leven dat niet zoveel verschilde van het mijne, maar dat ver genoeg van me af stond om de paar seconden die ons van elkaar scheidden lichtjaren verwijderd te doen lijken. Als ik mijn voet op de grond zette en deed alsof die van hem net achter de tafelpoot stond, zou die voet dan, als een sterrenschip dat zijn verhullingsmechanisme had aangezet, opeens, als een geest die wordt opgeroepen door de levenden, vanuit zijn holletje in de ruimte opdoemen en zeggen: 'Ik weet dat je me een teken hebt gegeven. Reik naar me en je zult me vinden?'

Even later werd mijn moeders vriendin, die op het laatste moment had besloten om toch te blijven eten, gevraagd om op de plaats te gaan zitten waar ik onder de lunch had gezeten. Olivers couvert werd terstond verwijderd.

De verwijdering vond zonder enige omhaal plaats, zonder enige spijt of scrupule, zoals je een gloeilamp zou verwijderen die het niet meer doet, of de ingewanden van een geslacht schaap, dat ooit een troeteldier was geweest, eruit zou schrapen, of de lakens en dekens van een bed zou halen waarin iemand overleden is. Hier, pak aan, uit mijn ogen ermee. Ik zag hoe zijn bestek, zijn placemat, zijn servet, zijn hele wezen verdween. Het was een exacte voorbode van wat er over minder dan een maand zou gebeuren. Ik keek niet naar Mafalda. Ze had er een hekel aan als er op het laatste moment dingen veranderd moesten worden aan de eettafel. Ze schudde het hoofd over Oliver, over mijn moeder, over onze wereld. Over mij ook, neem ik aan. Zonder naar haar te kijken wist ik dat haar ogen mijn gezicht afzochten om oogcontact te maken zodra ik opkeek, en daarom hield ik mijn blik strak gericht op mijn *semifreddo*, waar ik dol op was en waarvan zij wist dat ik er dol op was en die ze daar voor mij had neergezet, want, ondanks die verwijtende blik van haar die mij scherp in de gaten hield, wist ze dat ik wist dat ze medelijden met me had.

Later die avond, toen ik iets op de piano zat te spelen, maakte mijn hart een sprongetje toen ik dacht dat ik een scooter hoorde stoppen bij ons hek. Iemand had hem thuisgebracht. Maar misschien had ik het mis. Ik luisterde ingespannen of ik zijn voetstappen hoorde, het geluid van het grind onder zijn voeten en het gedempte flappen van zijn espadrilles als hij de trap opliep naar ons balkon. Maar er kwam niemand ons huis binnen.

Veel, veel later, in bed, hoorde ik het geluid van muziek uit een auto die bij de hoofdstaat was gestopt, nog voorbij het pijnboomlaantje. Portier gaat open. Portier slaat dicht. Auto trekt op. Muziek begint te vervagen. Alleen het geluid van de golven en van het grind dat zacht wordt meegesleurd door de lome stappen van iemand die diep in gedachten is of een heel klein beetje dronken.

Als hij nu eens op weg naar zijn kamer mijn slaapkamer binnen zou komen, zo van: voor ik naar bed ga, wilde ik nog even kijken hoe het met je gaat. Alles goed?

Geen antwoord.

Kwaad?

Geen antwoord.

Ben je écht kwaad?

Nee, helemaal niet. Je zei alleen dat je in de buurt zou blijven.

Dus je bent wél kwaad.

Waarom ben je niet in de buurt gebleven?

Hij kijkt me aan en, als volwassenen onder elkaar: je weet precies waarom.

Omdat je me niet aardig vindt.

Nee.

Omdat je me nooit aardig hebt gevonden.

Nee. Omdat ik jóú geen goed zou doen.

Stilte.

Geloof me, geloof me nu maar.

Ik til de punt van mijn laken op.

Hij schudt het hoofd.

Heel even maar?

Schudt opnieuw het hoofd. Ik ken mezelf, zegt hij.

Ik had hem precies dezelfde woorden al eerder horen gebruiken. Ze betekenden: ik zou niets liever willen, maar misschien kan ik mezelf niet inhouden als ik eenmaal begin, dus begin ik er maar liever niet aan. Wat een aplomb om tegen iemand te zeggen dat je hem niet kunt aanraken omdat je jezelf kent.

Nou, als je dan toch niets met me gaat doen – wil je me dan tenminste een verhaal voorlezen?

Daar zou ik genoegen mee nemen. Ik wilde dat hij me een verhaal voorlas. Iets van Tsjechov of Gogol of Katherine Mansfield. Trek je kleren uit, Oliver, en kom bij me in bed, laat me je huid voelen, je geur, je haar tegen mijn vlees, je voet op de mijne, zelfs als we niets doen, laten we dicht bij elkaar kruipen, jij en ik, terwijl de nacht zich uitspreidt tegen de hemel, en laten we verhalen lezen over rusteloze mensen die uiteindelijk steeds weer alleen zijn en die het vreselijk vinden om alleen te zijn omdat het altijd zo is dat ze het niet met zichzelf kunnen uithouden...

Verrader, dacht ik terwijl ik erop wachtte tot zijn slaapkamerdeur piepend open en weer dicht zou gaan. Verrader. Wat vergeten we toch gemakkelijk. *Ik zal in de buurt blijven.* Ja hoor. Leugenaar.

Het kwam helemaal niet bij me op dat ik zelf ook een verrader was, dat vanavond ergens op een strand vlak bij haar huis een meisje op me had gewacht, zoals ze tegenwoordig elke avond op me wachtte en dat ik, net als Oliver, daar niet eens meer bij had stilgestaan.

Ik hoorde hem op de overloop. Ik had mijn slaapkamerdeur opzettelijk op een kier laten staan in de hoop dat er nog net genoeg licht vanuit de hal naar binnen zou vallen om mijn lichaam zichtbaar te maken. Ik lag met mijn gezicht naar de muur. De beslissing was aan hem. Hij liep mijn kamer voorbij, hield niet stil. Aarzelde niet eens. Niets.

Ik hoorde zijn deur dichtgaan.

Nauwelijks een paar minuten later deed hij hem weer open. Mijn hart maakte een sprongetje. Ik lag ondertussen te zweten en ik voelde mijn kussen vochtig worden. Ik hoorde nog een paar voetstappen. Toen hoorde ik dat hij de badkamerdeur op slot deed. Als hij de douche aanzette betekende dat dat hij seks had gehad. Ik hoorde water in het bad lopen en toen de douche. Verrader. Verrader.

Ik wachtte tot hij uit de douche zou komen. Maar hij deed er een eeuwigheid over.

Toen ik me eindelijk omdraaide om even naar de gang te gluren, zag ik dat het helemaal donker was in mijn kamer. De deur was dicht – was er iemand in de kamer? Ik rook de geur van zijn Roger & Gallet-shampoo zo dichtbij dat ik wist dat ik mijn arm maar hoefde op te tillen om zijn gezicht aan te raken. Hij was in mijn kamer, stond in het donker, roerloos, alsof hij stond te bedenken of hij me moest wekken of gewoon mijn bed moest opzoeken in het donker. O, gezegend zij deze nacht, dacht ik, gezegend zij deze nacht. Zonder iets te zeggen probeerde ik de omtrek te onderscheiden van de badjas die ik al zo vaak had aangetrokken nadat hij hem had gebruikt, en waarvan de lange badstof ceintuur zo dicht bij me hing dat hij heel licht mijn wang aanraakte, terwijl hij daar stond, klaar om de badjas op de grond te laten vallen. Was hij op blote voeten gekomen? En had hij mijn deur op slot gedaan? Had hij net zo'n stijve als ik en stak die al uit de badjas, waardoor de ceintuur langs mijn gezicht streelde, deed hij het expres, mijn gezicht kietelen, hou niet op, hou niet op, hou nooit meer op. Zomaar ineens ging de deur langzaam weer open. Waarom doe je de deur nu open, vroeg ik me af.

Het was alleen maar door de tocht gekomen. Door de tocht was de deur dichtgegaan. En door de tocht ging hij weer open. De ceintuur die zo ondeugend mijn gezicht had gekieteld was alleen maar de klamboe geweest die, telkens als ik ademde, langs mijn gezicht streek. Op de badkamer hoorde ik water stromen en er leken uren en uren voorbij te zijn gegaan sinds hij in bad was gegaan. Nee, dat was niet de douche, maar het doorspoelen van het toilet. Er was iets mis met de spoelbak die zichzelf van tijd tot tijd leegde als hij op het punt stond te overstromen, om zich vervolgens weer te vullen en te legen, steeds opnieuw, de hele nacht door. Toen ik het balkon op liep en de tere lichtblauwe contouren van de zee zag, wist ik dat het al dageraad was.

Een uur later werd ik weer wakker.

Aan het ontbijt deed ik, zoals we dat gewoon waren, alsof ik me niet eens van hem bewust was. Het was mijn moeder die als eerste uitriep, *Ma guardi un po' quant'è pallido*, kijk nou toch hoe bleek u ziet! Hoe ongegeneerd mijn moeder dit soort dingen ook tegen Oliver kon zeggen, ze bleef hem met 'u' aanspreken. Mijn vader keek even op en ging door met het lezen van zijn krant. 'Ik mag toch hopen dat je een fortuin hebt gemaakt gisteravond, anders moet ik me nog tegenover je vader verantwoorden.' Oliver brak het kapje van zijn zachtgekookte ei door er met de onderkant van zijn theelepeltje op te slaan. Hij had het nog steeds niet onder de knie. 'Ik verlies nooit, prof.' Hij sprak tegen zijn ei zoals mijn vader tegen zijn krant had gesproken. 'En hij heeft er niks op tegen?' 'Ik voorzie in mijn eigen levensonderhoud. Dat doe ik al sinds ik op school zat. Hij kan er onmogelijk iets op tegen hebben.' Ik benijdde hem. 'Heb je veel gedronken gisteravond?'

'Onder andere.' Nu smeerde hij boter op zijn brood.

'Meer wil ik niet weten, denk ik,' zei mijn vader.

'Mijn vader ook niet. En om heel eerlijk te zijn, ik wil er zelf liever ook niet meer aan denken.'

Was dit voor mij bedoeld? Hoor eens, er zal nooit iets zijn tussen ons en hoe eerder je dat tot je door laat dringen, des te beter voor ons allemaal.

Of zat hij gewoon ontzettend op te scheppen?

Wat bewonderde ik mensen die over hun ondeugden praatten alsof dat verre familieleden waren met wie ze hadden leren leven, omdat je ze ook niet echt kon verloochenen. *Onder andere. Ik wil er zelf liever ook niet meer aan denken* – net als *ik ken mezelf* – waren verwijzingen naar een gebied van menselijke ervaringen waar alleen anderen toegang toe hadden, niet ik. Wat wilde ik graag dat ik op een dag ook zoiets kon zeggen – dat ik in de volle glorie van de ochtend liever niet meer dacht aan wat ik de afgelopen nacht had gedaan. Ik vroeg me af wat de andere dingen waren die een douche noodzakelijk hadden gemaakt. Nam je een douche om jezelf op te peppen omdat je het anders lichamelijk niet meer volhield? Of douchte je om te vergeten, om alle sporen van de vuiligheid en ontaarding van de nacht weg te wassen? Ah, om je ondeugden te verkondigen door er het hoofd over te schudden en het allemaal weg te spoelen met abrikozensap, vers bereid door de reumatische vingers van Mafalda en daarna voldaan te smakken!

'Spaar je wat je wint?'

'Ik spaar en investeer, prof.'

'Was ik maar zo verstandig geweest op jouw leeftijd; ik zou mezelf veel foute beslissingen hebben kunnen besparen,' zei mijn vader.

'Foute beslissingen, prof? Eerlijk gezegd kan ik me niet voorstellen dat er ooit een foute beslissing in uw hoofd zou kunnen opkomen.'

'Dat komt doordat je me ziet als een personage, niet als een mens. Erger nog: als een oud personage. Maar ze waren er wel.

Foute beslissingen, bedoel ik. Iedereen gaat door een periode van *traviamento*, als we, zeg maar, een andere afslag kiezen in het leven, de andere *via*. Zelfs Dante deed dat. Er zijn er die er weer bovenop komen, er zijn er die doen alsof ze erbovenop komen, er zijn er die nooit meer terugkomen, er zijn er die te laf zijn om er zelfs maar aan te beginnen, en er zijn er die hun leven lang vastzitten in het verkeerde leven uit angst om wat voor andere afslag dan ook te kiezen.'

Mijn moeder slaakte een melodieuze zucht, haar manier om het gezelschap te waarschuwen dat dit weleens kon uitdraaien op een geïmproviseerde preek van de grote man in eigen persoon.

Oliver kraakte nog een eitje.

Hij had dikke wallen onder zijn ogen. En hij zag inderdaad bleek.

'Soms blijkt de *traviamento* de goede weg te zijn, prof. Of een even goede weg als iedere andere.'

Mijn vader, die inmiddels al zat te roken, knikte bedachtzaam, zijn manier om duidelijk te maken dat hij geen deskundige was op dit gebied en maar al te bereid was om zich neer te leggen bij de mening van iemand die dat wel was. 'Toen ik zo oud was als jij, wist ik van niets. Maar tegenwoordig weet iedereen alles en iedereen praat en praat en praat maar.'

'Misschien kan Oliver beter slapen en slapen en slapen.'

'Vanavond, signora P., geen poker en geen drank, dat beloof ik. Ik ga schone kleren aantrekken en mijn manuscript doornemen, en na het avondeten gaan we allemaal televisiekijken en canasta spelen, net als de oudjes in Little Italy. Maar eerst,' voegde hij er met een wat zelfgenoegzaam lachje aan toe, 'moet ik nog even naar Milani. Maar vanavond, dat beloof ik, zal ik de keurigste jongen zijn aan de hele Rivièra.'

En zo ging het ook. Na een korte ontsnapping naar B. was hij de hele dag de 'groene' Oliver, een kind niet ouder dan Vimini, met al haar openhartigheid en zonder haar stekels. Bovendien liet hij een enorme bos bloemen sturen vanuit de plaatselijke bloemenwinkel. 'U bent niet goed wijs,' zei mijn moeder. Na de lunch zei hij dat hij een dutje ging doen – zijn eerste en laatste gedurende zijn hele verblijf bij ons. En hij sliep inderdaad, want toen hij rond vijf uur wakker werd, was hij helemaal rozig en zag eruit alsof hij tien jaar jonger was geworden: niet meer bleek maar met kleur op de wangen en uitgeruste ogen. Hij had kunnen doorgaan voor iemand van mijn leeftijd. Zoals beloofd keken we die avond – er waren geen gasten – naar romantische films op de televisie. Het leukste was dat iedereen, inclusief Vimini, die binnen kwam lopen, en Mafalda, op haar 'plaats' naast de woonkamerdeur, elke scène besprak, het einde voorspelde, en zich beurtelings opwond over, of spotte met hoe dom het verhaal, de acteurs en de rollen waren. Waarom, wat zou jij dan in haar plaats hebben gedaan? Ik zou bij hem zijn weggegaan, dat zou ik hebben gedaan. En jij, Mafalda? Nou, ik vind dat ze meteen de eerste keer toen hij haar vroeg ja had moeten zeggen en hem niet zo aan het lijntje had moeten houden. Dat bedoel ik! Eigen schuld, dikke bult.

We werden slechts eenmaal gestoord. Het was een telefoontje uit de Verenigde Staten. Oliver hield zijn telefoongesprekken liefst extreem kort, bot bijna. We hoorden hem zijn onvermijdelijk *Later!* zeggen en ophangen, en voordat we het wisten was hij alweer terug en vroeg wat hij gemist had. Hij gaf nooit enige toelichting als hij had opgehangen. Wij vroegen er nooit naar. Iedereen begon hem tegelijkertijd op de hoogte te brengen van het verloop van het verhaal, inclusief mijn vader, wiens versie van wat Oliver had gemist minder accuraat was dan die van Mafalda. Iedereen praatte door elkaar heen en het resultaat was dat we meer van de film misten dan Oliver gedurende zijn korte telefoontje. Veel gelach. Op zeker moment, toen we allemaal aandachtig zaten te kijken naar de dramatische ontwikkelingen, kwam Anchise de kamer binnen en rolde een kletsnat oud T-shirt uit met de vangst van de avond erin: een reusachtige zeebaars die onmiddellijk bestemd werd voor de lunch en het avondeten van morgen, genoeg voor iedereen die wilde mee-eten. Vader besloot voor iedereen wat grappa in te schenken en zelfs Vimini kreeg een paar druppels.

Die avond gingen we allemaal vroeg naar bed. Iedereen was doodmoe. Ik moet erg diep geslapen hebben, want toen ik wakker werd, werd de ontbijtboel al van tafel gehaald.

Ik trof hem liggend in het gras aan met een woordenboek links van hem en een schrijfblok vóór zich. Ik had gehoopt dat hij bleek zou zien, of in de stemming zou zijn waar hij gisteren de hele dag in verkeerd had. Maar hij was al hard aan het werk. Ik vond het gênant om de stilte te doorbreken. De verleiding was groot om terug te vallen op mijn gewoonte om net te doen of ik hem niet opmerkte, maar dat leek nu ook nogal lastig omdat hij me twee dagen eerder had verteld dat hij mijn toneelstukje had doorzien.

Zou de wetenschap dat we alleen maar deden alsof iets tussen ons veranderen als we weer op het punt waren aangeland dat we niet met elkaar spraken?

Waarschijnlijk niet. De kloof zou er waarschijnlijk nog dieper van worden, omdat we geen van beiden zouden kunnen geloven dat we zo dom waren om uitgerekend dát waarvan we al hadden toegegeven dat het een schijnvertoning was, opnieuw voor te wenden. Maar ik kon me niet inhouden.

'Ik heb op je zitten wachten, eergisteravond.' Ik klonk als mijn moeder die mijn vader verwijten maakte als hij zonder nadere verklaring laat thuis was gekomen. Ik wist niet dat ik zo chagrijnig kon klinken.

'Waarom ben je niet naar de stad gekomen?' reageerde hij.

''k Weet niet.'

'Het was gezellig. Jij zou het ook gezellig hebben gevonden. Heb je dan tenminste nog gerust?'

'Beetje. Ik kon mijn draai niet echt vinden. Maar 't ging wel.'

Zijn blik was alweer gericht op de bladzijde die hij aan het lezen was en met zijn lippen vormde hij de woorden, misschien om me te laten zien dat hij erg geconcentreerd bezig was met zijn tekst.

'Ga je nog naar de stad vanmorgen?'

Ik wist dat ik hem stoorde en kon het niet uitstaan van mezelf.

'Later misschien.'

Die hint had moeten volstaan, en dat deed hij ook. Maar een deel van mezelf weigerde te geloven dat iemand zo snel kon veranderen.

'Ik wilde zelf nog de stad ingaan.'

'O.'

'Een boek dat ik heb besteld is eindelijk aangekomen. Bij de boekhandel willen ze graag dat ik het vanmorgen ophaal.'

'Welk boek?'

'*Armance.*'

'Ik kan het wel voor je ophalen als je wilt.'

Ik keek naar hem. Ik voelde me als een kind dat, ondanks alle mogelijke indirecte smeekbedes en hints, niet in staat is zijn ouders eraan te herinneren dat ze beloofd hebben met hem naar de speelgoedwinkel te gaan. Zinloos om er nog langer omheen te draaien.

'Ik hoopte eigenlijk dat we samen zouden gaan.'

'Je bedoelt zoals laatst?' vulde hij aan, alsof hij me wilde helpen te zeggen wat ik niet kon zeggen, ook al maakte hij het, door net te doen of hij de precieze dag was vergeten, niet bepaald gemakkelijker.

'Ik denk niet dat we ooit nog eens zoiets zullen doen.' Ik probeerde nobel te klinken en ernstig in mijn nederlaag. 'Maar, ja dus, iets in die richting.' Ik kon ook vaag zijn.

Dat ik, die extreem verlegen was, de moed vond om zulke dingen te zeggen kon alleen maar door één ding komen: door een droom die ik al twee, misschien drie nachten achter elkaar had gehad. In die droom had hij me gesmeekt door te gaan en gezegd: 'Als je nu stopt, heb je mijn dood op je geweten.' Ik dacht me de context te herinneren, maar vond die zo gênant dat ik hem zelfs tegenover mezelf niet durfde op te biechten. Ik had die hele droom weggestopt en durfde er alleen af en toe even stiekem, haastig naar te gluren.

'Die dag hoort in een andere tijdruimte. We moeten maar leren om geen slapende honden wakker te maken...'

Oliver luisterde.

'Die wijsheid van jou is je aantrekkelijkste eigenschap.' Zijn blik was niet langer op zijn blok gericht, maar recht op mij, waardoor ik me vreselijk ongemakkelijk voelde. 'Vind je me zó aardig, Elio?'

'Of ik je aardig vind?' Ik wilde dat het ongelovig klonk, alsof ik me afvroeg hoe hij dat ooit had kunnen betwijfelen. Maar ik bedacht me en stond op het punt om mijn antwoord wat te verzachten met een veelbetekenend, ontwijkend *misschien* dat in feite *nou en óf* moest betekenen, toen ik me niet meer kon inhouden: 'Of ik je aardig vind, Oliver? Ik aanbid je.' Zo, ik had het gezegd. Ik wilde dat hij zich rot schrok van dat woord en dat het aankwam als een klap in zijn gezicht zodat er misschien wel de smachtendste liefkozingen op zouden volgen. Wat is *iemand aardig vinden* als je het hebt over *aanbidden*? Maar ik wilde ook dat het werkwoord de verpletterende mededeling overbracht waarmee niet de persoon die verliefd op je is, maar diens beste vriend je terzijde neemt en zegt: *hoor eens, ik denk dat je moet weten dat die en die je aanbidt.* 'Aanbidden' leek meer uit te drukken dan je onder de omstandigheden zou durven zeggen; maar het was het veiligste en onheilspellendste wat ik kon bedenken. Ik vond dat het me sierde dat ik de waarheid had durven zeggen, maar bleef voortdurend op zoek naar een achterdeurtje waardoor ik kon wegvluchten voor het geval ik te ver was gegaan.

'Ik ga met je mee naar B.' zei hij. 'Maar – geen redevoeringen.'

'Geen redevoeringen, niets, geen woord.'

'Zullen we dan over een halfuur gaan fietsen?'

O, Oliver, zei ik bij mezelf toen ik naar de keuken liep om snel wat te eten, ik doe alles voor je. Ik rijd met je de heuvel op en ik fiets om het hardst met je naar het stadje, zonder naar de zee te wijzen als we langs het heuveltje komen en ik zal bij de bar op de piazzetta op je wachten terwijl jij bij je vertaalster bent en ik zal het gedenkteken van de onbekende soldaat die aan de Piave sneuvelde aanraken zonder een woord te zeggen, ik zal je de weg naar de boekhandel wijzen en we zullen onze fiets buiten de winkel neerzetten en samen naar binnen gaan en samen weer weggaan en ik beloof, ik beloof, ik beloof, dat ik niet zal beginnen over Shelley of Monet, en dat ik me er evenmin ooit toe zal verlagen je te vertellen dat jij twee nachten geleden een jaarring hebt toegevoegd aan mijn ziel.

Ik ga hiervan genieten om wat het is, hield ik mezelf steeds weer voor. Wij zijn twee jongemannen die naar de stad fietsen en weer terugkomen en dan gaan we zwemmen, tennissen, eten, drinken, en laat in de avond komen we elkaar weer tegen op dezelfde piazzetta waar twee ochtenden geleden zo veel maar eigenlijk niets tussen ons is gezegd. Hij zal een meisje bij zich hebben, ik zal een meisje bij me hebben en we zullen zelfs gelukkig zijn. Als ik de boel niet verpest kunnen we elke dag naar het stadje rijden en weer terug en zelfs als dat alles is wat hij wil geven, zal ik het nemen – ik neem zelfs genoegen met minder, als ik maar mag leven met deze armoedige restjes.

We fietsten die ochtend naar het stadje en waren al snel klaar bij de vertaalster, maar zelfs na een haastige kop koffie in de bar was de boekhandel nog niet open. Dus bleven we op de piazzetta hangen en staarde ik naar het oorlogsmonument, terwijl hij uitzag over de glinsterende baai en we geen van beiden met een woord repten van Shelleys geest die elk van onze stappen door het stadje als een schaduw volgde en ons luider riep dan Hamlets vader. Zonder erbij na te denken vroeg hij hoe iemand in zo'n zee kon verdrinken. Ik moest meteen glimlachen omdat ik zag dat hij wilde terugkrabbelen, waardoor we elkaar aankeken met een samenzweerderig lachje dat was als een hartstochtelijke natte kus midden onder een gesprek tussen twee mensen die, zonder erbij na te denken, elkaars lippen hadden gezocht in de verschroeiende rode woestijn die ze beiden opzettelijk tussen zich in hebben geplaatst om niet naar het naakte lichaam van de ander te graaien.

'Ik dacht dat we het daar niet over – ' begon ik.

'Geen redevoeringen, klopt.'

We liepen terug naar de boekhandel, zetten daar onze fiets neer en gingen naar binnen.

Dit voelde bijzonder. Alsof je iemand je huiskapel liet zien, je geheime schuilplaats, de plaats waar je, net als het heuveltje, komt om alleen te zijn, om over anderen te dromen. Dit is waar ik over jou droomde voordat je in mijn leven kwam.

Ik vond het leuk om te zien hoe hij zich gedroeg in een boekhandel. Hij was nieuwsgierig maar niet echt geconcentreerd, geïnteresseerd en toch nonchalant, bevond zich ergens tussen *Kijk nou wat ik hier vind* en *die-en-die staat er natuurlijk ook weer tussen!*

De boekhandelaar had twee exemplaren van Stendhals *Armance* besteld, een paperback en een dure gebonden uitgave. In een opwelling zei ik dat ik ze allebei zou nemen en dat hij ze maar op de rekening van mijn vader moest zetten. Vervolgens vroeg ik de verkoper om een pen, sloeg de gebonden uitgave open en schreef: '*Zwischen Immer und Nie,* voor jou in stilzwijgen, ergens in Italië, midden jaren tachtig.'

Ik wilde dat het, ergens in de toekomst, als het boek dan nog in zijn bezit was, zijn verlangen zou wekken. Of, nog liever, dat iemand op een dag in zijn boekenkast stond te snuffelen, dit kleine deeltje van *Armance* zou openslaan en zou vragen: zeg, wie was dat in stilzwijgen, ergens in Italië in het midden van de jaren tachtig? En dan zou ik willen dat iets hem zou steken wat leek op verdriet en wat heftiger was dan spijt, dat hij misschien zelfs mededogen met mij zou voelen, want in die boekhandel die morgen zou ik ook genoegen hebben genomen met mededogen, als mededogen het enige was wat hij te geven had, als mededogen ervoor gezorgd zou hebben dat hij een arm om me heen sloeg, en gekoppeld aan die opwelling van mededogen en spijt, die voortkwam uit vage erotische gevoelens die hij jarenlang onderdrukt had, wilde ik dat hij zich die ochtend bij het heuveltje van Monet herinnerde toen ik hem had gekust, niet de eerste maar de tweede keer, en ik hem mijn spuug in zijn mond had gegeven omdat ik zo wanhopig zijn spuug in de mijne wilde.

Hij zei dat dit het mooiste geschenk was dat hij dit jaar had gekregen. Ik haalde mijn schouders op alsof zijn obligate dankbaarheid me niet echt kon schelen. Misschien wilde ik alleen maar dat hij het nog eens herhaalde.

'Nou, gelukkig dan maar. Ik wilde je alleen bedanken voor deze morgen.' En nog voor het maar bij hem op kon komen mij in de rede te vallen, voegde ik eraan toe: 'Ja, ik weet het. Geen redevoeringen. Nooit meer.'

Toen we de heuvel afreden, passeerden we mijn plekje en dit keer was ik het die de andere kant op keek, alsof ik er niet eens bij stilstond. Ik weet zeker dat, als ik toen naar hem gekeken had, we dezelfde aanstekelijke glimlach zouden hebben uitgewisseld die we onmiddellijk hadden onderdrukt toen Shelleys dood ter sprake kwam. Het had ons dichter bij elkaar kunnen brengen, al was het maar omdat het ons eraan herinnerde hoeveel afstand we nu moesten bewaren. Door de andere kant op te kijken en in de wetenschap dat we de andere kant op keken om 'redevoeringen' te voorkomen, hadden we misschien een reden kunnen vinden om naar elkaar te lachen, want ik weet zeker dat hij wist dat ik wist dat hij wist dat ik het vermeed om iets over Monets heuveltje te zeggen en dat die vermijding, die ons juist van elkaar leek te verwijderen, eigenlijk een perfect gesynchroniseerd moment van intimiteit was dat we geen van beiden uit de weg wilden gaan. Deze plek staat ook in dat boek met reproducties, had ik kunnen zeggen, maar ik hield me in. Geen opmerkingen.

Maar mocht hij er tijdens een van onze fietstochtjes de komende dagen naar vragen, dan zou ik mijn mond niet houden.

Ik zou hem vertellen dat ik, ook al fietsten we elke dag naar onze geliefde piazzetta waar ik me keurig aan de afspraak hield geen redevoeringen te houden, toch elke avond, als ik wist dat hij in bed lag, mijn luiken opendeed en het balkon op stapte in de hoop dat hij het glas in de openslaande deuren zou horen rammelen, gevolgd door het onmiskenbare piepen van de oude scharnieren. Dat ik daar op hem wachtte, met alleen mijn pyjamabroek aan, en als hij zou vragen wat ik daar stond te doen, had ik al bedacht dat ik zou zeggen dat het zo'n hete nacht was en dat ik de geur van de citronella niet kon verdragen en dat ik liever opbleef en niet ging slapen of lezen, alleen maar kijken, omdat ik mezelf er niet toe kon brengen om te slapen, en als hij zou vragen waarom ik mezelf er niet toe kon brengen om te slapen, zou ik gewoon zeggen: dat wil je niet weten, of ik zou via een omweg zeggen dat ik me had voorgenomen om nooit naar zijn kant van het balkon te komen, deels omdat ik nu doodsbenauwd was dat hij dan boos zou worden, maar ook omdat ik niet de onzichtbare struikeldraad tussen ons op de proef wilde stellen – *over wat voor struikeldraad heb je het?* – de struikeldraad die ik op een avond, als mijn droom te overweldigend wordt, of als ik meer wijn heb gedronken dan normaal, makkelijk zou kunnen omzeilen door je glazen deur open te duwen en te zeggen, Oliver, ik ben het, ik kan niet slapen, laat me bij jou blijven. Díé struikeldraad!

De struikeldraad was tijdens alle uren van de nacht dreigend aanwezig. Een uil, het geluid van Olivers eigen raamluiken die piepten in de wind, de muziek van een verre discotheek in een naburig stadje, het gejammer van katten diep in de nacht, of het kraken van de houten lateibalk van mijn slaapkamerdeur, alles kon me wakker maken. Maar die geluiden kende ik al vanaf mijn vroege jeugd en ik kon ze, als een slapende faun die met zijn staart zwiept naar hinderlijke insecten, wegwuiven en onmiddellijk weer in slaap vallen. Maar soms glipte er iets nietigs en onbenoembaars, iets als een gevoel van angst of schaamte, uit mijn slaap weg en ging in al zijn vormeloosheid boven me hangen om te kijken hoe ik sliep en zich ten slotte naar mijn oor te buigen en te fluisteren: *ik wil je niet wakker maken, echt niet, ga maar weer slapen, Elio, slaap maar door* – terwijl ik mijn uiterste best deed om de droom terug te vinden waarin ik zo weer zou binnengaan en die ik bijna kon overdoen als ik een beetje beter mijn best deed.

Maar de slaap wilde niet komen en jawel hoor, nu stonden er niet één maar twee kwellende gedachten, als een stel spoken die opdoemden uit de mist van de slaap, bij me op wacht: verlangen en schaamte, het verlangen om mijn balkondeur open te gooien en zonder na te denken spiernaakt zijn kamer binnen te rennen en, aan de andere kant, mijn aanhoudende onvermogen ook maar het geringste risico te nemen om dit te laten gebeuren. Daar waren ze, de erfenis van mijn jeugd, de twee mascottes van mijn leven, honger en angst, die over mij waakten en zeiden: *zovelen vóór jou hebben het risico genomen en zijn ervoor beloond, waarom jij dan niet?* Geen antwoord. *Zovelen zijn ervoor teruggeschrokken, dus waarom zou jij het wél doen?* Geen antwoord. En dan kwam het, spottend als altijd: *zo niet later, Elio, wanneer dan?*

Die nacht kwam, opnieuw, het antwoord, al kwam het in een droom die zelf een droom in een droom was. Ik werd wakker met een beeld dat me meer vertelde dan ik wilde weten, alsof er, ondanks al mijn openhartige ontboezemingen aan mezelf over wat ik van hem wilde en hoe ik het zou willen, nog steeds een paar hoekjes waren die ik had gemeden. In deze droom ontdekte ik eindelijk wat mijn lichaam al vanaf de eerste dag geweten moest hebben. We waren in zijn kamer en, in tegenstelling tot al mijn fantasieën, was niet ik het die op mijn rug in bed lag maar Oliver; ik lag boven op hem en zag in zijn gezicht zoveel opwinding en tegelijkertijd zoveel onvoorwaardelijke berusting dat ik er, zelfs in mijn slaap, helemaal emotioneel van werd en me iets duidelijk werd wat ik eerder nooit had kunnen weten of raden: dat het misschien de grootste misdaad zou zijn die ik ooit van mijn leven zou kunnen begaan als ik hem niet gaf wat ik hem het allerliefst zou willen geven, hoe hoog de prijs ook mocht zijn. Ik wilde hem zo verschrikkelijk graag iets geven dat nemen nietszeggend, oppervlakkig en mechanisch leek. En toen ik het hoorde, wist ik ondertussen al dat het zou komen. 'Als je nu stopt, heb je mijn dood op je geweten,' hijgde hij, zich ervan bewust dat hij precies dezelfde woorden al een paar nachten eerder in een andere droom tegen me had gezegd maar dat hij ze, nu hij ze eenmaal gezegd had, mocht herhalen wanneer hij maar in mijn dromen kwam, al leken we geen van beiden te weten of het zijn stem was die uit mijn binnenste ontsnapte of dat het mijn herinnering was aan die woorden die in hem explodeerde. Zijn gezicht, dat mijn hartstocht lijdelijk leek te ondergaan, maar daardoor de hartstocht tegelijkertijd leek uit te lokken, was voor mij een beeld van goedheid en passie dat ik nog nooit had gezien en dat ik me nooit op iemands gezicht had kunnen voorstellen. Dat beeld van hem zou een soort nachtlampje in mijn leven worden, dat over me waakte op de dagen dat ik het bijna had opgegeven, en dat mijn verlangen naar hem nieuw leven inblies als ik wilde dat het gedoofd was, dat de laatste vonkjes moed opstookte als ik bang was dat een terechtwijzing het laatste restje trots dat ik nog in me had zou verdrijven. Die uitdrukking op zijn gezicht werd als het kleine fotootje van een geliefde dat soldaten meenemen naar het slagveld, niet alleen om eraan herinnerd te worden dat er goede dingen zijn in het leven en dat er geluk op hen wacht, maar ook om zichzelf eraan te herinneren dat het leven het hun misschien nooit zou vergeven als ze zouden terugkeren in een lijkzak.

Door die woorden ging ik verlangen naar dingen, en dingen proberen waartoe ik mezelf nooit in staat had geacht.

Hoezeer hij ook niets met me te maken wilde hebben, met wie hij ook allemaal bevriend was geraakt en vast elke nacht sliep, het kon niet anders dan dat iemand die zijn hele menselijkheid aan me had onthuld terwijl hij naakt onder me lag, zelfs al was het in mijn droom, in het echte leven niet anders was. Dit was wie hij werkelijk was; de rest was een toneelstuk en een vergissing.

Nee: hij was ook die andere man, die man in de rode zwembroek.

Alleen kon ik mezelf er niet toe brengen te hopen dat ik hem uiteindelijk zou zien zonder zwembroek.

Dat ik op onze tweede morgen na de piazzetta de moed vond om erop aan te dringen dat hij met me naar de stad ging, ook al was het duidelijk dat hij niet eens met me wilde praten, kwam alleen doordat ik, toen ik naar hem keek en hem met zijn lippen de woorden zag vormen die hij net had opgeschreven, steeds weer moest denken aan die andere smekende woorden van hem: 'Als je nu stopt, heb je mijn dood op je geweten.' Toen ik hem het boek had gegeven in de boekhandel en later zelfs had volgehouden dat ík voor ons ijsje wilde betalen, omdat een ijsje kopen ook betekende dat we met onze fietsen door de smalle, beschaduwde straatjes van B. moesten lopen, waardoor we weer wat langer bij elkaar waren, was dat ook uit dank voor zijn 'als je nu stopt, heb je mijn dood op je geweten'. Zelfs toen ik hem plaagde door te beloven dat ik geen redevoeringen zou houden, was dat omdat ik stiekem 'als je nu stopt, heb je mijn dood op je geweten' liep te koesteren – wat inmiddels veel waardevoller was geworden dan welke andere bekentenis van hem dan ook. Die ochtend had ik het in mijn dagboek geschreven maar zonder te zeggen dat ik het gedroomd had. Ik wilde het jaren later teruglezen en geloven, al was het maar voor een seconde, dat hij die smekende woorden werkelijk tegen me had gezegd. Wat ik wilde bewaren was die naar adem snakkende onstuimigheid in zijn stem, die me nog dagenlang bijbleef en die me duidelijk maakte dat ik mijn hele leven zou verruilen voor dromen en de werkelijkheid me gestolen kon worden als ik hem in die dromen elke nacht van mijn leven op deze manier kon hebben.

Toen we de heuvel af raceten langs mijn plekje, langs de olijfbosjes en de zonnebloemen die ons hun geschrokken gezichtjes toekeerden terwijl we langs de zeedennen zoefden, langs de twee oude treinwagons die al generaties geleden hun wielen waren kwijtgeraakt maar nog steeds de koninklijke insignes van het Huis Savoye droegen, langs een groepje zigeuners met hun koopwaar die ons uitscholden omdat we bijna hun dochters omver reden, keek ik naar hem en gilde: 'Als ik nu stop, mag je me doodmaken.'

Ik had het gezegd om zijn woorden in mijn mond te nemen, om ze nog even te proeven voordat ik ze weer wegstopte in mijn schuilplaats, zoals de herders hun schapen de berg opdrijven als het warm is, maar ze snel weer naar binnen brengen als het kouder wordt. Door zijn woorden uit te schreeuwen gaf ik ze meer gewicht en een langer leven, alsof ze nu een eigen leven konden leiden, een langer en luider leven dat door niemand geregeerd kon worden, zoals het leven van een echo als die tegen de klippen van B. is gestuiterd en daarna wegduikt in de verre ondiepten waar Shelleys boot ten onder ging in de storm. Ik gaf Oliver terug wat van hem was, gaf hem zijn woorden terug met de impliciete wens dat hij ze weer tegen mij zou herhalen, zoals in mijn droom, want nu was het zijn beurt om ze te zeggen.

Tijdens de lunch geen woord. Na de lunch ging hij in de schaduw zitten in de tuin om, zoals hij vóór de koffie had aangekondigd, het werk van twee dagen te doen. Nee, hij ging vanavond niet naar de stad. Misschien morgen. Ook niet pokeren. Toen ging hij naar boven.

Een paar dagen geleden stond zijn voet op de mijne. Nu zelfs geen blik.

Tegen het avondeten kwam hij naar beneden om iets te drinken. 'Ik zal dit allemaal missen, mevrouw P.,' zei hij, met glanzend haar na zijn namiddagdouche en helemaal de filmster. Mijn moeder lachte; *il muvi star* was *ennnnni taim* welkom. Toen ging hij net als altijd even wandelen met Vimini om haar te helpen zoeken naar haar huiskameleon. Ik had nooit echt begrepen wat die twee in elkaar zagen, maar het voelde veel natuurlijker en spontaner dan wat wij met elkaar deelden. Een halfuur later waren ze terug. Vimini was in een vijgenboom geklommen en moest zich van haar moeder gaan wassen voor het avondeten.

Tijdens het avondeten geen woord. Na het eten verdween hij naar boven.

Ik had haast durven wedden dat hij er ergens rond tienen stilletjes tussenuit zou knijpen naar de stad. Maar ik kon zijn licht zien schijnen vanaf zijn kant van het balkon. Op de overloop wierp het een vage oranje streep in de richting mijn deur. Van tijd tot tijd hoorde ik hem rondscharrelen.

Ik besloot een vriend te bellen om te vragen of die naar de stad zou gaan. Zijn moeder antwoordde dat hij al weg was en dat hij waarschijnlijk inderdaad naar de stad was. Ik belde iemand anders. Ook hij was al weg. Mijn vader zei: 'Waarom bel je Marzia niet? Ontloop je haar?' Ik ontliep haar niet – maar ze leek zo vreselijk gecompliceerd. 'Jij niet zeker!' zei hij. Toen ik haar belde zei ze dat ze vanavond nergens naartoe ging. Er klonk een donkere kilte in haar stem. Ik belde om me te verontschuldigen. 'Ik hoorde dat je ziek was.' Dat viel wel mee, antwoordde ik. Ik zou haar kunnen komen ophalen met de fiets en dan konden we samen naar B. rijden. Ze zei dat ze met me mee zou gaan.

Mijn ouders zaten televisie te kijken toen ik het huis uitliep. Ik hoorde mijn voetstappen op het grind. Het geluid stoorde me niet. Het hield me gezelschap. Hij zou het ook horen, dacht ik.

Marzia zat me al op te wachten bij haar in de tuin. Ze zat op een oude smeedijzeren stoel met haar benen voor zich uitgestrekt en alleen haar hielen op de grond. Haar fiets hing tegen een andere stoel met het stuur tegen de grond. Ze had een trui aan. Je hebt me wel vaak laten wachten, zei ze. We fietsten bij haar huis vandaan via een kortere weg, die steiler was maar die ons in een mum van tijd in de stad bracht. Het licht en het geluid van het drukke avondleven verspreidde zich vanaf de piazzetta tot in de zijsteegjes. Een van de restaurants had de gewoonte om kleine houten tafeltjes op de stoep te zetten als er te veel klanten waren voor de hun toebedeelde ruimte op het plein. Toen we het plein opliepen vervulden de drukte en het tumult me met het gebruikelijke gevoel van benauwdheid en ontoereikendheid. Marzia zou vrienden tegenkomen, anderen gingen me vast en zeker plagen. Zelfs het feit dat ik hier met haar was zou me op een of andere manier op de proef stellen. Ik wilde niet op de proef gesteld worden.

In plaats van bij een paar mensen die we kenden te gaan zitten in een van de caffès, gingen we in de rij staan om een ijsje te kopen. Ze vroeg of ik meteen ook sigaretten voor haar wilde kopen.

Toen liepen we met onze ijsjes zomaar wat over de drukke piazzetta en baanden ons een weg, eerst door het ene straatje, toen weer een ander en toen nog weer een ander. Ik vond het mooi, zoals de kinderkopjes glinsterden in het donker, fijn hoe zij en ik op ons gemak met onze fiets aan de hand door de stad slenterden en luisterden naar de gedempte stemmen van televisiezenders uit de openstaande ramen. De boekhandel was nog open en ik vroeg of ze het vervelend vond om er even naar binnen te gaan. Nee, dat vond ze niet vervelend. We zetten de fietsen tegen de muur. Door het geluid van het kralengordijn tegen de vliegen gingen we een rokerige, benauwde ruimte vol overlopende asbakken binnen. De eigenaar wilde de boel eigenlijk gaan sluiten, maar er stond nog een kwartet van Schubert op en een stel van ergens midden in de twintig, toeristen, stond in boeken te bladeren op de Engelse afdeling, waarschijnlijk op zoek naar een roman met couleur locale. Wat een verschil met vanmorgen toen er geen levende ziel was en de winkel vervuld was geweest van verblindend zonlicht en de geur van verse koffie. Marzia keek over mijn schouder mee toen ik een dichtbundel van de tafel pakte en een van de gedichten begon te lezen. Ik wilde de bladzijde omslaan toen ze zei dat ze nog niet klaar was. Dat vond ik leuk. Toen ik in de gaten kreeg dat het stel naast ons op het punt stond om een vertaling van een Italiaanse roman te kopen, viel ik hen in de rede en ried het hun af. 'Dit is veel en veel beter. Het speelt in Sicilië, niet hier, maar het is waarschijnlijk de beste Italiaanse roman die deze eeuw is geschreven.' 'We hebben de film gezien,' zei het meisje. 'Maar is dit even goed als Calvino?' Ik haalde mijn schouders op. Marzia was nog steeds bezig met hetzelfde gedicht en begon het zelfs een tweede keer te lezen. 'Hierbij vergeleken is Calvino niks – klatergoud. Maar ja, ik ben nog jong, dus wat weet ik ervan?'

Twee andere jonge volwassenen, in modieuze zomercolberts zonder stropdas, stonden met de eigenaar over literatuur te discussiëren. Alle drie rookten ze. Op de tafel naast de kassa stonden een heleboel wijnglazen, waarvan de meeste leeggedronken, met ernaast een grote fles port. Ik zag dat de toeristen ook een inmiddels leeg glas in de hand hielden. Kennelijk hadden ze een glas aangeboden gekregen gedurende de boekpresentatie. De eigenaar keek onze kant op en gebaarde, met een verontschuldigende blik voor de onderbreking, of we ook port wilden. Ik keek naar Marzia en haalde mijn schouders naar hem op om aan te geven: kennelijk wil ze niet. De eigenaar, nog steeds zwijgend, wees naar de fles en schudde zogenaamd afkeurend het hoofd om aan te geven dat het zonde was om vanavond zulke goede port weg te gooien, dus waarom zouden we hem niet helpen de fles leeg te drinken voordat hij de winkel sloot. Uiteindelijk stemde ik in, net als Marzia. Uit beleefdheid vroeg ik ter ere van welk boek het feestje had plaatsgevonden vanavond. Een andere man, die ik niet had opgemerkt omdat hij ergens in een hoekje had staan lezen, zei de naam van het boek: *Se l'amore. Ingeval van liefde.* 'Goed boek?' vroeg ik. 'Knoeiwerk,' antwoordde hij. 'Ik kan het weten. Ik heb het geschreven.'

Ik benijdde hem. Ik benijdde hem om zijn voordracht, om het feestje, om de vrienden en fans die uit de omgeving waren gekomen om hem in dit kleine boekwinkeltje aan onze kleine piazzetta in dit kleine stadje te komen feliciteren. Ze hadden meer dan vijftig leeggedronken glazen achtergelaten. Ik benijdde hem om zijn privilege zichzelf te kleineren.

'Zou u het voor me willen signeren?'

'*Con piacere*,' antwoordde hij en voordat de eigenaar hem een viltstift had kunnen geven, had de schrijver al zijn eigen Pelikan tevoorschijn gehaald. 'Ik weet niet zeker of dit iets voor jou is, maar...' Hij liet de zin onafgemaakt in de lucht hangen met een mengeling van volslagen nederigheid en iets wat neigde naar geveinsde opschepperigheid, wat zoveel betekende als: *jij hebt me om mijn handtekening gevraagd en ik vind het best om de rol te spelen van de befaamde dichter ook al weten we allebei dat ik dat niet ben.*

Ik besloot voor Marzia ook een exemplaar te kopen en vroeg hem ook dat te signeren, wat hij deed met een eindeloze krul aan zijn naam. 'Ik denk dat het evenmin iets voor u is, signorina, maar...'

Opnieuw vroeg ik de verkoper om beide boeken op de rekening van mijn vader te zetten.

Toen we bij de kassa stonden te kijken hoe hij er een eeuwigheid over deed om beide exemplaren in te pakken in glanzend geel papier, waar hij een lint om deed en vervolgens, op het lint, de zilveren sluitzegel van de winkel, bewoog ik me schuchter naar haar toe en kuste haar, misschien gewoon omdat ze daar zo dicht naast me stond, achter haar oor.

Ze leek te huiveren maar bleef staan waar ze stond. Ik gaf haar nog een kus. Toen hield ik me opeens in en fluisterde: 'Vind je dat vervelend?' 'Natuurlijk niet,' fluisterde ze terug.

Buiten kon ze het niet laten om te vragen: 'Waarom heb je dat boek voor me gekocht?'

Even dacht ik dat ze zou gaan vragen waarom ik haar gekust had.

'*Perché mi andava* – omdat ik er zin in had.'

'Ja, maar waarom heb je het voor mij gekocht – waarom koop je een boek voor míj?'

'Ik begrijp niet waarom je dat vraagt.'

'Elke idioot zou begrijpen waarom ik dat vraag. Maar jij natuurlijk weer niet!'

'Ik kan je nog steeds niet volgen.'

'Je bent hopeloos.'

Ik keek haar, totaal verbijsterd door de boosheid en irritatie die in haar stem doorklonken, aan.

'Als je het me niet uitlegt, ga ik me van alles en nog wat voorstellen – en me alleen maar verschrikkelijk voelen.'

'Je bent een domoor. Geef me een sigaret.'

Het is niet zo dat ik geen vermoeden had waar ze naar toe wilde, maar dat ik niet kon geloven dat ze me kennelijk zo goed doorhad. Misschien wilde ik niet geloven waar ze op doelde uit angst dat ik me moest verantwoorden voor mijn gedrag. Was ik opzettelijk onoprecht bezig? Kon ik doorgaan met het verkeerd interpreteren van wat ze zei zonder mezelf volslagen oneerlijk te voelen?

Toen kreeg ik een briljante ingeving. Misschien had ik al haar signalen opzettelijk genegeerd: om haar uit de tent te lokken. Dat is wat mensen die verlegen en machteloos zijn een strategie noemen.

En het was toen pas, met een terugwerkende kracht die me

volkomen verraste, dat het tot me doordrong. Had Oliver met mij hetzelfde gedaan? Had hij me de hele tijd opzettelijk genegeerd om me te verleiden?

Was dat niet wat hij geïmpliceerd had toen hij zei dat hij mijn pogingen om hem te negeren had doorzien?

We staken allebei een sigaret op. Een minuut later hoorden we een hard metalig gekletter. De eigenaar liet de stalen rolluiken omlaag. 'Lees je echt zo graag?' vroeg ze toen we op ons gemak door het donker terug slenterden naar de piazzetta.

Ik keek haar aan alsof ze me had gevraagd of ik van muziek hield, of van brood met roomboter, of van rijpe perziken in de zomer. 'Begrijp me niet verkeerd,' zei ze. 'Ik lees ook graag. Maar ik vertel het aan niemand.' Eindelijk, iemand die de waarheid spreekt, dacht ik. Ik vroeg haar waarom ze het aan niemand vertelde. 'Ik weet niet...' Dit zei ze eigenlijk alleen om tijd te winnen om na te denken, of om een slag om de arm te houden voordat ze antwoord gaf. 'Mensen die lezen verstoppen zich. Ze verstoppen wie ze zijn. Mensen die zich verstoppen zijn niet altijd even ingenomen met wie ze zijn.'

'Verstop jij wie je bent?'

'Soms. Jij niet dan?'

'Ik? Jawel, ik denk van wel.' En toen, ook al was ik dat helemaal niet van plan geweest, volgde er als vanzelf een vraag die ik anders wellicht nooit had durven stellen. 'Verstop je je ook voor mij?'

'Nee, voor jou niet. Of misschien wel, een beetje.'

'Hoe dan?'

'Je weet precies *hoe dan*.'

'Waarom zeg je dat?'

'Waarom? Omdat ik denk dat je me kunt kwetsen en ik niet gekwetst wil worden.' Toen dacht ze even na. 'Niet dat je met opzet iemand kwetst, maar je verandert altijd van gedachten, je glipt altijd van het een naar het ander, zodat niemand ooit weet waar je bent. Je maakt me bang.'

We liepen allebei zo langzaam dat het ons niet eens opviel toen we stil bleven staan met onze fietsen. Ik leunde naar haar toe en kuste haar licht op de lippen. Ze pakte haar fiets, zette hem tegen de deur van een gesloten winkel en zei, terwijl ze tegen een muur leunde: 'Doe dat nog eens?' Ik zette mijn fiets midden in het steegje op de standaard en toen we dicht bij elkaar stonden nam ik haar gezicht in beide handen, boog me naar haar toe en begonnen we te kussen, ik met mijn handen onder haar shirt, zij met haar handen in mijn haar. Ik hield van haar ongecompliceerdheid, haar onbevangenheid. Het was aanwezig in elk woord dat ze die avond tegen me had gezegd – vrijuit, openhartig, menselijk – in de wijze waarop haar heupen nu reageerden op de mijne, zonder remmingen, zonder overdrijving, alsof er in haar lichaam een vloeiende, onmiddellijke verbinding bestond tussen lippen en heupen. Een kus op de mond was niet een voorspel van een uitgebreider contact, het was op zichzelf al totaal contact. Er was niets tussen onze lichamen dan onze kleren en daarom verraste het me niet toen ze tussen ons in haar hand in mijn broek liet glijden en zei: '*Sei duro, duro*, hij is stijf.' En het was haar openheid, ongeremd en ontspannen, waardoor hij nu nog stijver werd.

Ik wilde haar aankijken, in haar ogen kijken terwijl ze me in haar hand hield, haar vertellen hoe lang ik haar al had willen kussen, iets zeggen om te laten zien dat de persoon die haar vanavond had opgebeld en thuis had opgehaald niet meer diezelfde koude, levenloze jongen was – maar ze was me voor: '*Baciami ancora*, kus me nog eens.'

Ik kuste haar nog eens maar in gedachten was ik al bij het heuveltje. Moest ik het voorstellen? Het was maar vijf minuten fietsen, zeker als we haar kortere weg namen en rechtstreeks door de olijfbosjes reden. Ik wist dat we daar andere stelletjes zouden tegenkomen. Anders was er nog het strand. Daar was ik al eerder geweest. Iedereen deed dat. Ik zou mijn kamer kunnen voorstellen, daar zou thuis niemand iets van gemerkt hebben en het zou ze ook niets kunnen schelen.

Er schoot een beeld door mijn hoofd: zij en ik elke morgen na het ontbijt in de tuin, zij in haar bikini en er aldoor op aandringend om met haar naar beneden te gaan om te zwemmen.

'*Ma tu mi vuoi veramente bene*, geef je echt om mij?' vroeg ze. Kwam dat zomaar uit het niets – of was dit dezelfde gekwetste blik die ons al sinds we de boekwinkel hadden verlaten als een schaduw achtervolgde en zo graag gesust wilde worden?

Ik begreep niet hoe doortastendheid en verdriet, hoe *hij is stijf* en *geef je echt om mij* zo onlosmakelijk met elkaar verbonden konden zijn. Ook kon ik onmogelijk bevatten hoe iemand, die kennelijk zo kwetsbaar en weifelachtig was, en die zo gretig zoveel onzekerheden over zichzelf wilde bekennen, in een en hetzelfde gebaar met ongegeneerde onbekommerdheid haar hand in mijn broek kon steken om mijn pik vast te pakken en niet meer los te laten.

Terwijl ik haar nu hartstochtelijker kuste en we allebei onze handen over elkaars lichaam lieten dwalen, betrapte ik mezelf erop dat ik het besluit nam vanavond een briefje onder zijn deur door te schuiven dat ik in gedachten al aan het schrijven was: *kan de stilte niet verdragen. Ik moet met je praten.*

Toen ik eindelijk zover was dat ik het briefje onder zijn deur door ging schuiven, was het al dageraad. Marzia en ik hadden de liefde bedreven op een verlaten plekje op het strand dat de bijnaam Aquarium had, omdat de condooms die 's nachts werden gebruikt onvermijdelijk bij elkaar kwamen en zichtbaar ronddreven tussen de rotsen als terugkerende zalm in ingesloten water. We besloten elkaar later die dag weer te ontmoeten.

Nu, op weg naar huis, genoot ik van haar geur op mijn lichaam, op mijn handen. Ik zou niets doen om hem weg te wassen. Ik zou hem op me laten zitten tot we elkaar vanavond weer zouden zien. Een deel van mij genoot er nog steeds van om te zwelgen in deze nieuw ontdekte, weldadige golf van onverschilligheid, die grensde aan weerzin, jegens Oliver die me beviel maar me ook duidelijk maakte hoe wispelturig ik uiteindelijk was. Misschien voelde hij aan dat ik eigenlijk alleen maar met hem wilde slapen en meer niet, en had hij intuïtief besloten dat hij niets met me te maken wilde hebben. En dan te bedenken dat ik, een paar nachten geleden nog maar, zo'n sterke drang had gevoeld om zijn lichaam in het mijne te ontvangen dat ik bijna uit bed was gesprongen om hem in zijn kamer op te zoeken. Nu kon die gedachte me onmogelijk nog opwinden. Misschien was dat hele gedoe met Oliver hondse paardrift geweest en was het maar goed dat ik ervan af was. Ik hoefde daarentegen alleen maar Marzia te ruiken aan mijn hand om van het door en door vrouwelijke in elke vrouw te houden.

Ik wist dat dit gevoel niet lang stand zou houden en dat het, zoals dat ging bij alle verslaafden, makkelijk was om meteen na een shot een verslaving af te zweren.

Nauwelijks een uur later kwam Oliver *au galop* bij me terug. Met hem in bed te zitten en hem mijn handpalm voor te houden en te zeggen: *hier, ruik eens* en dan te zien hoe hij aan mijn hand snoof, terwijl hij die heel zachtjes met beide handen omvatte, om ten slotte mijn middelvinger tegen zijn lippen te leggen en die ineens helemaal in zijn mond te nemen.

Ik scheurde een blaadje uit een schoolschrift.

Negeer me alsjeblieft niet.

Toen herschreef ik het:

Negeer me alsjeblieft niet. Ik ga er kapot aan.

Wat ik herschreef in:

Ik ga kapot aan je stilte.

Veel te dramatisch. Dat zou hij ervan gezegd hebben.

Kan niet tegen de gedachte dat je me haat.

Te klaaglijk. Nee, ik moest het minder huilerig maken, maar de banale verwijzing naar de dood erin houden.

Ik zou nog liever dood zijn, dan te weten dat je me haat.

Op het laatste moment keerde ik terug naar het origineel.

Kan de stilte niet verdragen. Ik moet met je praten.

Ik vouwde het gelinieerde blaadje dubbel en schoof het onder zijn deur door met de vrees en de berusting waarmee Caesar de Rubicon overstak, in de wetenschap dat er nu geen weg terug meer was. *Iacta alea est*, had hij gezegd, de teerling is geworpen.

Ik vond het een amusante gedachte dat het werkwoord 'gooien', *iacere* in het Latijn, dezelfde oorsprong heeft als het werkwoord 'ejaculeren'. Ik had dit nog maar nauwelijks gedacht of ik realiseerde me dat ik hem niet alleen haar geur op mijn vingers wilde brengen maar, opgedroogd op mijn hand, het spoor van mijn sperma.

Een kwartier later viel ik ten prooi aan twee even zwaarwegende emoties: spijt dat ik de boodschap had gestuurd en spijt dat er geen greintje ironie in zat.

Aan het ontbijt, toen hij eindelijk kwam opdagen na het joggen, vroeg hij alleen, zonder zijn hoofd op te tillen, of ik me gisteravond vermaakt had, waarmee hij verwees naar het feit dat ik erg laat naar bed was gegaan. '*Insomma*, gaat wel,' antwoordde ik in een poging mijn antwoord zo vaag mogelijk te houden, wat tevens mijn manier was om aan te duiden dat ik mijn verslag beknopt hield omdat het anders veel te lang zou worden. 'Dan zul je wel moe zijn,' was mijn vaders ironische bijdrage aan het gesprek. 'Of heb je soms ook gepokerd?' 'Ik poker niet.' Mijn vader en Oliver wisselden een veelbetekenende blik uit. Daarna begonnen ze te praten over wat er vandaag allemaal gedaan moest worden. En was ik hem weer kwijt. Weer een dag vol kwelling.

Toen ik terug naar boven ging om mijn boeken te halen, zag ik hetzelfde opgevouwen gelinieerde blaadje op mijn bureau liggen. Hij moest via de balkondeur mijn kamer zijn binnengekomen en het daar hebben neergelegd, zodat ik het zou zien. Als ik het nu las zou het mijn dag bederven. Maar als ik het lezen zou uitstellen, zou de hele dag betekenisloos worden en zou ik aan niets anders kunnen denken. Het zat er dik in dat hij het me gewoon teruggaf zonder er iets aan te hebben toegevoegd, om daarmee te zeggen: *dit lag bij mij op de grond. Ik neem aan dat het van jou is. Later.* Of het zou nog iets veel botters kunnen betekenen: *geen commentaar.*

Niet zo puberaal doen. Ik zie je om middernacht.

Dat had hij onder mijn woorden geschreven.

Hij had het vóór het ontbijt afgeleverd.

Dat besef kwam pas een paar minuten later maar vervulde me onmiddellijk van verlangen en ontzetting. Wilde ik dit wel, nu het werd aangeboden? En werd het eigenlijk wel aangeboden? En of ik het nu wilde of niet, hoe moest ik de dag doorkomen tot middernacht? Het was nauwelijks tien uur 's ochtends: nog veertien uur te gaan – de laatste keer dat ik zo lang op iets had moeten wachten, was op mijn rapport. Of op die zaterdag twee jaar geleden toen een meisje beloofd had dat we elkaar zouden ontmoeten in de bioscoop en ik niet zeker wist of ze het misschien vergeten was. Een halve dag lang toezien hoe mijn hele leven werd opgeschort. Ik vond het afschuwelijk om te moeten wachten en afhankelijk te zijn van de luimen van een ander.

Moest ik zijn briefje beantwoorden?

Je kunt een antwoord niet beantwoorden!

En wat het briefje betrof: was het opzettelijk luchtig van toon of was het de bedoeling dat het eruitzag als een PS, snel neergekrabbeld, een paar minuten nadat hij was teruggekomen van het joggen en nog net voordat hij ging ontbijten? De kleine steek onder water over mijn theatrale sentimentaliteit, gevolgd door het zelfverzekerde, zakelijke *ik zie je om middernacht* was me niet ontgaan. Waren het goede voortekenen, en wat zou zegevieren, de ironie of het montere laten we vanavond bij elkaar komen en zien wat ervan komt? Zouden we gaan praten – alleen maar praten? Was dit een bevel of verklaarde hij zich bereid me te ontmoeten op het tijdstip dat daarvoor in elke roman en elk toneelstuk gebruikt werd? En waar zouden we elkaar dan ontmoeten om middernacht? Zou hij gedurende de dag een moment vinden om me te vertellen waar? Of ging hij ervan uit – omdat hij best wist dat ik laatst de hele nacht had liggen tobben en de struikeldraad die onze delen van het balkon gescheiden hield volslagen kunstmatig was – dat een van ons de onuitgesproken Maginotlinie zou oversteken alsof dat doodeenvoudig was?

En wat zou dat betekenen voor onze bijna rituele fietstochtje 's ochtends? Zou 'middernacht' in de plaats komen van het ochtendritje? Of zouden we er gewoon mee doorgaan alsof er niets veranderd was, behalve dan dat we nu 'middernacht' hadden om ons op te verheugen? En als ik hem nu tegenkom, kijk ik hem dan aan met een veelbetekenend lachje, of doe ik net als anders en bekijk ik hem met een koude, glazige, discrete 'Amerikaanse' blik?

En toch was er onder de vele dingen die ik hem de eerstvolgende keer dat ik zijn pad kruiste wilde laten zien ook dankbaarheid. Je kon dankbaarheid tonen en toch niet opdringerig of tactloos gevonden worden. Of heeft dankbaarheid, hoe ingehouden ook, altijd dat extra scheutje stroop in zich dat elke mediterrane passie haar onvermijdelijke weeë, aanstellerige karakter geeft? Dingen niet kunnen laten voor wat ze zijn, niet kunnen bagatelliseren, steeds alles luidkeels kenbaar moeten maken, proclameren, declameren.

Zeg niets en hij zal denken dat je spijt hebt van je briefje.

Zeg wel iets en het zal misplaatst zijn.

Maar wat dan?

Wachten.

Ik wist het van het begin af aan. Gewoon wachten. Ik zou de hele morgen gaan werken. Zwemmen. Misschien wat tennissen vanmiddag. Mijn afspraakje met Marzia nakomen. Zorgen dat ik rond middernacht terug was. Nee, om halftwaalf. Me gaan wassen? Of toch maar niet? Ah, om van het ene lichaam naar het andere te gaan.

Was dat niet wat hij zelf misschien wel deed? Van de een naar de ander gaan.

En toen werd ik ineens overvallen door paniek: zou middernacht een praatje worden om de lucht tussen ons te klaren – zo van, kop op, niet zo somber, niet zo puberaal!

Maar waarom dan tot middernacht gewacht? Wie kiest er nu middernacht om een dergelijk gesprek te voeren?

Of zou middernacht *middernacht* worden?

Wat trok je aan om middernacht?

De dag verliep zoals ik gevreesd had. Oliver vond een manier om meteen na het ontbijt weg te gaan zonder me iets te zeggen en kwam pas weer terug tegen de lunch. Hij ging op zijn gewone plekje naast me zitten. Ik probeerde een paar keer een licht gesprek te voeren maar realiseerde me dat dit weer zo'n laten-we-niet-met-elkaar-praten-dag zou worden waarop we elkaar allebei erg duidelijk maakten dat we niet meer alleen maar deden alsof we zwegen.

Na de lunch ging ik een dutje doen. Ik hoorde hem ook naar boven komen en zijn deur dichtdoen.

Later belde ik Marzia op. We spraken af op de tennisbaan. Gelukkig was er verder niemand, zodat het rustig was en we tennisten urenlang in de verzengende zon, wat we allebei heerlijk vonden. Van tijd tot tijd gingen we op de oude bank in de schaduw zitten en luisterden naar de krekels. Mafalda bracht ons wat te drinken en waarschuwde ons vervolgens dat ze hier te oud voor werd en dat we de volgende keer maar zelf moesten lopen als we iets wilden. 'Maar we hebben je helemaal niet gevraagd om iets te brengen,' wierp ik tegen. 'Dan had je het niet moeten drinken.' En toen ze dat punt had gescoord, schuifelde ze weer weg.

Vimini, die graag toekeek als mensen tennisten, kwam die dag niet. Ze was vast met Oliver op hun lievelingsplekje.

Ik hield van het augustusweer. In de nazomerweken was het stadje stiller dan normaal. Tegen die tijd was iedereen vertrokken voor *le vacanze*, en de weinige toeristen die er nog waren, waren meestal voor zeven uur 's avonds weer vertrokken. Van de middagen hield ik het meest: de geur van de rozemarijn, de hitte, de vogels, de cicaden, het deinen van de palmbladeren, de stilte die als een lichte linnen doek over de verschrikkelijk zonnige dag viel, wat allemaal nog iets extra's kreeg door de wandeling naar het strand en de klim terug om te douchen. Ik vond het fijn om naar ons huis omhoog te kijken vanaf de tennisbaan en de lege balkons in de zon te zien bakken, in de wetenschap dat je van elk van die balkons de eindeloze zee kon zien. Dit was mijn balkon, mijn wereld. Vanwaar ik nu zat kon ik om me heen kijken en zeggen: hier is onze tennisbaan, daar onze tuin, onze boomgaard, onze schuur, daar ons huis, en daar beneden is onze aanlegsteiger – iedereen en alles waar ik om geef is hier. Mijn familie, mijn instrumenten, mijn boeken, Mafalda, Marzia, Oliver.

Die middag, toen ik daar zat met mijn handen op de dijen en knieën van Marzia, bedacht ik dat ik, om Olivers woorden te gebruiken, een van de grootste bofkonten ter wereld was: het was niet te zeggen hoe lang dit allemaal zou duren, net zomin als het zin had om te gissen hoe de dag zou uitpakken, of de nacht. Elke minuut voelde alsof hij tot het uiterste werd opgerekt. Alles kon als een zeepbel uit elkaar spatten.

Maar terwijl ik daar zat ervoer ik de gematigde gelukzaligheid van iemand die te bijgelovig is om te beweren dat hij misschien wel alles zal krijgen waar hij ooit van gedroomd heeft en die veel te dankbaar is om niet te weten dat het hem makkelijk afgepakt kan worden.

Na het tennissen, en net voordat we naar het strand gingen, nam ik haar via het balkon mee naar mijn slaapkamer. Daar kwam 's middags nooit iemand langs. Ik deed de luiken dicht, maar liet de ramen open, zodat het gedempte middaglicht streeppatronen op het bed wierp, op de muur, op Marzia. We bedreven de liefde in totale stilte en sloten geen van beiden de ogen.

Een deel van mij hoopte dat we tegen de muur zouden bonken, of dat ze niet in staat zou zijn om een kreet te onderdrukken en dat dat Oliver erop zou attenderen wat er aan de andere kant van de muur gaande was. Ik stelde me voor dat hij lag te dutten en de springveren van mijn matras hoorde en geschokt zou zijn.

Op weg naar de baai beneden was ik opnieuw blij te constateren dat het me koud liet of hij erachter kwam dat we iets hadden, net zoals het me koud liet of hij vanavond kwam opdagen. Zelfs hijzelf en zijn schouders en het wit van zijn armen lieten me koud. De onderkant van zijn voeten, zijn handpalmen, de onderkant van zijn lichaam – het liet me allemaal koud. Ik zou veel liever de nacht met haar doorbrengen dan op hem te gaan zitten wachten en om klokslag twaalf uur zijn nietszeggende vrome spreuken aan te horen. Waar was ik eigenlijk mee bezig geweest toen ik vanmorgen dat briefje onder zijn deur door schoof?

En toch wist een ander deel van mij dat, als hij vanavond kwam opdagen en het begin van wat me ook te wachten stond me niet beviel, ik er toch mee door zou gaan, dat ik er helemaal in mee zou gaan, want ik kon er maar beter eens en voor altijd achter komen dan de rest van de zomer, of misschien wel van mijn leven, in tweestrijd te leven met mijn lichaam.

Ik zou in koelen bloede een besluit nemen. En mocht hij ernaar vragen dan zou ik het hem vertellen. Ik weet niet zeker of ik dit wel wil doen, maar ik móét het weten en dan maar liever met jou dan met iemand anders. Ik wil je lichaam kennen, ik wil weten hoe je aanvoelt, ik wil jou kennen en door jou mezelf.

Marzia vertrok net voor het avondeten. Ze had beloofd dat ze naar de film zou gaan. Daar zouden vrienden zijn, zei ze. Waarom ging ik niet mee? Ik trok een gezicht toen ik hun namen hoorde. Ik zou thuisblijven en studeren, zei ik. Ik dacht dat je elke morgen al studeerde. Vanmorgen ben ik laat begonnen, weet je nog? Ze begreep waar ik op doelde en glimlachte.

Nog drie uur.

Er had de hele middag een sombere stilte tussen ons gehangen. Als hij me niet had laten weten dat we straks zouden praten weet ik niet hoe ik nog zo'n dag overleefd zou hebben.

Onze gasten bij het avondeten waren een muziekprofessor met een tijdelijke aanstelling en een homopaar uit Chicago dat met alle geweld erbarmelijk Italiaans wilde praten. Beide mannen zaten naast elkaar tegenover mijn moeder en mij. Een van hen besloot een paar strofen van Pascoli voor te dragen, waarop Mafalda, die zag hoe ik keek, haar gebruikelijke *smorfia* trok, om mij aan het lachen te krijgen. Mijn vader had me gewaarschuwd dat ik me moest gedragen in de aanwezigheid van de geleerden uit Chicago. Ik had gezegd dat ik mijn paarse hemd zou aantrekken dat ik van een verre neef uit Uruguay had gekregen. Mijn vader had het met een lachje afgedaan en gezegd dat ik te oud was om mensen niet te accepteren zoals ze waren. Maar er was een fonkeling in zijn ogen toen ze allebei in een paars hemd kwamen opdagen. Ze waren tegelijkertijd aan weerszijden van de taxi uitgestapt, allebei met een bos witte bloemen in de hand. Mijn vader moet zich ook hebben gerealiseerd dat ze eruitzagen als een gebloemde, opgedirkte versie van Jansen en Jansen uit Kuifje.

Ik vroeg me af wat voor leven ze samen hadden.

Het was raar om onder het eten de minuten af te tellen, overschaduwd door de gedachte dat ik vanavond meer gemeen had met Jansen en Jansen dan met mijn ouders of met wie dan ook ter wereld.

Ik keek naar hen en vroeg me af wie van de twee boven lag en wie onder, lood om oud ijzer, leek het.

Het was bijna elf uur toen ik zei dat ik naar bed ging en mijn ouders en de gasten welterusten wenste. 'En Marzia dan?' vroeg mijn vader met die onmiskenbare plagerige sprankeling in zijn ogen. Morgen, antwoordde ik.

Ik wilde alleen zijn. Douchen. Een boek. Misschien nog iets in mijn dagboek schrijven. Geconcentreerd blijven op middernacht, maar zonder aan de details te denken.

Toen ik de trap opliep probeerde ik me voor te stellen hoe ik morgenochtend weer langs dezelfde weg naar beneden zou komen. Misschien was ik dan iemand anders. Zou ik die ander eigenlijk wel aardig vinden, die ik nog niet kende en die misschien niet eens goedemorgen wilde zeggen of iets met mij te maken wilde hebben omdat ik hem in deze hachelijke situatie had gebracht? Of zou ik precies dezelfde persoon blijven die nu de trap opliep, zonder dat er iets aan me was veranderd en zonder dat er iets van mijn twijfels was weggenomen?

Of misschien gebeurde er wel helemaal niets. Hij zou kunnen weigeren en, ook al zou niemand erachter komen dat ik hem had gevraagd, toch zou ik mezelf vernederd hebben, voor niets. Hij zou het weten; ik zou het weten.

Maar ik was de vernedering voorbij. Na weken van verlangen en wachten en – laten we eerlijk zijn – smeken en nadat hij me hoop had gegeven en ik weer gevochten had tegen die hoop, zou het vernietigend zijn. Hoe kun je daarna weer gaan slapen? Terug naar je kamer sluipen en net doen of je een boek openslaat en jezelf in slaap leest?

Of: hoe kun je weer gaan slapen als je geen maagd meer bent? Dat kon je nooit meer ongedaan maken! Wat zo lang in mijn hoofd had gezeten zou dan in de echte wereld bestaan en niet meer rondzweven in mijn dubbelzinnige land van ooit. Ik voelde me net iemand die een tatoeagesalon binnengaat en voor het laatst nog eens aandachtig naar zijn ongeschonden linkerbiceps kijkt.

Moest ik precies op tijd zijn?

Precies op tijd zijn en zeggen: woehoeoe, het spookuur is aangebroken.

Het duurde niet lang of ik hoorde de stemmen van de twee gasten vanaf de binnenplaats. Ze stonden waarschijnlijk buiten te wachten op de muziekprofessor die hen zou terugrijden naar hun pension. De professor nam de tijd en ondertussen stond het stel gewoon maar wat te kletsen daarbuiten en eentje giechelde.

Om middernacht was er niets te horen in zijn kamer. Zou hij zijn afspraak weer niet nakomen? Dat zou echt het toppunt zijn. Ik had hem niet horen terugkomen. Hij zou dus gewoon naar mijn kamer moeten komen. Of moest ik toch naar zijn kamer gaan? Wachten zou een kwelling zijn.

Ik ga naar hem toe.

Ik stapte heel even het balkon op en tuurde in de richting van zijn slaapkamer. Geen licht. Ik zou toch aankloppen.

Of ik zou kunnen wachten. Of helemaal niet gaan.

Niet gaan kwam me ineens voor als datgene wat ik het allerliefst wilde. Het bleef aan me trekken, boog zich heel voorzichtig naar me over, als iemand die me in mijn slaap al een paar keer iets had toegefluisterd maar die me, toen hij zag dat ik niet wakker werd, toch maar op de schouder tikte en me nu aanmoedigde om wat voor motivatie dan ook te vinden om vannacht vooral niet op zijn raam te kloppen. De gedachte overspoelde me als water over de etalageruit van een bloemenwinkel, als een verzachtende, koele lotion als je gedoucht hebt nadat je de hele dag in de zon bent geweest, terwijl je dol bent op de zon, maar nog doller op de balsem. De gedachte begint, net als een verzachtende lotion, in te werken en dringt dan door tot je hele lichaam. Alle mogelijke argumenten kwamen bij me op, om het wel te doen, om het niet te doen, te beginnen met de onnozele – het is al veel te laat voor wat dan ook vannacht – oplopend naar de belangrijke – hoe zul je de anderen nog onder ogen kunnen komen, hoe zul je jezelf nog onder ogen kunnen komen?

Waarom had ik dit niet eerder bedacht? Omdat ik het tot het laatst wilde koesteren en bewaren? Omdat ik wilde dat de tegenargumenten uit zichzelf opkwamen, zonder dat ik ze had opgeroepen, zodat ik er niet de schuld voor kon krijgen? Niet proberen, niet aan beginnen, Elio. Het was de stem van mijn grootvader. Ik was zijn naamgenoot en hij sprak me toe vanuit het bed waar hij een veel dreigender scheidslijn was overgestoken dan die tussen mijn kamer en die van Oliver. Ga terug. Wie weet wat je zult aantreffen als je eenmaal in die kamer bent? Niet het tonicum van de ontdekking maar de mantel van de wanhoop wanneer de ontgoocheling bijna elke overspannen zenuw in je lichaam beschaamd heeft. De jaren kijken nu naar je, elke ster die je vanavond ziet kent je marteling al, je voorouders zijn hier bijeen en hebben je niets te geven of te zeggen, *Non c'andà*, ga er niet heen.

Maar ik vond de angst heerlijk – als het al angst was – en dat wisten ze niet, mijn voorouders. Het was de onderkant van de angst die ik heerlijk vond, als de zachtste wol die je kunt vinden op de onderbuik van het grofste schaap. Ik hield van de onverschrokkenheid die me voortdreef, die wond me op, omdat ze voortkwam uit opwinding. 'Als je nu stopt, heb je mijn dood op je geweten' – of was het: 'Ik ga dood als je nu stopt.' Telkens als ik die woorden hoorde kon ik geen weerstand bieden.

Ik klop zachtjes op de ruit. Mijn hart gaat als een razende tekeer. Ik ben nergens bang voor, dus waarom die angst? Waarom? Omdat ik het doodeng vind, omdat angst en verlangen om elkaar heen draaien, om mij heen draaien, ik weet niet eens meer het verschil tussen willen dat hij de deur opendoet en hopen dat hij me laat zitten.

Maar ik heb nog maar nauwelijks op de ruit geklopt of ik hoor binnen iets bewegen, alsof iemand zijn slippers zoekt. Dan zie ik een zwak lichtje aangaan. Ik herinnerde me dat mijn vader en ik dat nachtlampje op een avond in Oxford hadden gekocht, vorig jaar in het begin van de lente, toen onze hotelkamer te donker was en hij naar beneden was gegaan en terugkwam met de mededeling dat ze hem hadden verteld dat ze in een winkel om de hoek, die dag en nacht open was, nachtlampjes verkochten. Wacht maar even, ik ben zo terug. Maar ik zei dat ik mee wilde. Ik trok snel mijn regenjas aan over precies dezelfde pyjama die ik vanavond aanhad.

'Ik ben zo blij dat je bent gekomen,' zei hij. 'Ik hoorde je op je kamer rondlopen en dacht even dat je al naar bed aan het gaan was en van gedachten was veranderd.'

'Nee, natuurlijk kom ik.'

Het was raar om hem zo onhandig in de weer te zien. Ik had een storm van spottende opmerkingen verwacht, vandaar dat ik zo nerveus was. In plaats daarvan werd ik ontvangen met excuses, zoals iemand die zich ervoor verontschuldigd dat hij geen tijd had om lekkerdere koekjes te halen bij de thee.

Ik deed een stap naar binnen in mijn oude slaapkamer en werd onmiddellijk overdonderd door een geur die ik niet goed thuis kon brengen, omdat het een combinatie van allerlei dingen kon zijn, totdat ik de opgerolde handdoek zag die onder de slaapkamerdeur was gepropt. Hij had in bed gezeten met een halfvolle asbak op het rechterkussen.

'Kom verder,' zei hij en deed de balkondeur achter ons dicht. Ik moet er futloos en stijfjes bij hebben gestaan.

We spraken allebei op fluistertoon. Een goed teken.

'Ik wist niet dat je marihuana rookte.'

'Soms.' Hij liep naar het bed en ging er midden op zitten.

Omdat ik niet wist wat ik moest zeggen, mompelde ik: 'Ik ben zenuwachtig.'

'Ik ook.'

'Maar ik ben zenuwachtiger.'

Hij lachte naar me om de gêne tussen ons te verdrijven en reikte me de joint aan.

Nu had ik tenminste iets te doen.

Ik dacht eraan dat ik hem op het balkon bijna een knuffel had gegeven, maar mezelf nog net op tijd had ingehouden omdat een omhelzing na zulke kille momenten tussen ons de hele dag eigenlijk niet kon. Als iemand zegt dat hij je om middernacht zal ontmoeten betekent dat nog niet automatisch dat je hem gaat knuffelen, als je hem de hele week niet eens een hand hebt gegeven. Ik herinnerde me dat ik voor ik aanklopte dacht: te knuffelen. Of niet te knuffelen. Te knuffelen.

Nu was ik op zijn kamer.

Hij zat in kleermakerszit op het bed. Hij zag er kleiner uit, jonger. Ik stond ongemakkelijk aan het voeteneind van het bed en wist niet wat ik met mijn handen moest doen. Hij moet hebben gezien hoe moeilijk ik stond te doen, eerst met mijn handen op mijn heupen, vervolgens in mijn zakken, en toen weer op mijn heupen.

Ik zie er belachelijk uit, dacht ik. Hierdoor en door die bijnaknuffel die ik onderdrukt had en waarvan ik maar hoopte dat hij die niet had opgemerkt.

Ik voelde me als een kind dat voor de eerste keer naar school gaat. 'Kom zitten.'

Bedoelde hij op een stoel of op het bed?

Ik wist het niet en kroop maar op het bed, waar ik tegenover hem ging zitten, net als hij in kleermakerszit, alsof dat het gangbare protocol was onder mannen die elkaar om middernacht ontmoeten. Ik zorgde ervoor dat we niet met onze knieën tegen elkaar aan kwamen. Want hij zou het vervelend vinden als we met onze knieën tegen elkaar kwamen, net zoals hij de knuffel vervelend zou vinden, net zoals hij het vervelend had gevonden dat ik, bij gebrek aan een betere manier om hem te laten zien dat ik nog wat langer bij het heuveltje wilde blijven, mijn hand in zijn kruis had gelegd.

Maar voordat ik de kans kreeg om de afstand tussen ons te

overdrijven, kreeg ik het gevoel dat ik overspoeld werd door het glijdende water op de etalageruit van de bloemenwinkel, waardoor al mijn verlegenheid en mijn remmingen werden weggenomen. Zenuwachtig of niet, ik had geen zin meer om iedere opwelling die ik kreeg aan een kruisverhoor te onderwerpen. Als ik dom ben, dan ben ik maar dom. Als ik zijn knie aanraak, dan raak ik zijn knie maar aan. Als ik zin heb om te knuffelen, dan knuffel ik. Ik had een steuntje nodig dus werkte ik me naar het hoofdeinde van het bed en leunde met mijn rug tegen de hoofdsteun naast hem.

Ik keek naar het bed. Ik zag het nu duidelijk voor me. Hier had ik zoveel nachten liggen dromen over precies dit moment. En nu zat ik hier. Over een paar weken zou ik weer terug zijn op dit zelfde bed. Ik zou mijn nachtlampje uit Oxford aandoen en me herinneren hoe ik daarbuiten op het balkon had gestaan en het geschuifel van zijn voeten had gehoord die zochten naar de slippers. Ik vroeg me af of ik er met droefenis op terug zou kijken. Of met schaamte. Of onverschillig, hoopte ik.

'Gaat het een beetje?' vroeg hij.

'Het gaat een beetje.'

Er viel absoluut niets te zeggen. Met mijn tenen reikte ik naar zijn tenen en raakte ze aan. Toen liet ik, zonder na te denken, mijn grote teen tussen zijn grote teen en zijn tweede teen glijden. Hij deinsde niet terug maar hij reageerde ook niet. Ik wilde elk van zijn tenen aanraken met mijn tenen. Aangezien ik links van hem zat, waren dit waarschijnlijk niet de tenen die mij een paar dagen terug onder de lunch hadden aangeraakt. Het was zijn rechtervoet die zich daaraan schuldig had gemaakt. Ik probeerde die met mijn rechtervoet te bereiken, terwijl ik ondertussen nog steeds zijn knieën meed, alsof er iets was wat me zei dat dat verboden terrein was. 'Wat doe je?' vroeg hij ten slotte. 'Niets.' Ik had het niet door, maar zijn lichaam begon geleidelijk aan de beweging te beantwoorden, enigszins afwezig, zonder overtuiging, niet minder onhandig dan het mijne, alsof het wilde zeggen: wat moet je anders dan op dezelfde manier reageren als iemand met zijn tenen je tenen aanraakt? Vervolgens schoof ik dichter naar hem toe en knuffelde hem. Een kinderlijke knuffel waarvan ik hoopte dat hij hem zou uitleggen als een omhelzing. Hij beantwoordde hem niet. 'Dat was een begin,' zei hij ten slotte met misschien ietsje meer humor in zijn stem dan me lief was. In plaats van iets terug te zeggen haalde ik mijn schouders op in de hoop dat hij dat zou voelen en geen vragen meer zou stellen. Ik wilde niet praten. Hoe minder we zeiden, des te ongeremder onze bewegingen. Ik vond het fijn om hem te knuffelen.

'Word je hier blij van?' vroeg hij.

Ik knikte, opnieuw in de hoop dat hij mijn hoofd voelde knikken zonder dat er woorden nodig waren.

Uiteindelijk, alsof mijn houding hem aanmoedigde hetzelfde te doen, legde hij zijn arm om me heen. De arm streelde me niet, en hield me ook niet stevig vast. Het laatste wat ik op dit moment wilde was kameraadschap. En het was daarom dat ik, zonder mijn omhelzing te onderbreken, mijn greep even wat losser maakte, lang genoeg om mijn beide armen onder zijn losse hemd te laten glijden en door te gaan met mijn omhelzing. Ik wilde zijn huid.

'Weet je zeker dat je dit wilt?' vroeg hij, alsof het die twijfel was die hem de hele tijd had doen aarzelen.

Ik knikte weer. Ik loog. Ondertussen was ik helemaal nergens meer zeker van. Ik vroeg me af wanneer mijn knuffel zou verlopen, wanneer ik, of hij, hem zat zou worden. Zo meteen? Straks? Nu?

'We hebben niet gepraat,' zei hij.

Ik haalde mijn schouders op om te zeggen: hoeft niet.

Hij tilde mijn gezicht op met beide handen en keek me recht in de ogen, net zoals we die dag bij het heuveltje hadden gedaan, maar ditmaal nog intenser omdat we allebei wisten dat we de hindernis hadden genomen. 'Mag ik je kussen?' Wat een vraag, na onze kus bij het heuveltje! Of had hij het verleden begraven en begonnen we met een schone lei?

Ik gaf hem geen antwoord. Zonder te knikken had ik mijn

mond al naar de zijne gebracht, net zoals ik Marzia de vorige avond had gekust. Er leek zich onverwacht iets op te lossen tussen ons, alsof er, heel even, absoluut géen leeftijdsverschil was, alleen maar twee mannen die elkaar kusten, en zelfs dat leek op te lossen toen ik het gevoel kreeg dat we niet eens twee mannen waren, alleen maar twee wezens. Dat moment van totale gelijkheid was heerlijk. Het was heerlijk om me jonger en ouder te voelen, mens tegenover mens, man tegenover man, jood tegenover jood. Het nachtlampje was heerlijk. Het gaf me een knus en veilig gevoel. Net zoals ik me die nacht op de hotelkamer in Oxford had gevoeld. Zelfs mijn bedompte, fletse oude slaapkamer voelde heerlijk, bezaaid met zijn spullen, maar op een of andere manier leefbaarder onder zijn rentmeesterschap dan onder het mijne: een foto hier, een stoel omgetoverd tot bijzettafeltje daar, boeken, kaarten, muziek.

Ik besloot onder de dekens te gaan liggen. Ik hield van de geur. Ik wilde van de geur houden. Ik vond het zelfs leuk dat er van alles op het bed lag wat er niet vanaf was gehaald en waar ik steeds weer met mijn knieën tegenaan botste en waarvan het helemaal niet gaf dat ik het weer tegenkwam als ik er een voet onder stak, omdat het deel uitmaakte van zijn bed, zijn leven, zijn wereld.

Hij kwam ook onder de dekens en begon me, voordat ik er erg in had, uit te kleden. Ik had me zorgen gemaakt over hoe dat zou gaan, uitkleden, hoe ik, als hij me niet zou helpen, zou doen wat zoveel meisjes in films deden, mijn hemd uittrekken, mijn broek laten zakken en daar zo maar staan, spiernaakt, met mijn armen langs mijn lichaam, wat betekende: dit is wie ik ben, zo zit ik in elkaar, hier, neem me, ik ben van jou. Maar hij had het probleem al voor me opgelost. Hij fluisterde: 'Uit en uit en uit en uit,' wat me aan het lachen maakte en opeens was ik helemaal naakt en voelde het gewicht van het laken op mijn pik en was er geen enkel geheim meer over, want met hem in bed willen zijn was mijn enige geheim en nu deelde ik het met hem. Wat heerlijk om zijn handen overal op mijn lichaam te voelen onder de lakens, alsof een deel van ons, als een soort voorhoede, al was aangekomen bij de intimiteit, terwijl de rest, open en bloot buiten de lakens, nog moeilijk deed, als laatkomers die met hun voeten staan te stampen in de kou, terwijl alle anderen binnen in de drukke nachtclub al hun handen staan te warmen. Hij was nog steeds aangekleed en ik niet. Ik vond het heerlijk om naakt te zijn voor hem. Toen kuste hij me, en nog eens, diep die tweede keer, alsof ook hij zich eindelijk liet gaan. Op een bepaald moment realiseerde ik me dat hij al een hele tijd naakt was, al had ik niet gemerkt dat hij zich had uitgekleed, maar toch was het zo, geen deel van hem dat me niet aanraakte. Waar was ik geweest? Ik was van plan geweest om discreet te informeren naar zijn gezondheid, maar ook die vraag leek al een poosje geleden te zijn beantwoord, want toen ik eindelijk de moed vond om het hem te vragen, antwoordde hij: 'Dat heb ik je al verteld, met mij is alles in orde.' 'En heb ik je ook verteld dat met mij alles in orde is?' 'Ja.' Hij lachte. Ik keek weg, omdat hij me zo recht aankeek en ik wist dat ik bloosde en een gezicht zou gaan trekken, maar ik wilde dat hij me recht aankeek, ook al vond ik het gênant, en ik wilde ook naar hem blijven kijken toen we een positie innamen alsof we gingen worstelen, zijn schouders tegen mijn knieën. Wat waren we ver gekomen sinds die middag dat ik mijn ondergoed had uitgetrokken en zijn zwembroek had aangedaan en had gedacht dat ik nooit dichter bij zijn lichaam zou komen dan zo. En nu dit. Ik bevond me op een keerpunt, maar ik wilde ook dat het eeuwig zou duren, omdat ik wist dat er geen weg terug was. Toen het gebeurde, gebeurde het niet zoals ik het gedroomd had, maar was het zo onaangenaam dat ik meer van mezelf moest blootgeven dan ik zou willen. Mijn impuls was om hem te laten stoppen, en toen hij dat merkte, vroeg hij ernaar, maar ik gaf geen antwoord, of wist niet wat ik moest antwoorden en er leek een eeuwigheid te verstrijken tussen mijn aarzeling om een beslissing te nemen en zijn instinct om het in mijn plaats te doen. Vanaf dit moment, dacht ik, vanaf dit moment – als nooit eerder in mijn leven had ik heel duidelijk het gevoel dat ik bij iets heel dierbaars was aangekomen, dat ik dit wilde voor altijd en eeuwig, dat ik mezelf was, helemaal mezelf, en niemand anders, alleen maar mezelf, dat ik in elke rilling die langs mijn armen liep iets volslagen vreemds vond en tegelijkertijd geenszins onbekend, alsof dit alles al mijn hele leven deel van mezelf was geweest en ik het was kwijtgeraakt en hij me had geholpen het weer terug te vinden. De droom had geklopt – dit was als thuiskomen, als vragen: waar ben ik mijn hele leven geweest?, wat alleen een andere manier was om te vragen: waar was je toen ik klein was, Oliver? wat de zoveelste manier was om te vragen: wat is het leven zonder dit? en daardoor kwam het uiteindelijk dat ik het was, niet hij, die, niet één keer, maar steeds opnieuw, uitriep: als je nu stopt, heb je mijn dood op je geweten, als je nu stopt, heb je mijn dood op je geweten, want het was ook mijn manier om de cirkel rond te maken tussen de droom en de fantasie, tussen mij en hem, de woorden waarnaar ik zo verlangd had van zijn mond naar mijn mond terug in zijn mond, woorden uitwisselend van mond naar mond, en het moet toen zijn geweest dat ik obscene dingen begon te zeggen die hij herhaalde, zachtjes eerst, totdat hij zei: 'Noem me bij jouw naam en ik zal jou bij mijn naam noemen,' wat ik nog nooit van mijn leven had gedaan, en wat me, zodra ik mijn eigen naam zei alsof het de zijne was, meenam naar een wereld die ik nog nooit van mijn leven met iemand had gedeeld en sindsdien nooit meer gedeeld heb.

Hadden we lawaai gemaakt?

Hij lachte. Daar hoefde ik me geen zorgen over te maken.

Volgens mij had ik zelfs gesnikt, maar dat wist ik niet zeker. Hij pakte zijn hemd en maakte mij ermee schoon. Mafalda is altijd op zoek naar sporen. Die zal ze niet vinden, zei hij. Ik noem dat hemd 'Fladder', je had het de eerste dag dat je hier kwam aan, er zit meer van jou in dan van mij. Dat betwijfel ik, zei hij. Hij wilde me nog niet loslaten, maar toen onze lichamen uiteengingen, herinnerde ik me vaaglijk dat ik daarnet afwezig een boek had weggeduwd dat onder mijn rug terecht was gekomen, terwijl hij nog in me was. Nu lag het op de grond. Wanneer had ik me gerealiseerd dat het een exemplaar was van *Se l'amore*? Waar had ik in het vuur van de hartstocht de tijd gevonden om me af te vragen of hij naar die boekpresentatie was geweest op dezelfde avond dat ik daar was met Marzia? Vreemde gedachten van nog geen half-uur geleden die uit een grijs verleden leken binnen te drijven.

Het moet een tijdje later zijn gekomen toen ik nog in zijn armen lag. Ik werd ervan wakker nog voordat ik me had gerealiseerd dat ik was ingedut en het vervulde me met een onpeilbaar diep gevoel van ontzetting en angst. Ik voelde me misselijk, alsof ik had overgegeven en niet alleen heel vaak moest douchen om het weg te spoelen, maar een bad moest nemen in mondwater. Ik had er behoefte aan om heel ver weg te zijn – van hem, van deze kamer, van wat we samen hadden gedaan. Het was alsof ik langzaam ontwaakte uit een vreselijke droom, maar nog niet helemaal met mijn voeten op de grond stond en niet zeker wist of ik dat wel wilde, omdat wat me te wachten stond niet veel beter zou zijn, ook al wist ik dat ik niet kon blijven hangen in die reusachtige, vormeloze klodder van een nachtmerrie die voelde als de grootste wolk van zelfverachting en wroeging die ooit mijn leven was binnengedreven. Ik zou nooit meer dezelfde zijn. Hoe had ik hem deze dingen met me kunnen laten doen, en hoe gretig had ik eraan deelgenomen, had ik hem aangemoedigd en gewacht tot hij zover was en gesmeekt: ga door, alsjeblieft. Nu plakte zijn smurrie op mijn borstkas als bewijs van de vreselijke grens die ik was overgegaan, niet tegenover degenen die mij het liefst waren, zelfs niet tegenover mezelf, of iets heiligs, of het ras dat ons zo dicht bij elkaar had gebracht, zelfs niet tegenover Marzia, die nu als een verre sirene op een zinkende klip stond, onbereikbaar en irrelevant, gelouterd door zomergolven, terwijl ik uit alle macht probeerde naar haar toe te zwemmen, schreeuwend vanuit een draaikolk van angst in de hoop dat zij deel zou uitmaken van de verzameling beelden die mij moesten helpen om tegen de dageraad weer mezelf te zijn. Niet zij waren het die ik had gekrenkt, maar degenen die nog niet waren geboren, die ik nog niet had ontmoet, en die ik nooit zou kunnen liefhebben zonder terug te denken aan deze berg van schaamte en weerzin die oprees tussen mijn leven en dat van hen. Het zou mijn liefde voor hen achtervolgen en bezoedelen en tussen ons zou dat geheim staan dat alles wat goed was in mij zou kunnen aantasten.

Of had ik iets nog diepers gekrenkt? Wat was dat dan?

Of was de afkeer die ik voelde er altijd al geweest, maar dan gecamoufleerd, en had ik alleen maar zoiets als dit nodig gehad om hem naar buiten te brengen?

Iets wat grensde aan onpasselijkheid, iets wat leek op wroeging – was dat het? – kreeg me in zijn greep en leek een steeds duidelijker vorm aan te nemen naarmate ik me bewust werd van het glorende ochtendlicht door onze ramen.

Net als het ochtendgloren echter, leek de wroeging, als het al wroeging was, weer even weg te sterven. Maar terwijl ik daar in bed lag en me rot voelde, kwam het even hard weer terug alsof het, telkens als ik dacht dat het nu voorbij was, een punt wilde scoren. Ik had geweten dat het pijn zou doen. Wat ik niet had verwacht was dat de pijn zich zou verstrengelen en samenballen tot een plotse gewetenswroeging. Dat had ook nooit iemand me verteld.

Buiten was het nu duidelijk licht geworden.

Waarom zat hij zo naar me te kijken? Had hij geraden wat ik voelde?

'Je bent niet gelukkig,' zei hij.

Ik haalde mijn schouders op.

Hem vond ik niet afschuwelijk – maar datgene wat we hadden gedaan. Ik wilde niet dat hij nu al in mijn hart keek. Ik wilde weg uit dat moeras van zelfverachting en wist niet hoe ik dat moest doen.

'Je walgt ervan, hè?'

Opnieuw deed ik het af met een schouderophalen.

'Ik wist dat we het niet hadden moeten doen. Ik wist het,' herhaalde hij. Voor het eerst in mijn leven zag ik hem ergens van terugschrikken, zag ik hem aan zichzelf twijfelen. 'We hadden moeten praten…'

'Misschien,' zei ik.

Van alles wat ik die morgen had kunnen zeggen was dit betekenisloze 'misschien' wel het wreedste.

'Vond je het afschuwelijk?'

Nee, helemaal niet. Maar wat ik voelde was meer dan afschuwelijk. Ik wilde het me niet herinneren, wilde er niet aan denken. Wilde het alleen wegstoppen. Het was nooit gebeurd. Ik had het geprobeerd en het was niets voor mij, nu wilde ik mijn geld terug, draai de film terug, neem me mee terug naar het moment dat ik bijna op blote voeten het balkon op stap, en ik zal niet verdergaan, ik zal blijven zitten broeden en het nooit weten – liever een tweestrijd voeren met mijn lichaam dan te voelen wat ik nu voelde. *Elio, Elio, we hebben je gewaarschuwd, nietwaar?*

Daar lag ik in zijn bed en bleef liggen waar ik lag uit een overdreven gevoel van beleefdheid. 'Je mag best gaan slapen, als je wilt,' zei hij, misschien wel de vriendelijkste woorden die hij ooit tegen me had gezegd, een hand op mijn schouder, terwijl ik, als een Judas, bij mezelf bleef zeggen: hij moest eens weten. Hij moest eens weten dat ik mijlenver, een heel leven lang, van hem verwijderd wilde zijn. Ik drukte hem tegen me aan. Ik deed mijn ogen dicht. 'Je kijkt naar me,' zei ik, met mijn ogen nog steeds dicht. Ik vond het fijn om bekeken te worden met mijn ogen dicht.

Ik had het nodig dat hij zo ver als maar mogelijk van me vandaan was als ik me beter wilde voelen en wilde vergeten – maar ik had het ook nodig dat hij dichtbij was voor het geval dit nog erger werd en ik niemand had tot wie ik me kon wenden.

Ondertussen was een ander deel van mij gewoon blij dat het achter de rug was. Ik had met hem afgerekend. Ik zou de prijs betalen. De vraag was: zou hij het begrijpen? En zou hij vergeven?

Of was dit weer een truc om de volgende vlaag van afkeer en schaamte af te wenden?

Vroeg in de morgen gingen we samen zwemmen. Ik had het gevoel dat dit de laatste keer was dat we ooit op deze manier samen zouden zijn. Ik zou teruggaan naar mijn kamer, in slaap vallen, wakker worden, ontbijten, mijn partituur pakken en me die prachtige ochtenduren onderdompelen in het transcriberen van het stuk van Haydn, terwijl ik van tijd tot tijd de lichte vrees voelde opkomen als ik al dacht aan de vernedering die ik zo meteen, net als elke morgen, van hem kon verwachten, om me vervolgens te herinneren dat we dat stadium waren gepasseerd, dat ik hem nog maar een paar uur geleden in me had gehad en dat hij daarna over mijn borst heen was klaargekomen, omdat hij zei dat hij dat graag wilde, en ik hem had gelaten, misschien omdat ik zelf nog niet was klaargekomen en het me opwond om te kijken naar de gezichten die hij trok en hoe hij voor mijn ogen tot een hoogtepunt kwam.

Nu liep hij tot bijna aan zijn knieën het water in met zijn hemd aan. Ik wist wat hij aan het doen was. Als Mafalda ernaar vroeg zou hij beweren dat het per ongeluk nat was geworden.

Samen zwommen we naar de grote rots. We praatten. Ik wilde dat hij dacht dat ik het fijn vond om bij hem te zijn. Ik had gewild dat de zee de smurrie van mijn borst zou wegspoelen, maar het zat er nog, zijn zaad, vastgeplakt aan mijn lichaam. Nog eventjes en ik zou me douchen met zeep en dan zouden alle twijfels over mezelf, die drie jaar eerder waren begonnen toen een anonieme jongeman op een fiets naast me was gestopt, was afgestapt en een hand op mijn schouder had gelegd, en met dat gebaar iets had opgewekt of versneld wat er anders wellicht veel langer over gedaan zou hebben om tot mijn bewustzijn door te dringen – dat alles kon nu eindelijk ook weggewassen worden, verdreven worden als een kwaad gerucht over mij of een valse overtuiging, verlost worden als een geest die zijn tijd had uitgezeten en die nu werd gereinigd met de zachte geurige kamillezeep die bij ons thuis in elke badkamer te vinden was.

We gingen op een van de rotsen zitten en praatten. Waarom hadden we niet eerder zo gepraat? Ik zou minder wanhopig naar hem verlangd hebben als we al weken eerder tot dit soort vriendschap in staat waren geweest. Misschien hadden we dan het met elkaar slapen kunnen vermijden. Ik wilde hem vertellen dat ik hier nog geen honderd meter vandaan pasgeleden de liefde had bedreven met Marzia. Maar ik hield mijn mond. In plaats daarvan hadden we het over Haydns 'Het is volbracht', waarvan ik de transcriptie net had voltooid. Ik kon hierover praten zonder het gevoel te hebben dat ik dat deed om indruk op hem te maken of om zijn aandacht te trekken of om een wiebelige brug tussen ons te slaan. Ik kon urenlang over dat werk van Haydn praten – wat een prachtige vriendschap had dit kunnen zijn.

Terwijl ik in een roes de schijn ophield dat het uit was met hem en zelfs enige teleurstelling voelde dat ik er, na een bevlieging van zoveel weken, zo makkelijk overheen was gekomen, stond ik er niet bij stil dat dit verlangen om zo buitengewoon ontspannen over Haydn te discussiëren als we nu deden, mijn meest kwetsbare plek was en dat, als het verlangen al opnieuw de kop opstak, dat net zo goed zou kunnen door deze ingang, die ik altijd het veiligst had geacht, als door de aanblik van zijn bijna naakte lichaam bij het zwembad.

Op een gegeven moment viel hij me in de rede.

'Gaat het een beetje?'

'Ja hoor, prima,' antwoordde ik.

Toen, met een ongemakkelijk lachje, alsof hij zijn eerste vraag wilde corrigeren: 'Gaat het overál een beetje?'

Ik lachte flauwtjes terug, omdat ik me al voelde dichtklappen, de deuren en ramen tussen ons sloot, de kaarsen uitblies omdat de zon eindelijk weer was opgekomen en de schaamte lange schaduwen wierp.

'Ik bedoel...'

'Ik weet wat je bedoelt. Pijnlijk.'

'Maar vond je het erg toen...'

Ik wendde mijn hoofd af alsof een kille bries langs mijn oor waaide en ik wilde voorkomen dat hij me in het gezicht blies.

'Moeten we erover praten?'

'Nee, niet als jij niet wilt.'

Ik had dezelfde woorden gebruikt die Marzia had gezegd toen ik wilde weten of ze het fijn had gevonden wat ik met haar had gedaan.

Ik wist precies waar hij over wilde praten. Hij wilde het hebben over het moment toen ik hem bijna had gevraagd te stoppen.

Nu, terwijl we spraken, kon ik er alleen maar aan denken dat ik vandaag naast Marzia zou lopen en dat het, telkens als we ergens gingen zitten, pijn zou doen. Wat een vernedering. Op de stadswallen zitten – waar iedereen van onze leeftijd 's avonds bijeenkwam als we niet in de caffès zaten – en me in allerlei bochten moeten wringen, zodat ik er telkens aan herinnerd werd wat ik de afgelopen nacht had gedaan. De standaardgrap onder schooljongens. Kijk Oliver, kijk hoe ik me in bochten wring en denk, dat heb ik je aangedaan, toch?

Ik wilde maar dat we niet met elkaar hadden geslapen. Zelfs zijn lichaam liet me onverschillig. Op de rots waar we nu zaten keek ik naar zijn lichaam zoals je kijkt naar oude hemden en broeken die je in een doos doet voor het Leger des Heils.

Schouder: check.

Stukje tussen de binnenkant en de buitenkant van zijn elleboog dat ik ooit had aanbeden: check.

Kruis: check.

Hals: check.

Rondingen van de abrikoos: check.

Voet – o, die voet; maar, ja, check.

Glimlach, toen hij had gezegd: Gaat het overál een beetje: ja, ook daar check. Niets aan het toeval overlaten.

Ik had van dat alles ooit gehouden. Ik had het allemaal aangeraakt op de manier waarop een civetkat zich langs de voorwerpen wrijft die hij begeert. Het was een nacht lang allemaal van mij geweest. Nu wilde ik het niet meer. Wat ik me niet kon herinneren, laat staan begrijpen, was hoe ik mezelf ertoe had gebracht om ernaar te verlangen, al datgene te doen wat ik had gedaan om erbij in de buurt te zijn, het aan te raken, ermee te slapen. Na het zwemmen zou ik die langverwachte douche nemen. Vergeten, vergeten.

Toen we terugzwommen vroeg hij, alsof dat nu pas bij hem opkwam: 'Ga je me de afgelopen nacht nadragen?'

'Nee,' antwoordde ik. Maar ik had te snel geantwoord voor iemand die meende wat hij zei. Om de dubbelzinnigheid van mijn nee wat af te zwakken zei ik dat ik vandaag waarschijnlijk de hele dag wilde slapen. 'Ik denk niet dat ik vandaag kan fietsen.'

'Omdat...' Hij stelde geen vraag; hij gaf het antwoord.

'Ja, daarom.'

Het kwam bij me op dat een van de redenen waarom ik had besloten niet te snel een afstand tussen ons te scheppen niet alleen was omdat ik zijn gevoelens niet wilde kwetsen of hem niet wilde alarmeren of een ongemakkelijke en onhandelbare situatie thuis wilde voorkomen, maar omdat ik er niet zeker van was dat ik binnen een paar uur niet weer wanhopig naar hem zou verlangen.

Toen we op ons balkon aankwamen aarzelde hij bij de deur en stapte toen mijn kamer binnen. Dat verraste me. 'Doe je zwembroek uit.' Dit was vreemd, maar ik had het niet in me om niet te gehoorzamen. Dus liet ik mijn zwembroek zakken en stapte eruit. Het was voor het eerst dat ik naakt voor hem stond in het volle daglicht. Ik voelde me gegeneerd en begon nerveus te worden. 'Ga zitten.' Ik had nog maar nauwelijks gedaan wat me gezegd werd, of hij nam mijn hele pik in zijn mond. Hij werd ogenblikkelijk stijf. 'We bewaren het voor later,' zei hij met een droog lachje en was verdwenen.

Was dit zijn wraak voor mijn veronderstelling dat ik van hem af was?

Maar weg waren ze – mijn zelfvertrouwen en mijn controlelijstje en mijn hunkering om van hem af te zijn. Mooi was dat. Ik droogde me af, trok de pyjamabroek aan die ik de vorige nacht ook had aangehad, liet me op mijn bed vallen en werd pas weer wakker toen Mafalda op mijn deur klopte en vroeg of ik eieren wilde voor mijn ontbijt.

Dezelfde mond die eieren ging eten was de vorige nacht overal geweest.

Net als bij een kater vroeg ik me af wanneer de misselijkheid over zou gaan.

De pijn die ik van tijd tot tijd voelde werd steeds weer gevolgd door gewetenswroeging. Wie het ook was die had gezegd dat de ziel en het lichaam samenkomen in de pijnappelklier was niet goed bij zijn hoofd. Niet daar, maar in je kont, dombo.

Toen hij naar beneden kwam om te ontbijten had hij mijn zwembroek aan. Niemand zou daar verder bij stil hebben gestaan aangezien iedereen bij ons in huis voortdurend zwembroeken uitwisselde, maar dit was de eerste keer dat hij het deed en het was dezelfde zwembroek die ik vanmorgen vroeg had aangehad toen we waren gaan zwemmen. Hem in mijn kleren te zien was ondraaglijk opwindend. En dat wist hij. We werden er allebei opgewonden van. Het idee dat zijn pik langs het gazen binnenbroekje wreef waar die van mij eerst had gezeten herinnerde me eraan hoe hij, voor mijn ogen en na zoveel inspanning, eindelijk zijn lading op mijn borst had gespoten. Maar dat was niet waar ik opgewonden van werd. Het was de doordringbaarheid, de onderlinge vervangbaarheid van onze lichamen – wat van mij was, was opeens van hem, net zoals wat van hem was nu helemaal van mij kon zijn. Werd ik weer teruggelokt? Aan tafel besloot hij aan mijn kant te komen zitten en toen niemand keek liet hij zijn voet niet óp die van mij, maar eronder glijden. Ik wist dat die van mij ruw was omdat ik altijd op blote voeten liep; die van hem was zacht; de vorige nacht had ik zijn voet gekust en op zijn tenen gezogen; nu hadden ze zich onder mijn eeltige voet genesteld en moest ik mijn beschermer beschermen.

Hij stond me niet toe hem te vergeten. Ik moest denken aan een getrouwde kasteelvrouwe die, nadat ze op een nacht met een jonge vazal had geslapen, hem de volgende morgen door de paleiswacht liet oppakken en op staande voet in een kerker liet executeren op grond van verzonnen beschuldigingen, niet alleen om zich te ontdoen van alle bewijs van hun overspelige nacht samen, of om te voorkomen dat haar jonge minnaar lastig zou worden nu hij dacht dat hij recht had op haar gunsten, maar om elke verleiding van haar kant om de volgende avond dezelfde overtreding te begaan uit te sluiten. Zou hij achter me aan gaan zitten en lastig worden? En wat moest ik daartegen doen – het tegen mijn moeder zeggen?

Die morgen ging hij in zijn eentje naar de stad. Postkantoor. Signora Milani, het gebruikelijke rondje. Ik zag hem de cipressenlaan uit fietsen met nog steeds mijn zwembroek aan. Niemand had ooit mijn kleren gedragen. Misschien is de fysieke en de metaforische betekenis daarvan een onhandige manier om te begrijpen wat er gebeurt als twee wezens de behoefte hebben, niet alleen om dicht bij elkaar te zijn, maar om zo volledig kneedbaar te worden dat ze elkaar worden. Te zijn wie ik ben door jou. Te zijn wie hij was door mij. In zijn mond te zijn terwijl hij in de mijne was en niet meer weten wiens pik het was in mijn mond, de zijne of de mijne. Hij was mijn geheime kanaal naar mezelf – als een katalysator die ons laat worden wie we zijn, het vreemde lichaam, de pacemaker, het transplantaat, de programmacorrectie die precies de goede impulsen doorgeeft, de stalen pin die het bot van de soldaat bij elkaar houdt, het hart van die ander dat ons meer onszelf maakt dan we voor de transplantatie waren.

Alleen al de gedachte hieraan maakte dat ik opeens alles wilde laten varen wat ik vandaag van plan was geweest en naar hem toe wilde rennen. Ik wachtte ongeveer tien minuten, pakte mijn fiets en reed, ondanks mijn voornemen om die dag niet te gaan fietsen, achter hem aan, via de steile weg omhoog langs Marzia's huis die ik zo snel beklom als ik maar kon. Toen ik op de piazzetta aankwam realiseerde ik me dat ik maar een paar minuten later was aangekomen dan hij. Hij was zijn fiets aan het wegzetten, had al de *Herald Tribune* gekocht en ging op weg naar het postkantoor – zijn eerste boodschap. 'Ik moest je zien,' zei ik toen ik op hem afrende. 'Waarom, is er iets?' 'Ik moest je gewoon zien.' 'Ben je me niet spuugzat?' Ik dacht van wel – wilde ik gaan zeggen – en ik wilde je ook spuugzat zijn – 'Ik wilde gewoon bij je zijn,' zei ik. Toen drong het tot me door: 'Als je wilt, ga ik nu meteen weer terug,' zei ik. Hij bleef stilstaan, liet de hand met de onverstuurde brieven er nog in langs zijn lichaam omlaag vallen, en stond daar alleen maar naar me staren terwijl hij zijn hoofd schudde. 'Heb je er enig idee van hoe blij ik ben dat we met elkaar geslapen hebben?'

Ik haalde mijn schouders op alsof ik het zoveelste complimentje in ontvangst nam. Ik verdiende geen complimenten, en al helemaal niet van hem. 'Nee, dat weet ik niet.'

'Echt iets voor jou om dat niet te weten. Ik wil alleen nergens spijt van hebben – ook niet van datgene waar je me vanmorgen niet over wilde laten praten. Ik ben doodsbenauwd dat ik jou helemaal in de war heb gemaakt. Ik wil niet dat een van ons tweeën er op welke manier dan ook voor moet boeten.'

Ik wist precies wat hij bedoelde, maar deed net of ik het niet wist. 'Ik zal het aan niemand vertellen. Er komt geen gedonder van.'

'Dát bedoelde ik niet. Maar dat ik er op een of andere manier voor zal boeten, weet ik zeker.' En voor het eerst ving ik bij daglicht een glimp op van een andere Oliver. 'Voor jou, hoe je er ook over mag denken, is het nog niet meer dan een vrijpartij, en zo hoort het ook. Voor mij is het iets anders wat ik nog niet helemaal doorgrond heb en dat ik het niet kan doorgronden maakt me bang.'

'Had je liever gehad dat ik niet was gekomen?' Stond ik opzettelijk dom te doen?

'Als het kon zou ik je vasthouden en kussen.'

'Ik ook.'

Ik bracht mijn gezicht naar zijn oor net toen hij het postkantoor wilde binnengaan en fluisterde: 'Neuk me, Elio.'

Hij herinnerde het zich en kreunde onmiddellijk drie keer zijn eigen naam, net zoals we die nacht hadden gedaan. Ik voelde dat ik al een stijve kreeg. Toen zei ik, om hem te plagen met precies dezelfde woorden die hij die ochtend had gezegd: 'We bewaren het voor later.'

Toen vertelde ik hem dat *Later!* me altijd aan hem zou herinneren. Hij lachte en zei: '*Later!*' – en nu betekende het voor de verandering eens precies wat ik wilde dat het betekende: niet alleen tot ziens, of wegwezen jij, maar de liefde bedrijven in de middag. Ik draaide me om, sprong op mijn fiets en racete de heuvel af met een brede glimlach, bijna zingend als ik dat had gekund.

Ik was nog nooit van mijn leven zo gelukkig geweest. Er kon niets verkeerd gaan, alles ging zoals ik het wilde, alle deuren gingen een voor een open en het leven had niet schitterender kunnen zijn: het straalde me tegemoet en als ik mijn fiets naar links of naar rechts bewoog of probeerde uit het licht weg te komen, volgde het me als een volgspot die een acteur uitlicht op de planken. Ik hunkerde naar hem, maar ik kon even goed zonder hem, en het was allebei prima.

Onderweg besloot ik bij Marzia langs te gaan. Zij was op weg naar het strand. Ik ging met haar mee en we gingen beneden op de rotsen in de zon liggen. Ik hield van haar geur, van haar mond. Ze trok haar bovenstukje uit en vroeg me haar rug in te smeren, wetend dat mijn handen onvermijdelijk haar borsten zouden omvatten. Zij hadden een huisje op het strand en ze vond dat we daarheen moesten gaan. Niemand zou daar komen. Ik deed vanbinnen de deur op slot, liet haar op de tafel gaan zitten, trok haar bikinibroekje uit en ging met mijn mond naar waar ze naar de zee rook. Ze leunde achterover en tilde haar beide benen over mijn schouders. Vreemd, dacht ik, hoe we elkaar beschaduwen en afschermen, zonder elkaar uit te sluiten. Nog geen halfuur geleden vroeg ik Oliver me te neuken en nu stond ik op het punt met Marzia te vrijen, en toch had het een niets met het ander te maken, behalve via de twee Elio's die ik was en altijd zou blijven.

Na de lunch zei Oliver dat hij nog eens terug moest naar B. om signora Milani zijn laatste correcties te brengen. Hij keek daarbij onmiddellijk in mijn richting, maar zag dat ik niet reageerde en was al weg. Na twee glazen wijn wist ik niet hoe snel ik een dutje moest gaan doen. Ik griste twee enorme perziken van de tafel en nam ze mee, terwijl ik mijn moeder in het voorbijgaan een zoen gaf. Die zou ik strakjes opeten, zei ik. In de donkere slaapkamer legde ik de vruchten op het marmeren tafelblad. En toen kleedde ik me helemaal uit. Schone, koele, vers gesteven, zongebleekte lakens lagen strak over het bed getrokken – God zegene je, Mafalda! Wilde ik alleen zijn? Ja. De vorige avond de ene persoon; toen weer bij de dageraad. Vervolgens vanmorgen een ander. Nu lag ik op de lakens, blij als een strakke, pas ontloken zonnebloem, vervuld van lome vitaliteit op deze zonnige zomermiddag. Was ik blij om alleen te zijn nu ik bijna in slaap viel? Ja. Nou, nee. Ja. Maar misschien niet. Ja. Ja, ja. Ik was blij en dat was het enige dat telde, met anderen, zonder anderen, ik was blij.

Een halfuur later of misschien nog eerder, werd ik gewekt door de doordringende bruine kloosterachtige geur van koffie die door het huis dreef. Zelfs met de deur dicht rook ik het en ik wist dat dit niet de koffie van mijn ouders was. Die van hen was al een poosje geleden gezet en opgediend. Dit was de tweede ronde van de middag, gezet met het Napolitaanse espressoapparaat waarin Mafalda, haar echtgenoot en Anchise koffie maakten als ook zij de lunch achter de rug hadden. Nog even en ook zij zouden gaan rusten. Nu al hing er een zware traagheid in de lucht – de wereld was in slaap aan het vallen. Het enige dat ik wilde was dat hij langs mijn balkondeur zou lopen en door de halfgesloten luiken mijn naakte lichaam op het bed zou zien liggen. Hij of Marzia – maar ik wilde dat er iemand langs zou komen en me op zou merken en dan was het aan diegene om te besluiten wat hij wilde doen, ik kon gewoon verder slapen, of, als een van beiden naast me kwam liggen, zou ik plaatsmaken en we zouden samen slapen. Ik zag een van hen mijn kamer binnenkomen en een van de perziken pakken en met de vrucht in de hand naar mijn bed komen en hem naar mijn harde pik brengen. *Ik weet dat je niet slaapt*, zou hij of zij zeggen, en vervolgens de zachte, overrijpe perzik op mijn pik drukken tot ik de vrucht doorboord had in de spleet die me zo erg deed denken aan Olivers kont. De gedachte liet me niet meer los.

Ik stond op en pakte een van de perziken, trok hem half uit elkaar met mijn duimen, drukte de pit eruit op mijn bureau, bracht de donzige, rozige perzik zachtjes naar mijn kruis en begon ertegen aan te drukken tot de gespleten vrucht over mijn pik heen gleed. Anchise moest eens weten, Anchise moest eens weten wat ik aan het doen was met de vrucht die hij dag in dag uit met zo'n slaafse toewijding had gecultiveerd, hij met zijn grote strohoed en zijn lange, knoestige, eeltige vingers die altijd onkruid uit de uitgedroogde aarde trokken. Zijn perziken waren meer abrikozen dan perziken. Het dierenrijk had ik al uitgeprobeerd. Nu begaf ik me naar het plantenrijk. Hierna zouden de mineralen aan de beurt komen. Bij die gedachte moest ik bijna grinniken. De vrucht lekte over mijn hele pik. Als Oliver nu binnenkwam, zou ik hem eraan laten zuigen zoals vanmorgen. Als Marzia binnenkwam zou ik haar mij laten helpen het karwei af te maken. De perzik was zacht en stevig en toen ik er eindelijk in slaagde hem met mijn pik uiteen te scheuren, zag ik dat het rossige binnenste me niet alleen aan een anus deed denken, maar ook aan een vagina, waardoor ik met een helft in elke hand stevig langs mijn pik begon te wrijven, terwijl ik dacht aan niemand en aan iedereen, inclusief aan de arme perzik, die er geen idee van had wat er met hem gedaan werd, maar die gewoon mee moest doen en er uiteindelijk waarschijnlijk ook wat plezier aan beleefde, totdat ik dacht dat ik hem hoorde zeggen: *neuk me, Elio, neuk me harder*, en even later: *harder, zei ik!* terwijl ik in mijn hoofd zocht naar beelden uit Ovidius – was daar niet een personage dat in een perzik was veranderd en, als dat niet zo was, kon ik er dan niet ter plekke eentje verzinnen, laten we zeggen een verdoemde jongeman en een jong meisje die in hun perzikachtige schoonheid een jaloerse godheid hadden ontstemd die hen als wraak in een perzikboom veranderde en pas nu, na drieduizend jaar, werd hun gegeven wat hun zo onterecht was afgenomen, terwijl ze mompelden: *ik zal sterven als je klaarkomt en je mag niet klaarkomen, mag nooit klaarkomen*. Het verhaal wond me zo op dat ik al op het punt stond een orgasme te krijgen zonder dat ik er erg in had. Ik voelde dat ik hier en nu kon stoppen, of, met nog een stoot, kon klaarkomen, wat ik deed, terwijl ik de straal voorzichtig in de rossige kern van de open perzik richtte als in een rituele bevruchting.

Wat een idiote daad. Ik leunde achterover en hield de vrucht met beide handen vast, blij dat ik het laken noch met sap, noch met zaad had besmeurd. De gekwetste, beschadigde perzik lag als een slachtoffer van verkrachting op zijn zijkant op mijn bureau, te schande gemaakt, loyaal, schrijnend en verward, en deed zijn best om wat ik binnenin had achtergelaten niet te laten weglopen. Ik bedacht dat ik er waarschijnlijk niet anders had uitgezien op zijn bed de vorige avond toen hij voor het eerst in mij was klaargekomen.

Ik trok een hemdje aan maar besloot verder naakt te blijven en onder het laken te kruipen.

Ik werd wakker door het geluid van de luiken die iemand openmaakte en vervolgens weer achter zich sloot. Als in de droom die ik ooit had kwam hij op zijn tenen naar me toe, niet in een poging om me te verrassen, maar om me niet te wekken. Ik wist dat het Oliver was en tilde, met mijn ogen nog dicht, een arm naar hem op. Hij greep hem beet, kuste hem, tilde vervolgens het laken op en leek verbaasd me naakt aan te treffen. Hij bracht zijn lippen onmiddellijk naar waar ze vanmorgen hadden beloofd terug te zullen komen. Hij vond de plakkerige smaak heerlijk. Wat had ik gedaan?

Ik vertelde het hem en wees naar het gekneusde bewijs op mijn bureau.

'Eens even kijken.'

Hij stond op en vroeg of ik hem daar voor hem had laten liggen.

Misschien wel. Of had ik gewoon even gewacht met nadenken over waar ik hem moest laten?

'Is dit wat ik denk dat het is?'

Ik knikte ondeugend, zogenaamd beschaamd.

'Heb je er enig idee van hoeveel werk Anchise hierin steekt?'

Hij maakte een grapje, maar het voelde alsof hij, of iemand via hem, dezelfde vraag stelde omtrent het werk dat mijn ouders in mij hadden gestoken.

Hij kwam met de halve perzik naar het bed, en zorgde ervoor dat niets van de inhoud verloren ging toen hij zich uitkleedde.

'Ziek ben ik, hè?' vroeg ik.

'Nee, jij bent niet ziek – ik zou willen dat iedereen zo ziek was als jij. Wil je iets zieks zien?'

Wat was hij van plan? Ik aarzelde om ja te zeggen.

'Moet je eens nagaan hoeveel mensen er voor jou zijn geweest – jij, je grootvader, je overgrootvader, en al de overgeslagen generaties aan Elio's vóór jou, en die van verre plaatsen, allemaal samengepakt in dit straaltje dat jou maakt wat je bent. Mag ik het proeven?'

Ik schudde het hoofd.

Hij doopte een vinger in de kern van de perzik en bracht hem naar zijn mond.

'Niet doen, alsjeblieft.' Dit was meer dan ik kon verdragen.

'Dat van mezelf vond ik altijd vies. Maar dit is van jou. Waarom wil je het niet?'

'Het geeft me een rotgevoel.'

Hij deed mijn commentaar eenvoudig af met een schouderophalen.

'Hoor eens, je hoeft dit niet te doen. Ik ben degene die achter jou aan zat. Ik heb jou opgezocht, alles wat er is gebeurd komt door mij – je hoeft dit niet te doen.'

'Onzin. Ik wilde je vanaf de eerste dag. Ik heb het alleen beter verborgen gehouden.'

'Ja hoor, vast wel.'

Ik deed een uitval naar de vrucht in zijn hand, maar met zijn andere hand greep hij me bij de pols en kneep er hard in, zoals ze dat in de film doen, als een man de ander dwingt om een mes los te laten.

'Je doet me pijn.'

'Laat los dan.'

Ik keek toe hoe hij de perzik in zijn mond stak en hem langzaam begon op te eten, terwijl hij me zo strak aankeek dat ik dacht dat zelfs vrijen niet zo ver ging.

'Als je het niet lust moet je het uitspugen, dat vind ik niet erg, dat vind ik echt niet erg, ik beloof je dat ik niet beledigd zal zijn,' zei ik, meer om de stilte te doorbreken dan als een laatste smeekbede.

Hij schudde het hoofd. Ik zag dat hij het precies op dat moment proefde. Iets wat van mij was, was in zijn mond, was nu meer van hem dan van mij. Ik weet niet wat er op dat moment met mij gebeurde, terwijl hij me maar bleef aankijken, maar opeens had ik een sterke aandrang om te gaan huilen. En in plaats van het in te houden, zoals bij een orgasme, liet ik me gaan, al was het maar om hem iets even persoonlijks van mezelf te laten zien. Ik strekte mijn armen naar hem uit en snikte tegen zijn schouder. Ik huilde omdat er nog nooit een vreemdeling zo lief voor me was geweest of zo ver voor me was gegaan, zelfs Anchise niet die ooit mijn voet had opengesneden en het gif van een schorpioen eruit had gezogen en uitgespuugd en weer gezogen en gespuugd. Ik huilde omdat ik me nog nooit zo dankbaar had gevoeld en er geen andere manier was om dat te laten zien. En ik huilde om de slechte gedachten die ik vanmorgen over hem had gekoesterd. En ook om de vorige nacht, want wat er verder ook zou gebeuren, ik zou het nooit meer ongedaan kunnen maken en dit was een prima gelegenheid om hem te laten zien dat hij gelijk had, dat dit niet gemakkelijk was, dat zomaar een vrijpartij makkelijk kon ontaarden in iets anders en dat, als we ons overhaast ergens in hadden gestort, het nu te laat was om erop terug te komen – ik huilde omdat er iets aan het gebeuren was en ik geen idee had wat het was.

'Wat er ook tussen ons mag gebeuren, Elio, ik wil gewoon dat je het weet. Zeg nooit dat je het niet geweten hebt.' Hij zat nog steeds te kauwen. In het vuur van de passie zou het nog tot daaraan toe zijn geweest. Maar dit was heel iets anders. Hij nam me met zich mee.

Zijn woorden sloegen nergens op. Maar ik wist precies wat ze betekenden.

Ik wreef zijn gezicht met mijn handpalm. Toen, zonder te weten waarom, begon ik zijn oogleden te likken.

'Kus me nu, voordat het helemaal weg is,' zei ik. Zijn mond zou smaken naar perzik en naar mij.

Nog lang nadat Oliver was weggegaan bleef ik op mijn kamer. Toen ik eindelijk wakker werd was het bijna avond, wat me humeurig maakte. De pijn was weg, maar het gevoel van onbehagen dat ik bij zonsopgang had gehad kwam in alle hevigheid terug. Ik wist niet of dit hetzelfde gevoel was dat na een lange onderbreking opnieuw de kop opstak, of dat ik van het eerdere gevoel was genezen en dit weer totaal nieuw was als gevolg van het vrijen van vanmiddag. Zouden onze bedwelmende momenten samen altijd gevolgd worden door zo'n eenzaam schuldgevoel? Waarom voelde ik niet hetzelfde na Marzia? Was dit de manier van de natuur om me erop te wijzen dat ik liever bij haar was?

Ik nam een douche en trok schone kleren aan. Beneden zat iedereen aan de cocktails. De twee gasten van de vorige avond waren er weer en werden beziggehouden door mijn moeder, terwijl een nieuwkomer, weer een journalist, aandachtig zat te luisteren naar Olivers beschrijving van zijn boek over Heraclitus. Op meesterlijke wijze wist hij een vreemde een samenvatting van vijf zinnen te geven, die hij ter plekke speciaal voor die toehoorder leek te verzinnen. 'Blijf je thuis?' vroeg mijn moeder.

'Nee. Ik ga naar Marzia.'

Mijn moeder keek me bezorgd aan en schudde heel discreet het hoofd, wat wilde zeggen: *dat vind ik maar niks, het is een keurig meisje, jullie kunnen beter met een hele groep uitgaan.* 'Laat hem met rust, jij met je groepen,' ging mijn vader ertegenin, waardoor ik mijn gang kon gaan. 'Hij zit zo al de hele dag in huis opgesloten. Laat hem doen wat hij zelf wil. *Wat hij zelf wil!*'

Hij moest eens weten.

En wat dan nog, als hij het wist?

Mijn vader zou nooit bezwaar maken. Hij zou om te beginnen misschien een gezicht trekken, maar het dan weer terugnemen.

Het kwam niet bij me op om voor Oliver te verbergen wat ik

met Marzia deed. Bakkers en slagers zijn geen concurrenten, dacht ik. En waarschijnlijk zou hij er ook niet mee zitten.

Die avond gingen Marzia en ik naar de film. We aten een ijsje op de piazzetta. En bij haar thuis nog een.

'Ik wil nog eens naar de boekwinkel,' zei ze toen ze met me naar het tuinhek liep om me uit te laten. 'Maar met jou naar de film gaan daar vind ik niks aan.'

'Zullen we dan morgen tegen sluitingstijd gaan?'

'Ja, dat is goed.' Ze wilde die andere avond herhalen.

Ze kuste me. Eigenlijk zou ik liever 's morgens naar de boekwinkel gaan, als hij net open was, en de mogelijkheid openhouden om er dezelfde avond nog eens heen te gaan.

Toen ik thuiskwam stonden de gasten op het punt te vertrekken. Oliver was niet thuis.

Eigen schuld, dacht ik.

Ik ging naar mijn kamer en omdat ik niets anders te doen had sloeg ik mijn dagboek open.

Gisteravond had ik geschreven: *'Ik zie je om middernacht.' Let maar eens op. Hij is vast niet eens thuis. 'Rot op' – dat is wat 'niet zo puberaal doen' betekent. Had ik maar nooit iets gezegd.*

Ik keek naar de nerveuze krabbels die ik rond deze woorden had getekend voordat ik naar zijn kamer was gegaan en probeerde me opnieuw voor te stellen hoe vreselijk ik gisteravond in de zenuwen had gezeten. Misschien wilde ik de angst terughalen om die van vanavond te maskeren, maar ook om me eraan te herinneren dat mijn ergste angsten zomaar waren verdwenen toen ik eenmaal op zijn kamer was, en ze vanavond misschien net zo makkelijk te onderdrukken waren als ik maar eenmaal zijn voetstappen hoorde.

Maar ik kon me de angsten van gisteravond niet eens meer herinneren. Ze waren volkomen overschaduwd door wat erop gevolgd was en leken tot een tijdsegment te horen waartoe ik geen toegang meer had. Alles wat met gisteravond te maken had leek opeens in lucht te zijn opgegaan. Ik kon me niets meer herinneren. Ik probeerde bij mezelf 'rot op' te fluisteren om mijn geheugen een duwtje te geven. De woorden hadden gisteravond zo echt geleken. Nu waren het alleen maar twee woorden die nauwelijks iets leken te betekenen.

En toen drong het tot me door. Wat ik vanavond ervoer had ik nooit eerder in mijn leven ervaren.

Dit was veel erger. Ik wist niet eens hoe ik het moest noemen.

Bij nader inzien wist ik niet eens hoe ik de zenuwen van gisteravond moest noemen.

Ik had gisteravond een reuzenstap gezet. En toch zat ik hier, niet wijzer of zekerder van dingen dan ik was geweest voordat we met elkaar hadden geslapen. We hadden net zo goed niet met elkaar kunnen slapen.

Gisteravond was er tenminste nog de angst geweest om te falen, de angst om eruit gegooid te worden of om uitgemaakt te worden voor datgene waar ik anderen voor had uitgemaakt. Was het dan zo dat, nu ik die angst te boven was, dit gevoel van onheil steeds latent aanwezig was geweest, als een voorbode en een waarschuwing voor dodelijke klippen na de storm?

En waarom kon het me iets schelen waar hij was? Was dit niet wat ik wilde voor ons allebei – slagers en bakkers en zo? Waarom was ik zo uit mijn doen, alleen maar omdat hij er niet was, of omdat hij er stiekem tussenuit geknepen was, waarom dat gevoel dat ik alleen nog maar op hem zat te wachten – en te wachten, en te wachten, en te wachten, en te wachten?

Hoe kwam het dat dat wachten begon aan te voelen als een marteling?

Als je met iemand samen bent, Oliver, dan is het tijd om naar huis te komen. Ik zal geen vragen stellen, dat beloof ik, laat me alleen niet zo lang wachten.

Als hij niet binnen tien minuten komt opdagen, doe ik iets.

Tien minuten later besloot ik, met een hulpeloos gevoel en mezelf hatend om dat hulpeloze gevoel, om nog tien minuten te wachten, *maar nu echt*.

Twintig minuten later kon ik het niet meer uithouden. Ik trok een trui aan en liep via het balkon de trap af naar beneden. Ik zou naar B. gaan als het moest, en zelf gaan kijken waar hij uithing. Ik was al op weg naar het fietsenschuurtje en overwoog of ik niet eerst naar N. zou fietsen, waar men in het algemeen veel langer doorging met feesten dan in B. en liep mezelf al te vervloeken dat ik vanmorgen de banden niet had opgepompt, toen er ineens iets was wat me zei dat ik doodstil moest blijven staan om Anchise niet te storen die vlakbij in de hut sliep. Die sinistere Anchise – iedereen zei dat hij sinister was. Had ik het aldoor al vermoed? Dat moest haast wel. De val van de fiets, Anchises boerenzalf, de vriendelijkheid waarmee hij voor hem had gezorgd en zijn schaafwond had schoongemaakt.

Maar daarbeneden aan het rotsige strand, in het maanlicht zag ik hem ineens. Hij zat op een van de hogere rotsen met zijn wit met blauw gestreepte zeemanstrui aan met de knopen op de schouder die hij nooit dichtdeed, gekocht op Sicilië, eerder deze zomer. Hij deed niets, zat daar maar met zijn armen om zijn knieën geslagen te luisteren naar de golfjes die onder hem tegen de rotsen klotsten. Terwijl ik vanaf de balustrade naar hem keek voelde ik een tederheid voor hem die me eraan herinnerde hoe gretig ik naar B. was gefietst om hem in te halen nog voordat hij bij het postkantoor was aangekomen. Dit was de beste mens die ik ooit in mijn leven had gekend. Ik had hem goed gekozen. Ik deed het hekje open en sprong de paar rotsen af tot ik bij hem was.

'Ik zat op je te wachten,' zei ik.

'Ik dacht dat je was gaan slapen. Ik dacht zelfs dat je niet wilde.'

'Nee. Ik was aan het wachten. Ik had alleen het licht uitgedaan.'

Ik keek op naar ons huis. De luiken waren allemaal dicht. Ik boog me naar hem toe en kuste hem in zijn nek. Het was de eerste keer dat ik hem kuste met gevoel, niet alleen lust. Hij sloeg zijn arm om me heen. Onschuldig, als iemand het zag.

'Wat was je aan het doen?' vroeg ik.

'Aan het denken.'

'Waaraan?'

'Aan van alles. Teruggaan naar Amerika. De cursussen die ik deze herfst moet geven. Aan het boek. Aan jou.'

'Aan mij?'

'Aan mij?' Hij imiteerde mijn bescheidenheid.

'Aan niemand anders?'

'Aan niemand anders.' Hij zweeg een poosje. 'Ik zit hier elke avond. Soms wel urenlang.'

'Helemaal alleen?'

Hij knikte.

'Dat wist ik helemaal niet. Ik dacht –'

'Ik weet wat jij dacht.'

Beter nieuws had hij me niet kunnen geven. Kennelijk had dit alles tussen ons overschaduwd. Ik besloot er niet verder op in te gaan.

'Dit plekje zal ik waarschijnlijk het meest missen.' Toen, na even te hebben nagedacht: 'Ik ben gelukkig geweest in B.'

Het klonk als een inleiding op een afscheid.

'Ik zat daarnaar te kijken,' ging hij door, terwijl hij naar de horizon wees, 'en bedacht me dat ik over twee weken terug zal zijn in Columbia.'

Hij had gelijk. Ik had expres nooit de dagen geteld. In het begin omdat ik er niet over wilde nadenken hoe lang hij bij ons zou blijven; later omdat ik niet onder ogen wilde zien hoe weinig dagen er nog maar over waren.

'Dat betekent dat jij, als ik over tien dagen naar deze plek kijk, hier niet meer zult zijn. Ik weet niet wat ik dan moet. Jij bent tenminste ergens anders, waar geen herinneringen liggen.'

Hij drukte mijn schouder tegen zich aan. 'Hoe jij soms denkt... Je redt je wel.'

'Misschien. Maar misschien ook niet. We hebben zoveel dagen verspild – zoveel weken.'

'Verspild? Ik weet niet. Misschien hadden we gewoon tijd nodig om uit te vinden of dit was wat we wilden.'

'Er zijn mensen die de dingen met opzet ingewikkeld maken.'

'Ik?'

Ik knikte. 'Weet je wat we precies een nacht geleden aan het doen waren?'

Hij lachte. 'Ik weet niet wat ik daarvan moet vinden.'

'Ik eigenlijk ook niet. Maar ik ben blij dat we het gedaan hebben.'

'Komt het wel goed met jou?'

'Het komt wel goed met mij.' Ik liet mijn hand in zijn broek glijden. 'Ik vind het heerlijk om hier met jou te zijn.'

Het was mijn manier om te zeggen: ik ben hier ook gelukkig geweest. Ik probeerde me voor te stellen wat *gelukkig hier* voor hem betekende: dik tevreden toen hij hier eenmaal was aangekomen nadat hij zich had voorgesteld hoe het er hier zou uitzien, dik tevreden om hier zijn werk te doen op die verzengende ochtenden in de hemel, dik tevreden om heen en weer te fietsen naar de vertaalster, dik tevreden om elke avond naar de stad te verdwijnen en zo laat terug te komen, dik tevreden met mijn ouders en de dinersleur, dik tevreden met zijn pokervrienden en al de andere vrienden die hij in het stadje had gekregen en over wie ik absoluut niets wist? Misschien zou hij het me op een dag vertellen. Ik vroeg me af welke rol ik speelde in dat totale gelukspakketje.

Ondertussen zou het best kunnen dat ik, als we morgenochtend vroeg gingen zwemmen, weer ten prooi viel aan die overdaad van zelfverachting. Ik vroeg me af of je daaraan gewend raakte. Of zou je een zo groot negatief saldo aan onbehagen kunnen opbouwen dat je een manier weet te vinden om het te consolideren tot één samengevoegd gevoel met zijn eigen soorten kwijtschelding en uitstel van betaling? Of wordt de aanwezigheid van de ander, die gistermorgen nog haast voelde als een indringer, steeds noodzakelijker omdat die ons beschermt tegen onze eigen hel – zodat juist die persoon die de oorzaak is van onze kwelling bij het aanbreken van de dag dezelfde is die ons er 's nachts van zal verlossen?

De volgende ochtend gingen we samen zwemmen. Het was nog maar nauwelijks zes uur en het feit dat het zo vroeg was gaf onze sportieve verrichtingen iets extra energieks. Later, toen hij zich liet drijven alsof hij dood was, wilde ik hem graag vasthouden zoals zweminstructeurs dat doen als ze je drijvend lijken te houden met niet meer dan een lichte aanraking. Waarom voelde ik me op dat moment ouder dan hij? Ik wilde hem die ochtend tegen alles beschermen, tegen de rotsen, tegen de kwallen die rond deze tijd weer de kop opstaken, tegen Anchise die je, als hij de tuinsproeier de tuin in rolde en aanzette, en ondertussen constant overal onkruid liep uit te trekken, zelfs in de regen, zelfs als hij tegen je sprak, zelfs als hij dreigde bij ons weg te gaan, zo sinister en schuins aankeek dat hij elk geheim uit je leek te trekken waarvan je dacht dat je het keurig had opgeborgen voor zijn blik.

'Gaat het een beetje?' vroeg ik in een imitatie van de vraag die hij me gistermorgen had gesteld.

'Dat zou jij moeten weten.'

Bij het ontbijt wist ik niet wat me overkwam toen ik zomaar de bovenkant van zijn zachtgekookt eitje afsneed voordat Mafalda ertussen kwam, of voordat hij het kapje met zijn lepeltje had verbrijzeld. Ik had dit nog nooit van mijn leven voor iemand gedaan, en nu deed ik het en ik deed mijn best om geen greintje van de schaal in zijn ei terecht te laten komen. Hij was blij met zijn ei. Toen Mafalda hem zijn dagelijkse *polpo* bracht, was ik blij voor hem. Huiselijk geluk. Alleen omdat hij me vannacht zijn bovenkant had laten zijn.

Ik zag dat mijn vader naar me zat te kijken toen ik het kapje van het tweede eitje sneed.

'Amerikanen weten nooit hoe dat moet,' zei ik.

'Ze hebben vast hun eigen manier...' zei hij.

De voet die onder de tafel zachtjes op de mijne landde zei me dat ik het er beter bij kon laten omdat mijn vader misschien iets in de gaten had. 'Hij is niet gek,' zei hij later die morgen tegen me toen hij op het punt stond om naar B. te gaan.

'Wil je dat ik meega?'

'Nee, we kunnen ons beter een beetje gedeisd houden. Jij moet vandaag aan je Haydn werken. Later.'

'Later.'

Marzia had eerder die ochtend gebeld en hij had bijna geknipoogd toen hij me de telefoon aangaf. Er was geen enkele ironie bij en, tenzij ik het mis had – en volgens mij had ik het niet mis – niets dat me er niet aan herinnerde dat dat wat wij samen hadden de totale transparantie was die alleen onder vrienden bestaat.

Misschien waren we in de eerste plaats vrienden en in de tweede plaats minnaars.

Maar misschien is dat wat minnaars zijn.

Als ik terugdenk aan onze laatste tien dagen samen zie ik ons in alle vroegte zwemmen, lui ontbijten, naar de stad fietsen, werken in de tuin, lunchen, 's middags een dutje doen, nog wat werken in de middag, misschien een potje tennis, naar de piazzetta na het avondeten en elke nacht het soort liefde bedrijven waarbij de tijd geen rol meer speelt. Als ik terugkijk op die dagen geloof ik niet dat er ook maar één minuut was, afgezien van het halfuur of zo dat hij met zijn vertaalster doorbracht, of een paar uur die ik met Marzia wist te stelen, dat we niet samen waren.

'Wanneer wist je het van mij?' vroeg ik hem op een dag. Ik hoopte dat hij zou zeggen: *toen ik in je schouders kneep en je haast bezweek in mijn armen.* Of: *toen je nat werd in je zwembroek die ene middag toen we in je kamer zaten te kletsen.* Iets in die richting. 'Toen je bloosde,' zei hij. 'Ik?' We hadden zitten praten over het vertalen van poëzie; het was vroeg in de morgen, tijdens zijn eerste week bij ons. We waren die dag vroeger gaan werken dan normaal, waarschijnlijk omdat we toen al genoten van onze spontane gesprekken en erg graag samen wat tijd met elkaar doorbrachten terwijl de ontbijttafel werd gedekt onder de lindeboom. Hij had me gevraagd of ik ooit gedichten had vertaald. Ik zei van wel. Hoezo, hij ook dan? Ja. Hij was Leopardi aan het lezen en was blijven steken bij een paar strofen die onmogelijk te vertalen waren. We hadden wat heen en weer zitten praten zonder ons te realiseren hoever zo'n toevallig gesprek kon gaan, want al gravend in de wereld van Leopardi ontdekten we ook af en toe zijpaadjes waar ons gevoel voor humor vrij spel kreeg en we lekker lol konden trappen. We vertaalden de passage in het Engels, toen van het Engels in het Oudgrieks, toen weer terug in onzin-Engels en onzin-Italiaans. Leopardi's laatste regels van 'Naar de maan' waren zo krom dat we schaterden van het lachen en de onzinregels in het Italiaans steeds weer herhaalden – totdat er opeens een korte stilte viel en hij me, toen ik naar hem opkeek, recht zat aan te kijken met die ijzige, glazige blik van hem die me altijd van mijn stuk bracht. Ik probeerde wanhopig iets te bedenken om te zeggen en toen hij vroeg hoe het kwam dat ik zoveel wist, had ik de tegenwoordigheid van geest om te zeggen dat ik de zoon van een professor was. Ik zat er helemaal niet voortdurend op te wachten om met mijn kennis te pronken, vooral niet bij iemand door wie ik me zo snel geïntimideerd voelde. Ik had niets om mee terug te vechten, niets toe te voegen, niets dat ik in het water tussen ons kon werpen om het te vertroebelen, geen plekje waar ik me kon verstoppen of dekking kon zoeken. Ik voelde me kwetsbaar als een verdwaald lam op de droge waterloze vlakten van de Serengeti.

Dat hij me zat aan te kijken had niets meer te maken met het gesprek, of zelfs maar met dat vertaalspelletje; het was ervoor in de plaats gekomen en nu zelf een thema geworden, al durfden of wilden we het geen van beiden ter sprake brengen. En ja, er was zo'n glans in zijn ogen dat ik moest wegkijken en toen ik hem weer aankeek, was die blik er nog steeds en nog steeds op mijn gezicht gericht, alsof hij wilde zeggen: *dus je kijkt weg en dan kijk je me weer aan, ga je zo meteen weer wegkijken?* – waardoor ik opnieuw moest wegkijken, alsof ik diep in gedachten verzonken was, terwijl ik de hele tijd wanhopig zocht naar iets om te zeggen, zoals een vis zoekt naar water in een modderige vijver die snel opdroogt in de hitte. Hij moet precies hebben geweten wat ik voelde. Wat me uiteindelijk deed blozen was niet dat pijnlijke moment waarop ik wist dat hij me erop had betrapt dat ik mijn ogen afwendde toen ik had geprobeerd om zijn blik vast te houden; wat me deed blozen was de opwindende mogelijkheid, hoe ongelooflijk ik die ook wilde laten blijven, dat hij me werkelijk graag mocht en dat hij me graag mocht op dezelfde manier als ik hem graag mocht.

Wekenlang had ik zijn blik ten onrechte aangezien voor onverholen vijandigheid. Ik had het volslagen mis gehad. Dit was gewoon hoe een verlegen man de blik van een ander vasthoudt.

Wij waren, werd me eindelijk duidelijk, de twee meest verlegen personen ter wereld.

Mijn vader was de enige die hem vanaf het allereerste begin had doorzien.

'Hou je van Leopardi?' vroeg ik, om de stilte te doorbreken, maar ook om te suggereren dat Leopardi het onderwerp was dat ervoor had gezorgd dat ik enigszins verstrooid had geleken tijdens de pauze in ons gesprek.

'Ja, heel erg.'

'Ik ook.'

Ik had altijd geweten dat ik het niet over Leopardi had. De vraag was, wist hij dat ook?

'Ik wist dat ik je verlegen maakte, maar ik moest het zeker weten.'

'Dus je wist het toen al?'

'Laten we zeggen dat ik er tamelijk zeker van was.'

Met andere woorden, het was al een paar dagen na zijn aankomst begonnen. Was alles daarna dan schijn geweest? En al die schommelingen tussen vriendschap en onverschilligheid – wat was dat dan? Zijn en mijn manier om elkaar stiekem in de gaten te houden terwijl we allebei ontkenden dat we dat deden? Of was het gewoon een uitgekookte manier om elkaar op afstand te houden in de hoop dat wat we voelden écht onverschilligheid was?

'Waarom heb je me geen signaal gegeven?' vroeg ik.

'Dat heb ik wel gedaan. Of althans geprobeerd.'

'Wanneer dan?'

'Een keer na het tennissen. Ik raakte je aan. Gewoon om je te laten zien dat ik je graag mocht. Door hoe je reageerde leek het wel of ik je had aangerand. Ik besloot afstand te houden.'

Onze mooiste momenten hadden we 's middags. Na de lunch, als de koffie werd opgediend, ging ik naar boven voor een dutje. Als de lunchgasten waren vertrokken of zich stilletjes uit de voeten hadden gemaakt naar het gastenhuis om te rusten, trok mijn vader zich ofwel terug in zijn studeerkamer of hij deed stiekem een dutje met mijn moeder. Rond twee uur 's middags daalde er een intense stilte neer over het huis, over de wereld leek het wel, die alleen af en toe werd verstoord door het koeren van duiven of door de hamer van Anchise als hij met zijn gereedschap in de weer was en zijn best deed om niet te veel lawaai te maken. Ik vond het aangenaam om hem 's middags te horen werken en ook al werd ik soms wakker van zijn gehamer of gezaag, of van de messenslijper als die op woensdagmiddag zijn slijpsteen in beweging zette, toch kreeg ik er net zo'n rustig en vredig gevoel van als ik jaren later zou krijgen als ik midden in de nacht een verre misthoorn voor Cape Cod hoorde. Oliver liet de ramen en luiken 's middags graag wijd open, met alleen de bollende, doorschijnende gordijnen tussen ons en het leven buiten, omdat het 'misdadig' was om zoveel zonneschijn tegen te houden en een dergelijk landschap aan het zicht te onttrekken, vooral als je dat niet je hele leven lang had, zei hij. Dan leken de golvende velden in het dal aan de voet van de heuvels zich in een opkomende olijfgroene nevel te hullen; zonnebloemen, wijnstokken, staalkaarten van lavendel, en die gedrongen, nederige olijfbomen, die gekromd als knoestige, oeroude vogelverschrikkers door ons raam naar binnen stonden te gapen waar wij naakt op mijn bed lagen, de geur van zijn zweet, die de geur van mijn zweet was, naast mij mijn manvrouw wiens manvrouw ik was, en overal om ons heen de kamillegeur van Mafalda's wasmiddel, de geur van de middagwereld van ons huis.

Ik kijk terug op die dagen en heb nergens spijt van, niet van de risico's, niet van de schaamte, niet van het totale gebrek aan vooruitzien. De uitbundige zonnestralen, de vruchtbare velden vol hoge planten die stonden te knikkebollen in de intense middaghitte, het kraken van onze houten vloeren, of het schrapen van de aardewerken asbak die heel lichtjes verschoven werd over de marmeren plaat op mijn nachtkastje. Ik wist dat onze minuten geteld waren; maar ik durfde ze niet te tellen, net zo goed als ik wist waar dit alles toe zou leiden maar liever niet de mijlpalen las. Er was een tijd dat ik opzettelijk geen spoor van broodkruimels achterliet voor mijn terugreis; in plaats daarvan at ik ze op. Hij zou een vreselijke engerd kunnen blijken te zijn; hij zou me voorgoed kunnen veranderen of te gronde richten, en alles wat we samen deelden zou uiteindelijk door de tijd en de roddels van ingewanden ontdaan en zodanig besnoeid kunnen worden dat er alleen nog maar graten van over waren. Misschien zou ik deze dag missen, of misschien zou ik het veel beter krijgen, maar ik zou in ieder geval altijd weten dat ik op die middagen in mijn slaapkamer mijn moment had gehad.

Op een morgen echter werd ik wakker en zag ik dat het hele stadje B. overschaduwd werd door donkere, lage wolken die langs de hemel joegen. Ik wist precies wat dat betekende. De herfst was in aantocht.

Een paar uur later waren de wolken helemaal opgetrokken en leek het weer zijn ondeugende streek te willen goedmaken door elk spoor van de herfst uit ons leven wissen en ons een van de zachtste dagen van die zomer te schenken. Maar de waarschuwing was me niet ontgaan en ik zag opeens, zoals ze wel zeggen van een jury die kennis heeft genomen van ongeoorloofd bewijsmateriaal voordat dat door de rechter geschrapt wordt, dat we in geleende tijd leefden, dat tijd altijd geleend is, en dat de instantie die hem uitleent het verschuldigde precies dan vordert wanneer we er het minst op zijn voorbereid om te betalen, waardoor we nog meer moeten lenen. Ik begon in gedachten foto's van hem te maken, raapte de broodkruimels op die van onze tafel vielen en verzamelde ze voor mijn schuilplaats, en ik maakte, tot mijn schaamte, lijstjes: de rots, het heuveltje, het bed, het geluid van de asbak. De rots, het heuveltje, het bed… ik wilde dat ik zo was als die soldaten in de film die, als ze geen kogels meer hebben, hun geweer weggooien alsof ze er toch nooit meer iets aan zullen hebben, of zoals ontsnapte gevangenen in de woestijn die, liever dan het water in hun kalebas te rantsoeneren, zwichten voor de dorst en erop los drinken om vervolgens de kalebas weg te gooien. In plaats daarvan hamsterde ik kleine dingetjes zodat glimpjes uit het verleden de warmte zouden terugbrengen in de magere dagen die komen gingen. Schoorvoetend begon ik te stelen van het heden om de schulden te betalen die ik, dat wist ik, in de toekomst zou gaan maken. Ik wist dat dat net zo misdadig was als op een zonnige middag de luiken sluiten. Maar ik wist ook dat je op het ergste voorbereiden een zekere manier was om te voorkomen dat het zou gebeuren.

Toen we op een avond een wandeling maakten en hij me vertelde dat hij weldra terug naar huis zou gaan, realiseerde ik me hoe futiel mijn zogenaamde voorzienigheid was geweest. Bommen vallen nooit op dezelfde plek; deze viel, ondanks al mijn voorzorg, precies in mijn schuilplaats.

Oliver zou in de tweede week van augustus teruggaan naar Amerika. Toen de maand een paar dagen oud was, zei hij dat hij drie dagen in Rome wilde doorbrengen en die tijd wilde gebruiken om met zijn Italiaanse uitgever te werken aan de definitieve versie van zijn manuscript. Daarna zou hij rechtstreeks naar huis vliegen. Had ik zin om mee te gaan naar Rome?

Ik zei ja. Moest ik dat niet eerst aan mijn ouders vragen? Niet nodig, die zeiden nooit nee. Ja, maar zouden ze niet...? Nee, ze zouden niet. Toen mijn moeder hoorde dat Oliver eerder dan verwacht zou vertrekken en een paar dagen naar Rome zou gaan, vroeg ze – als il cauboi daarmee instemde, natuurlijk – of ik misschien mee mocht. Mijn vader had er niets op tegen.

Mijn moeder hielp me met inpakken. Had ik geen jacquet nodig, voor het geval de uitgever met ons uit eten wilde gaan? Hij zou niet met ons uit eten gaan. En bovendien, waarom zou ik dan eens meegevraagd worden? Ik moest toch maar een jacquet meenemen, vond ze. Ik wilde een rugzak meenemen, reizen zoals iedereen van mijn leeftijd dat deed. Je doet maar. Toch hielp ze me de rugzak leeghalen en opnieuw inpakken toen het duidelijk werd dat er niet genoeg plaats was voor alles wat ik wilde meenemen. Je gaat maar voor twee of drie dagen. Oliver en ik hadden geen van beiden onze laatste dagen samen duidelijk afgebakend. Moeder zou nooit weten hoe haar 'twee of drie dagen' me die ochtend door de ziel sneden. Wisten we naar welk hotel we van plan waren te gaan? Penzione zus en zo. Nooit van gehoord, zei ze, maar ja, veel wist ze er ook niet van. Mijn vader wilde er niet van horen. Hij besprak zelf een hotel. Een cadeautje, zei hij.

Oliver pakte niet alleen zijn plunjezak in, maar haalde op de dag dat we de *direttissimo* naar Rome zouden nemen zijn koffer tevoorschijn en wist die op precies dezelfde plek in zijn slaapkamer te zetten waar ik hem op de dag dat hij aankwam had gedumpt. Op die dag had ik de film vooruit gespoeld naar het moment dat ik mijn kamer terug zou krijgen. Nu vroeg ik me af wat ik ervoor over zou hebben als ik de film kon terugspoelen naar de middag aan het eind van juni toen ik hem de rondleiding had gegeven over ons landgoed, die inmiddels voor iedere zomergast de rigueur was geworden, en we van lieverlee in de richting van het lege, verschroeide landje bij het verlaten spoor waren gelopen, waar ik mijn eerste dosis kreeg van zoveel *laters*. Iedereen van mijn leeftijd zou die dag veel liever een dutje hebben gedaan dan helemaal naar het uiteinde van ons landgoed te lopen. Kennelijk wist ik toen al wat ik aan het doen was.

Ik kreeg een brok in mijn keel van de symmetrie van het geheel, of misschien van de leeggemaakte, schijnbaar leeggeplunderde netheid van zijn kamer. Het deed me niet zozeer denken aan een hotelkamer, waar je zit te wachten op de kruier om je te helpen je spullen naar beneden te dragen na een heerlijk verblijf dat veel te snel voorbijging, maar eerder aan een ziekenhuiskamer als al je bezittingen al zijn ingepakt, terwijl de volgende patient, die nog niet is opgenomen, op de Eerste Hulp waarschijnlijk met de dood voor ogen, ligt te wachten op een leeg bed, net zoals jij daar een week eerder had liggen wachten.

Dit was een proefrit voor onze definitieve scheiding. Zoiets als naar iemand aan een beademingsapparaat kijken voordat ze dat over twee dagen uitzetten.

Ik was blij dat deze kamer weer aan mij zou terugvallen en mijn broer, zodra die terug was uit Azië, die van mij zou krijgen. In mijn/zijn kamer zou ik me onze nachten makkelijker kunnen herinneren.

Nee, ik kon beter de kamer houden die ik nu had. Dan kon ik tenminste net doen alsof hij nog in de zijne was, en was hij daar niet, dan was hij nog uit, zoals zo vaak het geval was geweest op die avonden dat ik de minuten aftelde, de uren, de geluiden.

Toen ik zijn kast opendeed zag ik dat hij een zwembroek, een onderbroek, een lange broek en een schoon hemd had achtergelaten op een paar kleerhangers. Ik herkende het hemd. Fladder. En ik herkende de zwembroek. Rood. Die was bedoeld voor als hij vanmorgen nog een laatste keer ging zwemmen.

'Ik moet je iets vertellen over die zwembroek,' zei ik, toen ik de kastdeur dichtdeed.

'Wat dan?'

'Ik vertel het wel in de trein.'

Maar ik zei wel vast: 'Je moet me beloven dat ik hem mag houden als je weg bent.'

'Meer niet?'

'Nou, hou hem maar lang aan vandaag – en ga er niet in zwemmen.'

'Gestoord en pervers.'

'Gestoord en pervers en erg, erg verdrietig.'

'Zo heb ik je nog nooit meegemaakt.'

'Fladder wil ik ook. En de espadrilles. En de zonnebril. En jou.'

In de trein vertelde ik hem over de dag dat ik had gedacht dat hij was verdronken en dat ik vastbesloten was om mijn vader te vragen zoveel mogelijk vissers bijeen te roepen om naar hem te zoeken, en dat ze, als ze hem vonden, een brandstapel moesten aansteken op het strand, en ik Mafalda's mes uit de keuken zou halen en zijn hart eruit zou snijden, omdat dat hart en zijn hemd het enige waren dat mijn leven had opgeleverd. Een hart en een hemd. Zijn hart gewikkeld in een vochtig hemd – zoals de vis van Anchise.

III

Het San Clementesyndroom

Het was rond zeven uur op een woensdagavond dat we aankwamen op het Stazione Termini. De lucht was zwaar en benauwd, alsof Rome net was overspoeld door een stortbui, die meteen ook weer voorbij was maar die geen verlichting had gebracht. Over nauwelijks een uur zou het donker zijn en het schijnsel van de straatlantaarns werd omgeven door dichte halo's, terwijl de verlichte etalages ondergedompeld leken in glanzende fantasiekleuren. De vochtigheid hechtte zich aan elk voorhoofd en elk gezicht. Ik wilde zijn gezicht strelen. Ik kon niet wachten tot we in ons hotel zouden zijn en ik kon douchen en me op het bed kon laten vallen, terwijl ik best wist dat ik er na de douche niet beter aan toe zou zijn, tenzij er goede airconditioning was. Maar ik vond de zwoelte die over de stad hing ook heerlijk, als de vermoeide, onvaste arm van een minnaar die op je schouders rust.

Misschien hadden we wel een balkon. Zou niet gek zijn, een balkon. Op de koele marmeren drempel gaan zitten en kijken hoe de zon onderging boven Rome. Mineraalwater. Of bier. Met lekkere knabbels erbij. Mijn vader had voor ons een van de meest luxe hotels van Rome geboekt.

Oliver wilde de eerste de beste taxi nemen. Maar ik wilde met de bus. Ik verlangde naar drukke bussen. Ik wilde in de bus stappen en me een weg wurmen door de zwetende mensenmassa, met hem dicht achter me aan. Maar we waren nog maar net op de bus gesprongen toen we alweer besloten uit te stappen. Dit was te *echt,* grapten we. Ik liep achteruit terug door het binnenkomende gedrang van woedende mensen op weg naar huis die niet begrepen waar we mee bezig aren. Tot overmaat van ramp trapte ik een vrouw op haar voet. '*E non chiede manco scusa*, zegt niet eens sorry,' siste ze tegen de omstanders die zich net de bus in hadden gewerkt en ons niet meer naar buiten wilden laten.

Eindelijk hielden we een taxi aan. Toen hij de naam van ons hotel vernam en hoorde dat we Engels praatten, koos de chauffeur onmiddellijk de ingewikkeldste route. '*Inutile prendere tante scorciatoie,* je hoeft geen korte weg te nemen. We hebben geen haast!' zei ik in Romeins dialect.

Tot onze verrukking had de grootste van onze aangrenzende slaapkamers zowel een balkon als een raam en toen we de balkondeuren open deden, spiegelde de ondergaande zon zich in de talloze glinsterende kerkkoepels van het ononderbroken, uitgestrekte vergezicht dat zich onder ons ontrolde. Iemand had ons een bos bloemen en een fruitschaal gestuurd. Het kaartje was afkomstig van Olivers Italiaanse uitgever: *'Kom rond halfnegen naar de boekhandel. Breng je manuscript mee. Er is een feestje voor een van onze auteurs.* Ti aspettiamo, *we verwachten je.'*

We waren niet van plan geweest om iets te gaan doen, behalve iets eten en daarna door de straten slenteren. 'Ben ik wel uitgenodigd?' vroeg ik met een enigszins ongemakkelijk gevoel. 'Bij dezen,' antwoordde hij.

We keken wat de fruitschaal die bij de televisiekast stond zoal te bieden had en pelden vijgen voor elkaar.

Hij zei dat hij ging douchen. Toen ik hem naakt zag begon ik me ook meteen uit te kleden. 'Heel even maar,' zei ik toen onze lichamen elkaar aanraakten, want ik vond het heerlijk als zijn lichaam zo plakkerig was. 'Hoefde je je maar niet te wassen.' Zijn geur herinnerde me aan Marzia's geur en hoe ook zij altijd dat zilte van het strand leek uit te ademen op die dagen dat het volkomen windstil is en je alleen de rauwe, assige geur van brandend zand ruikt. Ik hield van het zout van zijn armen, van zijn schouders, langs de wervels op zijn rug. Die kende ik nog niet zo goed.

'Als we nu gaan liggen, kunnen we die boekpresentatie wel vergeten,' zei hij.

Deze woorden, gesproken vanaf een hoogtepunt van gelukzaligheid dat niemand ons leek te kunnen afpakken, zouden me altijd herinneren aan deze hotelkamer en aan die zwoele *ferragosto*-avond toen we beiden spiernaakt met onze armen op de vensterbank geleund over een ondraaglijk hete Romeinse vooravond uitkeken terwijl we allebei nog roken naar de benauwde coupé van de trein naar het zuiden die ondertussen wel in de buurt van Napels zou zijn en waar we in hadden geslapen, ik met mijn hoofd op het zijne voor de ogen van de medepassagiers. Ik leunde naar buiten in de avondlucht en wist dat dit ons misschien nooit meer gegeven zou zijn en toch kon ik mezelf er niet toe brengen dat te geloven. Ook hij moet die gedachte hebben gehad toen we het schitterende stadsgezicht in ons opnamen, al rokend en verse vijgen etend, schouder aan schouder, en we allebei iets wilden doen om het moment luister bij te zetten, waardoor het kwam dat ik, in een opwelling die in die situatie volslagen vanzelfsprekend leek, met mijn linkerhand over zijn billen wreef en toen mijn middelvinger in hem begon te duwen, terwijl hij reageerde met: 'Als je daarmee doorgaat, kunnen we dat feestje helemáál vergeten.' Ik zei dat hij me een plezier moest doen en uit het raam moest blijven kijken, maar een beetje naar voren moest leunen, en toen mijn hele vinger in hem zat kreeg ik opeens een fantastische ingeving: we mochten wel beginnen maar onder geen voorwaarde de eindstreep halen. Daarna zouden we douchen en naar buiten gaan en ons voelen als twee blootliggende elektriciteitsdraden waar de vonken van af zouden springen als ze elkaar ook maar aanraakten. Naar oude huizen kijken en die allemaal willen omhelzen, een straatlantaarn op de hoek zien staan en hem, als een hond, willen besproeien, langs een kunstgalerie lopen en zoeken naar het gat in het naakt, een gezicht tegenkomen dat alleen maar naar ons glimlachte en meteen stappen ondernemen om de hele persoon te ontkleden en haar, of hem, of allebei als het er meer waren, vragen om iets met ons te gaan drinken, te gaan eten, wat dan ook te gaan doen. Overal in Rome Eros vinden omdat we een van zijn vleugels hadden bijgeknipt en hij niet anders kon dan rondjes vliegen.

We hadden nog nooit samen gedoucht. We waren zelfs nog nooit samen in dezelfde badkamer geweest. 'Niet doortrekken,' zei ik, 'ik wil kijken.' Wat ik zag vervulde me met diepe compassie voor hem, voor zijn lichaam, voor zijn leven, dat opeens zo broos en kwetsbaar leek. 'Onze lichamen hebben nu geen geheimen meer,' zei ik terwijl ik op mijn beurt ging zitten. Hij was in bad gesprongen en stond op het punt om de douche aan te zetten. 'Ik wil dat je dat van mij ook ziet,' zei ik. Hij deed meer. Hij stapte uit het bad, kuste me diep in de mond en, terwijl hij zijn vlakke hand tegen mijn buik drukte en hem masseerde, keek hij toe toen het gebeurde.

Ik wilde geen geheimen, geen schermen, niets dat tussen ons stond. Ik genoot van de golf van onbevangenheid die ons dichter bij elkaar bracht, telkens als we zwoeren *mijn lichaam is jouw lichaam*, maar had er nauwelijks besef van dat mijn genot mede voortkwam uit het plezier dat ik erin had om het kleine vlammetje van onverwachte schaamte aan te wakkeren. Het wierp een spaarzame gloed precies daar waar een deel van mij de voorkeur zou hebben gegeven aan duisternis. Schaamte werd onmiddellijk gevolgd door intimiteit. Kon de intimiteit zich handhaven als er geen obsceniteit meer over was en onze lichamen geen trucjes meer kenden?

Ik weet niet of ik me dat heb afgevraagd, net zomin als ik er vandaag een antwoord op heb. Werd er voor onze intimiteit betaald met de verkeerde munt?

Of is intimiteit het gewenste product, doet er niet toe waar je het vindt, hoe je eraan komt, wat je ervoor betaalt – van de zwarte markt, de grijze markt, met of zonder belasting, in het geheim of openlijk?

Ik wist alleen dat ik niets meer voor hem te verbergen had. Ik had me van mijn leven nog nooit vrijer of veiliger gevoeld.

We waren drie dagen alleen met zijn tweetjes, we kenden niemand in de stad, ik kon zijn wie ik wilde, zeggen wat ik wilde, doen wat ik wilde. Ik voelde me als een krijgsgevangene die opeens wordt vrijgelaten door een binnenvallend leger en te horen krijgt dat hij nu naar huis mag, zonder formulieren in te vullen, zonder debriefing, zonder vragen, zonder bussen, zonder pasjes, zonder in de rij te hoeven staan voor schone kleren – gewoon gaan lopen.

We douchten. We trokken elkaars kleren aan. We trokken elkaars onderbroek aan. Dat was mijn idee.

Misschien kreeg hij van dit alles nieuwe energie om weer jong en lichtzinnig te zijn.

Misschien had hij dit alles al jaren eerder meegemaakt en ging hij er, op weg naar huis, nog een keertje naar terug.

Misschien deed hij gewoon mee, omdat ik het deed.

Misschien had hij het nog nooit met iemand gedaan en was ik nog net op tijd komen opdagen.

Hij pakte zijn manuscript en zijn zonnebril en we trokken de deur van onze hotelkamer achter ons dicht. Als twee draden onder stroom. We stapten uit de lift. Brede glimlach voor iedereen. Voor het hotelpersoneel. Voor de bloemenman op straat. Voor het meisje in de krantenkiosk.

Lach en de wereld lacht terug. 'Oliver, ik ben gelukkig,' zei ik.

Hij keek me verwonderd aan. 'Je bent alleen maar geil.'

'Nee, gelukkig.'

Onderweg zagen we een menselijk standbeeld van Dante in een rode cape en met een overdreven adelaarsneus en zijn gelaatstrekken geplooid in een uitermate minachtende frons. De rode toga en de rode muts en de houten bril met dikke randen gaven zijn toch al strenge gezicht het verweerde uiterlijk van een onverbiddelijke biechtvader. Er had zich een massa mensen verzameld rond de grote bard, die roerloos op het plaveisel stond, de armen uitdagend over elkaar, het lichaam rechtovereind, als een man die op Vergilius wacht of op de ondergrondse. Zodra een toerist een munt in een uitgehold antiek boek gooide, deed hij de verliefde Dante na die zo-even zijn Beatrice in het oog had gekregen die over de Ponte Vecchio slenterde en terwijl hij zijn cobra-achtige nek uitstrekte, kreunde hij onmiddellijk, als een vuurspuwende straatartiest:

Guido, vorrei che tu e Lapo ed io
fossimo presi per incantamento
e messi ad un vascel, ch'ad ogni vento
per mare andasse a voler vostro e mio.

Guido, 'k zou willen dat Lapo, u en ik
Getoverd werden naar een schip dat gejaagd
Door de wind in de magische zeilen ons schielijk
Overzee bracht naar waar 't ons maar behaagde.

Wat een ware woorden, dacht ik. Oliver, ik zou willen dat jij en ik en al diegenen die ons lief zijn voor altijd in één huis konden wonen...

Toen hij zijn versregels sotto voce voor zich uit had gemompeld, nam hij langzaam weer zijn dreigende, misantropische houding aan totdat een volgende toerist hem een muntje toewierp.

E io, quando 'l suo braccio a me distese,
ficcaï li occhi per lo cotto aspetto,
sì che 'l viso abbrusciato non difese
la conoscenza süa al mio 'ntelletto;
e chinando la mano a la sua faccia,
rispuosi: 'Siete voi qui, ser Brunetto?'

En toen hij zijn arm naar mij uitstrekte
Richtte ik mijn ogen met zo'n opmerkzaamheid
Naar de door het vuur gezengde gestalte
Dat ik ondanks zijn geblakerde aanschijn
Meteen zag wie het was.
En terwijl ik mijn gezicht naar het zijne boog,
vroeg ik hem: 'Bevindt gij u híér, heer Brunetto?'

Dezelfde minachtende blik. Dezelfde grimas. De massa begon uiteen te gaan. Niemand leek de passage uit het vijftiende canto van 'de Hel' te herkennen, waar Dante zijn voormalige leraar Brunetto Latini tegenkomt tussen de homoseksuelen. Twee Amerikanen die eindelijk wat geld uit hun rugzak hadden weten te vissen, wierpen Dante een handvol kleine muntjes toe. Dezelfde dreigende, woeste blik:

Ma che ciarifrega, che ciarimporta
se l'oste ar vino cia messo l'acqua:
e noi je dimo, e noi je famo,
'ciai messo l'acqua
e nun te pagamo.'

Ons kan het niet schelen, 't zal ons een zorg zijn
Wanneer de waard water doet bij de wijn
We zeggen gewoon: 'Hoor eens hier beste vent,
Jij lengt de wijn aan dus krijg je geen cent.'

Oliver begreep niet waarom iedereen de ongelukkige toeristen stond uit te lachen. Omdat hij een Romeins drinklied voordraagt en als je dat niet weet, is het niet grappig.

Ik zei dat ik een kortere weg wist naar de boekhandel. Hij vond het niet erg om de lange weg te nemen. Waarom zouden we niet de lange weg nemen, we hebben toch geen haast? zei hij. Omdat mijn weg leuker was. Oliver leek geïrriteerd en hield voet bij stuk. 'Is er iets wat ik moet weten?' vroeg ik ten slotte. Dat was mijn tactische manier om hem een kans te geven te zeggen wat hem dwarszat. Voelde hij zich ergens niet door op zijn gemak? Had het iets te maken met zijn uitgever? Met iemand anders? Met mijn aanwezigheid misschien? Ik kan uitstekend voor mezelf zorgen als je liever alleen gaat. Het drong ineens tot me door wat hem dwarszat. Hij kwam daar natuurlijk aanzetten met het zoontje van de professor op sleeptouw.

'Daar gaat het helemaal niet om, dommerik.'

'Waar gaat het dan wel om?'

Al lopend legde hij een arm rond mijn middel.

'Ik begin je te missen. Vanavond wil ik niet dat er iets verandert of tussen ons komt.'

'Wie is hier nou de dommerik?'

Hij keek me doordringend aan.

We besloten om mijn weg te nemen en staken van Piazza Montecitorio over naar de Corso. Daarna de via Belsiana in. 'Hier ongeveer is het begonnen,' zei ik.

'Wat?'

'Het.'

'Wilde je daarom hierheen komen?'

'Met jou.'

Ik had hem het verhaal al verteld. Een jongeman op een fiets drie jaar geleden, waarschijnlijk in de voorjaarsvakantie, een kruideniershulpje of een boodschappenjongen, die met zijn schort voor over een smal weggetje fietste en me recht aankeek, en ik keek hem aan, zonder lachje, alleen een bezorgde blik, tot hij me voorbij was. En toen deed ik wat iedereen altijd hoopt te doen in zulke gevallen. Ik wachtte een paar tellen en draaide me toen om. Hij had precies hetzelfde gedaan. Ik kom niet uit een familie waar je met vreemdelingen spreekt. Hij duidelijk wel. Hij keerde zijn fiets razendsnel om en begon te trappen tot hij me had ingehaald. Zei een paar betekenisloze woorden om een oppervlakkig gesprek te beginnen. Het gemak waarmee hij dat deed. Vragen, vragen, vragen – alleen om het gesprek op gang te houden – terwijl ik nauwelijks genoeg adem had om 'ja' of 'nee' te zeggen. Hij schudde me de hand, maar duidelijk als een excuus om die vast te houden. Toen legde hij zijn arm om me heen en drukte me tegen zich aan, alsof we samen moesten lachen om een grap die ons dichter bij elkaar had gebracht. Wilde ik misschien met hem naar een bioscoop hier vlakbij? Ik schudde het hoofd. Wilde ik hem dan volgen naar de winkel – de baas was om deze tijd waarschijnlijk al weg. Weer schudde ik het hoofd. Ben je verlegen? Ik knikte. Dit alles zonder mijn hand los te laten en hij kneep in mijn hand, kneep in mijn schouder, wreef over mijn nek met een minzaam, vergevingsgezind lachje, alsof hij het al had opgegeven maar nog geen zin had om er een eind aan te maken. Waarom niet? vroeg hij steeds weer. Ik had het kunnen doen – makkelijk – maar deed het niet.

'Ik heb er al zoveel afgewezen. Ben nooit achter iemand aan gegaan.'

'Je bent achter mij aan gegaan.'

'Jij liet me.'

Via Frattina, via Borgognona, via Condotti, via delle Carrozze, della Croce, via Vittoria. Opeens hield ik van ze allemaal. Toen we in de buurt van de boekhandel kwamen zei Oliver dat ik maar vast vooruit moest gaan, hij moest nog even bellen. Hij had vanuit het hotel kunnen bellen. Of misschien had hij behoefte aan privacy. Dus liep ik door en ging een bar binnen om sigaretten te kopen. Toen ik bij de boekhandel aankwam met zijn grote glazen toegangsdeur met twee Romeinse stenen busten ernaast op twee ogenschijnlijk antieke pilaartjes, werd ik opeens nerveus. Het was propvol binnen en door de dikke glazen deur met sobere bronzen lijsten, was een menigte volwassenen te zien die allemaal iets als petitfours aan het eten waren. Binnen zag iemand me door de deur staan turen en wenkte me. Ik schudde het hoofd en gebaarde met een aarzelende wijsvinger dat ik op iemand stond te wachten die daarginds al aankwam. Maar de eigenaar, of zijn assistent, duwde, als de manager van een club, met gestrekte arm de deur wijd open, zonder naar buiten te stappen, en bleef zo staan waardoor hij me bijna dwong naar binnen te komen. '*Venga, su, venga!*' zei hij, de mouwen van zijn shirt zwierig opgerold tot aan zijn schouders. De lezing was nog niet begonnen maar de boekwinkel stond helemaal vol met mensen die rookten, luidruchtig praatten, door nieuwe boeken bladerden en kleine plastic bekertjes in de hand hielden met wat eruitzag als Schotse whisky. Zelfs de galerij op de eerste verdieping, waar over de leuning van de balustrade een hele rij blote ellebogen en onderarmen van vrouwen stak, was volgepakt. Ik herkende de schrijver onmiddellijk. Het was dezelfde man die zowel Marzia's als mijn exemplaar van zijn dichtbundel *Se l'amore* had gesigneerd. Hij stond handen te schudden.

Toen hij langskwam kon ik het niet nalaten om mijn hand uit te steken en de zijne te schudden en hem te vertellen hoezeer ik had genoten van zijn gedichten. Hoe kon ik zijn gedichten hebben gelezen als het boek nog niet eens uit was? Iemand anders hoorde het hem vragen – zouden ze me nu de winkel uitgooien als een bedrieger?

'Ik heb het een paar weken geleden in de winkel in B. gekocht en u was zo vriendelijk het voor me te signeren.'

Hij herinnerde zich de avond, zei hij. '*Un vero fan*, een echte fan dus,' voegde hij er luidkeels aan toe, zodat de anderen binnen gehoorsafstand het zouden horen. Ze draaiden zich dan ook allemaal om. 'Misschien geen fan – op zijn leeftijd ligt het meer voor de hand om ze groupies te noemen,' zei een oudere vrouw met een krop en opzichtige kleuren waardoor ze eruitzag als een toekan.

'Welk gedicht vond je het beste?'

'Alfred, je gedraagt je als een leraar op een mondeling examen,' spotte een vrouw van een jaar of dertig.

'Ik wilde gewoon weten welk gedicht hij het beste vond. Dat mag ik toch wel vragen?' jammerde hij met een pseudowanhopige stem.

Even dacht ik dat de vrouw die het voor me had opgenomen me uit de brand had geholpen. Ik had het mis.

'Nou, vertel eens,' hernam hij, 'welk was het?'

'Het gedicht waarin het leven wordt vergeleken met de San Clemente.'

'Het gedicht waarin de *liefde* wordt vergeleken met de San Clemente,' corrigeerde hij me, alsof hij ernstig nadacht over de diepte van beide uitspraken. 'Het San Clementesyndroom.'

De dichter keek me indringend aan. 'En waarom?'

'Mijn god, laat die arme jongen alsjeblieft met rust. Kom,' onderbrak een andere vrouw hem die al had gehoord hoe de eerste het voor me opnam. Ze greep mijn hand. 'Ik breng je naar de versnaperingen zodat je uit de buurt komt van dit monster met een ego ter grootte van zijn voeten – heb je gezien hoe groot zijn schoenen zijn? Alfredo, je moet echt iets aan je schoenen doen,' riep ze dwars door de drukke boekwinkel.

'Mijn schoenen? Wat mankeert er aan mijn schoenen?' vroeg de dichter.

'*Ze. Zijn. Te. Groot.* Zien ze er niet gigantisch uit?' vroeg ze aan mij. 'Dichters mogen niet zulke grote voeten hebben.'

'Hou op over mijn voeten.'

Iemand anders kreeg medelijden met de dichter. 'Niet spotten met zijn voeten, Lucia. Er is niets mis met zijn voeten.'

'De voeten van een pauper. Heeft zijn hele leven op blote voeten gelopen en koopt zijn schoenen nog steeds een maat te groot voor het geval hij er al vóór de volgende kerst uitgroeit als de hele familie nieuwe schoenen koopt voor de feestdagen!' Ze speelde de verbitterde of verloochende feeks.

Maar ik liet haar hand niet los. En zij de mijne ook niet. Stadse kameraadschappelijkheid. Wat fijn om de hand van een vrouw vast te houden, vooral als je niets van haar af weet. *Se l'amore*, dacht ik. En al die gebruinde armen en ellebogen die toebehoorden aan al die vrouwen die omlaag keken vanaf de galerij. *Se l'amore.*

De eigenaar van de boekwinkel interrumpeerde wat net zo goed een gespeelde kibbelpartij kon zijn tussen man en vrouw. '*Se l'amore*,' riep hij. Iedereen lachte. Het was niet duidelijk of het gelach een teken van opluchting was omdat iemand een eind maakte aan de echtelijke onenigheid of omdat het gebruik van de woorden *Se l'amore* impliceerde: *als dit liefde is, dan...*

Maar men begreep ook dat dit een teken was dat de lezing ging beginnen en iedereen zocht een comfortabel hoekje of een muur om tegen aan te leunen. Ons hoekje was het beste, op de wenteltrap, waar we ieder op een trede gingen zitten. En nog steeds elkaars hand vasthielden. De uitgever stond op het punt de dichter te introduceren toen de deur met luid gepiep openging. Oliver probeerde zich naar binnen te wurmen, vergezeld van twee beeldschone meisjes die ofwel blitse modellen waren of filmsterren. Het wekte de indruk dat hij ze onderweg naar de boekwinkel had opgepikt en er eentje voor hem en eentje voor mij had meegebracht. *Se l'amore.*

'Oliver! Eindelijk!' riep de uitgever terwijl hij zijn glas whisky hief. 'Welkom, welkom.'

Iedereen draaide zich om.

'Een van de jongste, meest getalenteerde Amerikaanse filosofen,' zei hij, 'vergezeld door mijn mooie dochters, zonder wie *Se l'amore* nooit het daglicht zou hebben gezien.'

De dichter was het met hem eens. Zijn vrouw wendde zich tot mij en fluisterde: 'Wat een spetters, hè?' De uitgever stapte van het kleine trapje af, omhelsde Oliver en pakte hem de grote enveloppe af. 'Manuscript?' 'Manuscript,' antwoordde Oliver. In ruil gaf de uitgever hem het boek van vanavond. 'Je hebt me er al eentje gegeven.' 'O ja, klopt.' Maar Oliver bewonderde beleefd de omslag, keek toen om zich heen en zag me eindelijk naast Lucia zitten. Hij kwam naar me toe, sloeg een arm om mijn schouder en leunde naar voren om haar een kus te geven. Ze keek weer naar mij, toen naar Oliver, taxeerde de situatie: 'Oliver, *sei un dissoluto*, je bent losbandig.'

'*Se l'amore,*' antwoordde hij en hield een exemplaar van het boek omhoog alsof hij wilde zeggen dat wat hij ook deed in het leven al in het boek van haar echtgenoot stond en dus geoorloofd was.

'*Se l'amore*, mooi is dat.'

Ik wist niet of ze hem losbandig noemde vanwege de twee meisjes met wie hij naar binnen was gekomen of vanwege mij. Of allebei.

Oliver stelde me aan de beide meisjes voor. Blijkbaar kende hij hen goed en waren ze op hem gesteld. '*Sei l'amico di Oliver, vero?* Jij bent dus de vriend van Oliver?' vroeg een van hen. 'Hij had het voortdurend over je.'

'Alleen maar goeds, hoop ik?'

'Alleen maar goeds.'

Ze leunde tegen de muur waar ik inmiddels naast de vrouw van de dichter was gaan staan. 'Zou hij mijn hand nou nooit meer loslaten?' zei Lucia, alsof ze het tegen een onzichtbare derde had. Misschien wilde ze dat de twee spetters het opmerkten.

Ik wilde haar hand niet meteen loslaten, maar wist dat ik wel moest. Dus nam ik hem in beide handen, bracht hem naar mijn lippen, kuste hem aan de buitenkant, dicht bij de palm en liet hem toen los. Het voelde alsof zij een hele middag de mijne was geweest en ik haar nu overdroeg aan haar echtgenoot zoals je een vogel vrij laat wiens gebroken vleugel eindelijk, na lange tijd, weer genezen is.

'*Se l'amore,*' zei ze terwijl ze zogenaamd afkeurend het hoofd schudde. 'Niet minder losbandig dan de ander, alleen maar liever. Ik laat hem aan jullie over.'

Een van de meisjes giechelde gemaakt. 'We zullen zien of we iets met hem aan kunnen.'

Ik was in de hemel.

Ze wist hoe ik heette. Zij heette Amanda. Haar zusje Adele. 'Er is er nog eentje,' zei Amanda, alsof het niets was, drie van die zussen. 'Als het goed is, is ze hier al ergens.'

De dichter schraapte zijn keel. De gebruikelijke dankwoorden voor iedereen. En als laatste, maar zeker niet als onbelangrijkste, voor het licht van zijn leven, Lucia. Hoe ze het met hem uithoudt? Ja, hoe in godsnaam? siste de echtgenote met een liefhebbende glimlach naar de dichter.

'Door zijn schoenen,' zei hij.

'Zo is dat.'

'Schiet eens op, Alfredo,' zei de toekan met de krop.

'*Se l'amore. Se l'amore* is een verzameling gedichten gebaseerd op een jaar in Thailand waar ik Dante doceerde. Zoals velen van jullie weten hield ik van Thailand voordat ik ging maar haatte ik het zodra ik er was aangekomen. Laat ik het anders uitdrukken: ik haatte het toen ik er eenmaal was en ik hield ervan zodra ik er weg was.'

Gelach.

Er werden drankjes rondgedeeld.

'In Bangkok kon ik alleen maar aan Rome denken – hoe kan het ook anders? – aan deze kleine winkel in deze straat, en aan de omliggende straten net voor zonsondergang, en aan het geluid van kerkklokken op paaszondag, en op regenachtige dagen, die in Bangkok geen einde lijken te hebben, moest ik bijna huilen, Lucia, Lucia, Lucia, waarom heb je met niet tegengehouden, terwijl je wist hoezeer ik je zou missen op deze dagen die maakten dat ik me nog holler voelde dan Ovidius toen ze hem naar die rampzalige buitenpost stuurden waar hij stierf? Ik was een dwaas toen ik wegging en was geen haar wijzer toen ik terugkwam. De mensen van Thailand zijn prachtig – dus eenzaamheid kan wreed zijn als je wat te drinken hebt gehad en zover bent dat je wel de eerste de beste vreemdeling zou willen aanraken die je tegenkomt – ze zijn daar allemaal mooi, maar je betaalt iedere glimlach met een glas whisky.' Hij zweeg als om zijn gedachten te ordenen. 'Ik noemde deze gedichten "Tristia".'

Over "Tristia" deed hij bijna twintig minuten. Toen volgde het applaus. Het woord dat een van de twee meisjes gebruikte was *forte. Molto forte.* De toekan met de krop wendde zich tot een andere vrouw die aanhoudend had staan knikken bij vrijwel elke syllabe die de dichter uitsprak en die nu maar bleef zeggen: *Straordinario-fantastico.* De dichter stapte van het trapje, pakte een glas water, en hield een poosje zijn adem in – om van zijn vreselijke hik af te komen. Ik had zijn gehik abusievelijk gehouden voor onderdrukte snikken. Vervolgens doorzocht hij alle zakken van zijn sportjasje en hield, toen hij niets vond, zijn opgestoken wijs- en middelvinger even bij zijn mond om de eigenaar van de boekwinkel duidelijk te maken dat hij wilde roken en zich misschien een paar minuten onder zijn publiek wilde begeven. Straordinario-fantastico, die zijn gebaar opving, haalde onmiddellijk haar sigaretten tevoorschijn. '*Stasera non dormo*, vannacht doe ik geen oog dicht, de prijs van de poëzie,' zei ze, en gaf zo zijn poëzie de schuld van wat vast en zeker een nacht van rusteloze slapeloosheid zou worden.

Ondertussen stond iedereen te zweten en was de broeikasachtige atmosfeer zowel binnen als buiten de boekwinkel ondraaglijk benauwd geworden.

'Zet in godsnaam de deur open,' riep de dichter naar de eigenaar van de boekwinkel. 'Het is hier om te stikken.' Meneer Venga haalde een kleine houten wig tevoorschijn, deed de deur open en stak hem tussen de muur en de bronzen deurlijst.

'Zo beter?' vroeg hij eerbiedig.

'Nee, maar nu weten we tenminste dat de deur openstaat.'

Oliver keek me aan met een *wat vond je ervan?*-blik in de ogen. Ik haalde mijn schouders op, alsof ik mijn oordeel nog even uitstelde. Maar ik was niet eerlijk; ik genoot.

Misschien was het de avond waar ik van genoot. Ik vond het allemaal even spannend. Elke blik die de mijne kruiste was als een compliment, of als een verzoek en een belofte die gewoon ergens in de lucht bleven hangen tussen mij en de wereld om me heen. Ik stond onder stroom – door de plagerijen, de ironie, de zijdelingse blikken, de glimlachjes die blij leken te zijn dat ik bestond, door de luchthartige sfeer in de winkel die alles luister bijzette, de glazen deur en de petitfours, de okergouden betovering van plastic glaasjes gevuld met Schotse whisky, de opgerolde mouwen van meneer Venga en de persoon van de dichter, de wenteltrap waar we bijeen zaten met de mooie zusjes – over alles lag de glans van de erotische prikkeling waardoor iedereen gefixeerd leek.

Ik was jaloers op deze levens en dacht aan het a-libidineuze leven van mijn ouders met hun stomvervelende lunches en hun dinersleur, ons poppenhuisleven in ons poppenhuis, en aan mijn laatste schooljaar dat dreigend naderde. Vergeleken bij dit alles leek het allemaal kinderspel. Waarom zou ik over een jaar in Amerika gaan studeren als ik net zo goed die vier jaar naar dit soort lezingen kon gaan en gesprekken voeren zoals sommigen nu al deden? Er was hier in dit kleine propvolle boekwinkeltje meer te leren dan in welke machtige instelling aan de overkant van de Atlantische Oceaan dan ook.

Een oudere man, die er met zijn grote, onverzorgde baard en dikke bierbuik uitzag als Falstaff, bracht me een glas whisky.

'*Ecco.*'

'Voor mij?'

'Ja, natuurlijk voor jou. Wat vond je van de gedichten?'

'Erg mooi,' zei ik en probeerde ironisch te kijken en alsof ik er niets van meende, al weet ik niet waarom.

'Ik ben zijn peetvader en ik hebt respect voor je mening,' zei hij alsof hij mijn eerste bluf al had doorzien en het daar maar bij liet. 'Maar ik heb nog meer respect voor je jeugd.'

'Ik kan u verzekeren dat er over een paar jaar niet veel meer van die jeugd over zal zijn,' zei ik en probeerde te praten met de gelaten ironie van iemand die iets van de wereld heeft gezien en die zichzelf kent.

'Ja, maar tegen die tijd ben ik er niet meer om er getuige van te zijn.'

Probeerde hij me te versieren?

'Dus neem nou maar,' zei hij, terwijl hij me het plastic bekertje voorhield. Ik aarzelde voordat ik het aannam. Het was hetzelfde merk whisky dat mijn vader thuis dronk.

Lucia, die de woordenwisseling had gevolgd, zei: '*Tanto,* een whisky meer of minder maakt je ook niet minder losbandig dan je al bent.'

'Was ik maar losbandig,' zei ik, terwijl ik me naar haar toe draaide en Falstaff negeerde.

'Hoezo, wat ontbreekt er aan je leven?'

'Wat ontbreekt er aan mijn leven?' Ik wilde gaan zeggen *alles*, maar corrigeerde mezelf. 'Vrienden – de manier waarop iedereen hier zo snel bevriend raakt – ik wou dat ik vrienden had zoals die van u, zoals u.'

'Je hebt nog tijd genoeg voor dat soort vriendschappen. Zouden vrienden je ervoor behoeden een *dissoluto* te zijn?' Het woord kwam steeds weer terug als een beschuldiging van een ernstige, lelijke onvolkomenheid in mijn karakter.

'Ik wou dat ik één vriend had van wie ik niet al van tevoren wist dat ik hem zou kwijtraken.'

Ze keek me nadenkend aan.

'Wat je zegt spreekt boekdelen, mijn vriend, en vanavond houden we ons alleen maar bezig met korte gedichten.'

Ze bleef me aankijken. 'Ik heb met je te doen.' Ze bracht haar hand naar mijn gezicht en hield hem daar even voordat ze verdrietig mijn wang aaide, alsof ik ineens haar kind was geworden.

Ook daar genoot ik van.

'Je bent te jong om te weten wat ik bedoel – maar ik hoop dat ik je weldra nog eens zal spreken en dan zullen we zien of ik grootmoedig genoeg ben om dat woord dat ik vanavond gebruikte terug te nemen. *Scherzavo*, het was maar een grapje.' Een kus op mijn wang.

Wat een wereld was dit. Ze was meer dan twee keer zou oud als ik maar ik zou zo met haar gevreeën en gehuild hebben.

'Komt er nog een toost, of hoe zit dat?' riep iemand vanuit een andere hoek van de winkel.

Er klonk een mêlee van geluiden.

En toen was daar die hand op mijn schouder. Het was Amanda. En nog eentje in mijn middel. O, wat kende ik die andere hand goed. Moge hij me vanavond niet meer loslaten. Ik aanbid elke vinger van die hand, elke nagel waarop je bijt aan elk van je vingers, mijn lieve, lieve Oliver – laat me nog niet los, want ik heb die hand daar nodig. Er liep een rilling over mijn rug.

'En ik ben Ada,' zei iemand bijna verontschuldigend, alsof ze zich ervan bewust was dat ze er veel te lang over had gedaan om zich een weg te banen naar onze kant van de winkel en het nu goedmaakte door iedereen in onze hoek te laten weten dat zij de Ada was over wie vast iedereen het al had gehad. Iets rauws en zwierigs in haar stem, of in de manier waarop ze de tijd nam om Ada te zeggen, of in de manier waarop ze deed of het allemaal niet veel voorstelde – boekpresentaties, introducties, zelfs vriendschap – maakte me ineens duidelijk dat ik vanavond, zonder enige twijfel, een betoverde wereld was binnengestapt.

In deze wereld had ik nog nooit verkeerd. Maar ik hield van deze wereld. En ik zou er nog meer van houden als ik eenmaal haar taal had leren spreken – want het was mijn taal, een manier van elkaar aanspreken waarin al badinerend heimelijk onze diepste verlangens worden overgebracht, niet omdat het veiliger is om eventueel choquerende dingen te verhullen met een lach, maar omdat de verschillende toonaarden van het verlangen, van al het verlangen in deze nieuwe wereld waar ik in was gestapt, alleen via spel tot uitdrukking konden worden gebracht.

Iedereen was beschikbaar, ademde *beschikbaarheid* – net als de stad – en ging ervan uit dat alle anderen dat ook wilden zijn. Ik wilde niets liever dan zijn zoals zij.

De eigenaar van de boekwinkel klingelde met een bel die bij de kassa stond en iedereen zweeg.

De dichter sprak. 'Ik was niet van plan om dit gedicht vanavond voor te lezen, maar omdat íemand' – hier veranderde hij van stem – 'íemand erover begon, kon ik de verleiding niet weerstaan. Het heet "Het San Clementesyndroom". Het is, dat moet ik toegeven, mijn lievelingsgedicht, al weet ik niet of een rijmelaar dat over zijn eigen werk mag zeggen.' (Ik kwam er later achter dat hij zichzelf nooit een dichter noemde). 'Omdat het het moeilijkste was, omdat ik er verschrikkelijk, verschrikkelijk heimwee van kreeg, omdat het mijn redding was in Thailand, omdat het me een verklaring gaf voor mijn hele leven. Ik telde mijn dagen, mijn nachten met de San Clemente in gedachten. Het idee dat ik naar Rome zou terugkomen zonder dit lange gedicht te hebben afgemaakt vond ik beangstigender dan nog een week op de luchthaven van Bangkok te moeten bivakkeren. En toch was het in Rome, waar wij nog geen tweehonderd meter van de basiliek van San Clemente vandaan wonen, dat ik de puntjes op de i zette van een gedicht waaraan ik, ironisch genoeg, een eeuwigheid geleden in Bangkok was begonnen, juist omdat het voelde alsof Rome lichtjaren van Thailand verwijderd was.'

Terwijl hij het lange gedicht voorlas begon ik erover te denken dat ik, anders dan hij, altijd een manier had gevonden om te vermijden dat ik de dagen ging tellen. We zouden hier over drie dagen weggaan – en dan was, wát ik ook had met Oliver, gedoemd om in rook op te gaan. We hadden het erover gehad elkaar in Amerika te ontmoeten, en we hadden het gehad over schrijven en telefoneren – maar het werd allemaal omgeven door een raadselachtige onwerkelijkheid die we geen van beiden wilden ophelderen – niet omdat we wilden dat we onverhoeds door de gebeurtenissen zouden worden ingehaald en zo de omstandigheden de schuld konden geven in plaats van onszelf, maar omdat we, door niet te plannen om het vlammetje brandend te houden, het vooruitzicht vermeden dat het ooit zou uitgaan. In diezelfde ontwijkende stemming waren we naar Rome gekomen: Rome was de laatste fuif voordat de school weer begon en we weg moesten, gewoon een manier om nog even uitstel te krijgen en nog lang na sluitingstijd door te feesten. Misschien hadden we, zonder erbij na te denken, meer dan een korte vakantie genomen; we waren er samen vandoor gegaan, maar elk met een retourkaartje voor een andere bestemming.

Misschien was het zijn geschenk aan mij.

Misschien was het het geschenk van mijn vader aan ons beiden.

Zou ik kunnen leven zonder zijn hand op mijn buik? Zonder de perzik? Zonder een wond op zijn heup te kussen en te likken, die er nog weken over zou doen om te genezen, maar dan ver bij mij vandaan? Wie zou ik anders nog ooit bij mijn naam kunnen noemen?

Er zouden anderen komen, natuurlijk, en daarna weer anderen, maar als ik die in een moment van hartstocht bij mijn naam zou noemen, zou dat voelen als een afgeleide van de oorspronkelijke opwinding, gekunsteld.

Ik herinnerde me de leeggehaalde kast en de ingepakte koffer naast zijn bed. Mijn broer zou mijn kamer overnemen en ik zou in Olivers bed slapen. Ik zou met zijn hemd slapen, naast zijn hemd slapen, ik zou het dragen in mijn slaap.

Na de lezing nog meer applaus, nog meer jovialiteit, nog meer drankjes. De winkel zou zo gaan sluiten. Ik herinnerde me Marzia toen de boekwinkel in B. ging sluiten. Wat was dat ver, wat was dat anders. Wat was ze volslagen onwerkelijk geworden.

Iemand opperde het plan om met zijn allen te gaan eten. We waren met een man of dertig. Iemand anders stelde een restaurant voor aan het Albanomeer. Ik zag onmiddellijk een restaurant voor me met uitzicht op een meer onder een sterrenhemel, als een plaatje uit een geïllustreerd boek uit de late middeleeuwen. Nee, te ver, zei iemand. Ja, maar de lichtjes op het meer bij nacht... De lichtjes op het meer bij nacht doen we wel een andere keer. Waarom niet ergens in de via Cassia? Ja, maar dat was geen oplossing voor het probleem van de auto's: er waren er niet genoeg. Natuurlijk waren er genoeg auto's. En had iemand er bezwaar tegen als we een poosje boven op elkaar moesten zitten? Natuurlijk niet. Vooral niet als ik tussen deze twee schoonheden mag zitten. Ja, maar wat als Falstaff op de schoonheden ging zitten?

Er waren slechts vijf auto's, allemaal geparkeerd in verschillende smalle zijsteegjes in de buurt van de boekwinkel. Omdat we niet allemaal tegelijk konden vertrekken zouden we elkaar weer ontmoeten in de buurt van de Ponte Milvio. En vandaar naar de via Cassia, naar de trattoria waarvan één iemand, maar verder ook niemand, precies wist waar die zat.

We deden er meer dan drie kwartier over – minder dan de tijd die nodig was om in het verre Albano te komen, waar de lichtjes op het meer bij nacht... Het was een grote trattoria in de openlucht met geruite tafellakens en hier en daar, verspreid tussen de eters, een kaars tegen de muggen. Het moest ondertussen tegen elven lopen. De lucht was nog steeds erg vochtig. Je kon het zien op onze gezichten en op onze kleren, we zagen er slap en klef uit. Zelfs de tafellakens voelden slap en klef. Maar het restaurant lag op een heuvel en van tijd tot tijd ruiste er een zuchtje wind door de bomen, wat betekende dat het morgen weer zou regenen maar dat het onveranderd benauwd zou blijven.

De serveerster, een vrouw van tegen de zestig, telde snel met hoeveel man we waren en vroeg het hulpje om de tafels in een hoefijzer te zetten, wat onmiddellijk gebeurde. Toen vertelde ze ons wat we te eten en te drinken zouden krijgen. Godzijdank hoeven we niet zelf te beslissen, want als hij moet beslissen wat hij wil eten – zei de vrouw van de dichter – zouden we hier nog een uur zitten en tegen die tijd zou er niets meer te krijgen zijn in de keuken. De serveerster somde een lange lijst antipasti op, die ze nog maar nauwelijks had benoemd, of ze stonden al voor ons, gevolgd door brood, wijn, mineraalwater, *frizzante* en *naturale*. Eenvoudige kost, legde ze uit. Precies wat we willen, antwoordde de uitgever. 'Dit jaar staan we weer in het rood.'

Opnieuw een toost voor de dichter. Voor de uitgever. Voor de eigenaar van de winkel. Voor de vrouw, de dochters, voor wie nog meer?

Gelach en kameraadschappelijkheid. Ada hield een kleine geïmproviseerde toespraak – nou ja, niet zo erg geïmproviseerd, gaf ze toe. Falstaff en Toekan bekenden dat ze er de hand in hadden gehad.

De tortellini in roomsaus arriveerde meer dan een halfuur later. Tegen die tijd had ik besloten geen wijn te drinken omdat de twee whisky's die ik zo haastig naar binnen had gewerkt pas nu hun uitwerking begonnen te krijgen. De drie zusjes zaten tussen ons in en op onze bank zaten we allemaal dicht tegen elkaar aangedrukt. Hemels.

Tweede gang veel later: gestoofd rundvlees, erwten. Salade.

Daarna verschillende kazen.

Van het een kwam het ander en we begonnen over Bangkok te praten. 'Iedereen is daar mooi, maar dan mooi op een buitengewoon hybridische, gekruiste manier en daarom wilde ik er ook heen,' zei de dichter. 'Ze zijn niet Aziatisch, niet Kaukasisch, en Europees-Aziatisch is een te simpele term. Ze zijn exotisch in de reinste zin van het woord en toch zijn ze ons niet vreemd. We herkennen ze onmiddellijk ook al hebben we ze nooit eerder gezien, en we hebben geen woorden voor wat ze in ons wakker roepen, noch voor wat zij van ons lijken te willen.

Aanvankelijk dacht ik dat ze anders dachten. Toen realiseerde ik me dat ze de dingen anders voelden. Vervolgens dat ze onbeschrijflijk lief waren, lief zoals hier onmogelijk iemand lief kan zijn. O, wij kunnen vriendelijk zijn en we kunnen zorgzaam zijn en we kunnen erg, erg warm zijn op onze zonnige, hartstochtelijke mediterrane manier, maar zij waren lief, onbaatzuchtig lief, lief in hun hart, lief in hun lichaam, lief zonder een zweem van verdriet of kwaadaardigheid, lief als kinderen, zonder ironie of schaamte. Ik schaamde me voor wat ik voor ze voelde. Dit zou het paradijs kunnen zijn, zoals in mijn fantasie. De vierentwintigjarige nachtportier van mijn aftandse hotel met zijn pet zonder klep heeft alle types al zien komen en gaan en blijft maar naar me kijken en ik kijk terug. Hij heeft de trekken van een meisje. Maar hij ziet eruit als een meisje dat eruitziet als een jongen. Het meisje aan de balie van American Express blijft naar me kijken en ik kijk terug. Zij ziet eruit als een jongen die eruitziet als een meisje en daarom gewoon een jongen is. De jongeren, mannen én vrouwen, giechelen altijd als ik naar ze kijk. Zelfs het meisje op het consulaat dat vloeiend Milanees spreekt, en de studenten die elke morgen weer samen met mij op hetzelfde tijdstip op dezelfde bus staan te wachten, blijven maar naar me kijken en ik naar hen – betekent al dat kijken wat ik denk dat het betekent, want, of je het nou leuk vindt of niet, als het op de zintuigen aankomt spreken alle mensen dezelfde dierlijke taal.'

Een tweede ronde grappa en sambuca.

'Ik wilde met heel Thailand slapen. En het bleek dat heel Thailand met mij aan het flirten was. Je kon geen stap doen zonder zo ongeveer tegen iemand aan te botsen.'

'Hier, neem een slok van deze grappa en vertel me dat dit niet het werk is van een heks,' viel de eigenaar van de boekwinkel hem in de rede. De dichter liet de kelner nog een glas inschenken. Ditmaal dronk hij het langzaam. Falstaff dronk het in één teug leeg. Straordinario-fantastico goot het grommend in haar keelgat. Oliver smakte. De dichter zei dat het je weer jong maakte. 'Ik drink graag grappa 's avonds, stimuleert me. Maar jij' – hij keek nu in mijn richting – 'zou dat nooit begrijpen. Op jouw leeftijd is een stimulans, godbetert, wel het laatste wat je nodig hebt.'

Hij bleef naar me kijken toen ik mijn glas voor een deel leegdronk. 'Voel je het?'

'Voel ik wat?' vroeg ik.

'De stimulans.'

Ik dronk opnieuw. 'Niet echt.'

'Niet echt,' herhaalde hij met een verwonderde, teleurgestelde blik.

'Dat komt doordat je op zijn leeftijd die stimulans vanzelf al hebt,' zei Lucia.

'Klopt,' zei iemand, 'jouw "stimulans" werkt alleen voor hen die hem niet meer hebben.'

De dichter: 'Stimulans is makkelijk te vinden in Bangkok. Op een warme avond op mijn hotelkamer dacht ik dat ik gek werd. Het was ofwel de eenzaamheid, of de geluiden van de mensen buiten, of het werk van de duivel. Maar toen begon ik te denken aan de San Clemente. Het begon als een onduidelijk, wazig gevoel, deels opwinding, deels heimwee, deels metafoor. Je gaat naar een plek omdat je daar een bepaald beeld van hebt en je wilt met het hele land versmelten. Dan ontdek je dat je niets gemeen hebt met zijn inwoners. Je begrijpt de elementaire signalen niet terwijl je altijd had gedacht dat die voor de hele mensheid gelijk waren. Je besluit dat je het finaal mis had, dat het allemaal in je hoofd zat. Dan graaf je een beetje dieper en je ontdekt dat je ze, ondanks je redelijke wantrouwen, nog steeds allemaal begeert, maar je weet niet wat je precies van ze wil, of wat zij van jou lijken te willen, omdat ook zij, zo blijkt, allemaal naar je kijken met in gedachten dat ene ding, dat kan niet anders. Maar je zegt tegen jezelf dat je je van alles loopt te verbeelden. En je zou zo wel willen inpakken en wegwezen, terug naar Rome, omdat je gek wordt van al die onsamenhangende signalen. Maar dan wordt het je ineens duidelijk, alsof je een geheime ondergrondse gang hebt gevonden, en je realiseert je dat zij jou net zo wanhopig begeren als jij hen. En het ergste is dat je je, ondanks al je ervaring en je ironie en je vermogen om verlegenheid te overwinnen wanneer die maar de kop dreigt op te steken, volslagen hulpeloos voelt. Ik kende hun taal niet, kende de taal van hun hart niet, kende die van mezelf niet eens. Alles leek versluierd: wat ik wilde, wat ik wilde zonder het zelf te weten, wat ik wilde zonder het te willen weten, wat ik altijd al had geweten te willen. Dit is ofwel een wonder. Of het is de hel.

Net als bij elke ervaring die ons voor het leven tekent werd ik binnenstebuiten gekeerd, van ingewanden ontdaan en gevierendeeld. Dit was de som van alles wat ik in mijn leven was geweest – en meer: wie ik ben als ik zing en groente roerbak voor familie en vrienden op zondagmiddagen; wie ik ben als ik op een ijskoude nacht wakker word en niets liever wil dan een trui aantrekken en aan mijn bureau gaan zitten schrijven over de persoon van wie niemand weet dat ik het ben; wie ik ben als ik ernaar hunker om naakt te zijn met een ander naakt lichaam, of als ik ernaar hunker om alleen te zijn op de wereld; wie ik ben als elk deel van mij kilometers en eeuwen van elkaar verwijderd lijkt te zijn en elk deel zweert dat het mijn naam draagt.

Ik noemde het het San Clementesyndroom. De huidige basiliek van San Clemente is gebouwd op de locatie die ooit een toevluchtsoord was voor vervolgde christenen. Het was het huis van de Romeinse consul Titus Flavius Clemens, dat afbrandde tijdens de regering van keizer Nero. Naast de verkoolde resten, in wat een groot, spelonkachtig gewelf moet zijn geweest, bouwden de Romeinen een ondergrondse heidense tempel opgedragen aan Mithras, god van de morgen, licht van de wereld, boven wiens tempel de vroege christenen weer een kerk bouwden, opgedragen – toevallig of niet, dat is een zaak die nog verder uitgediept moet worden – aan een andere Clemens, de heilige paus Clemens I, waar bovenop nog weer een andere kerk kwam die afbrandde en op die plek staat de huidige basiliek. En je zou nog veel dieper kunnen graven. Net als het onderbewustzijn, de liefde, het geheugen, de tijd zelf, net als wij allemaal, is de kerk gebouwd op de ruïnes van opeenvolgende restauraties, er is geen dieptepunt, er is geen begin en geen einde, alleen lagen en geheime gangen en met elkaar verbonden kamers, zoals de christelijke catacomben en pal daarnaast een joodse catacombe.

Maar, om met Nietzsche te spreken, mijn vrienden, ik heb jullie de moraal al gegeven voor het verhaal.'

'Alfredo, mijn lief, hou het alsjeblieft kort.'

Ondertussen had de baas van het restaurant wel door dat we nog niet van plan waren te vertrekken en dus werd er, opnieuw, gratis grappa en sambuca geserveerd voor iedereen.

'Dus, op die warme avond, toen ik dacht dat ik gek aan het worden was, zit ik in de aftandse bar van mijn aftandse hotel en wie zit er aan de tafel naast de mijne? Onze nachtportier met die rare pet zonder klep. Geen dienst? Vraag ik. Geen dienst, antwoordt hij. Waarom ga je dan niet naar huis? Ik woon hier. Ik drink nog even wat voor ik naar bed ga.

Ik blijf hem aankijken. En hij blijft mij aankijken.

Zonder nog een moment voorbij te laten gaan pakt hij met de ene hand zijn glas op en met de andere de karaf – ik dacht dat ik hem had gestoord of beledigd en dat hij alleen wilde zijn en een tafel verderop ging zitten – maar, ziedaar, hij komt recht op mijn tafel af en gaat tegenover me zitten. Wil je hier iets van? Vraagt hij. Tuurlijk, waarom niet, denk ik, je moet huilen met de wolven in Thailand. Natuurlijk had ik allerlei verhalen gehoord dus ik denk hier is iets verdachts en onverkwikkelijks gaande, maar laat ik maar meedoen.

Hij knipt met zijn vingers en bestelt met een hautain gebaar een klein glaasje voor mij, dat onmiddellijk gebracht wordt.

Probeer eens.

Misschien vind ik het wel niet lekker, zeg ik.

Probeer toch maar eens. Hij schenkt wat in voor mij en voor zichzelf.

Het drankje is heerlijk. Het glaasje is nauwelijks groter dan de vingerhoed die mijn grootmoeder gebruikte als ze sokken stopte.

Neem nog wat – om het zeker te weten.

Ook dat gaat in één keer naar binnen. Geen twijfel mogelijk. Het lijkt een beetje op grappa, maar dan sterker en minder scherp.

Ondertussen blijft de nachtportier me maar aankijken. Ik vind het niet aangenaam om zo strak aangekeken te worden. Zijn blik wordt bijna ondraaglijk. Ik krijg bijna de neiging om te gaan giechelen.

Je zit me aan te staren, zeg ik ten slotte.

Weet ik.

Waarom doe je dat?

Hij leunt over de tafel naar me toe: Omdat ik je leuk vind.

Hoor eens, begin ik.

Neem er nog eentje. Schenkt er eentje in voor zichzelf en eentje voor mij.

Laat ik het zo zeggen: ik ben geen –

Maar hij laat me niet uitpraten.

Des te meer reden om er nog eentje te nemen.

In mijn hoofd knipperen de rode signalen. Ze voeren je dronken, ze nemen je ergens mee naartoe, ze beroven je, en als je klaagt bij de politie, die niet minder corrupt is dan de dieven, beschuldigen ze je van van alles en nog wat en hebben ze foto's om het te bewijzen. Een andere zorg dringt zich aan me op: de rekening van de bar zou weleens astronomisch kunnen worden terwijl degene die bestelt alleen maar theedrinkt en net doet of hij dronken wordt. Oudste truc ter wereld – ik ben toch niet van gisteren?

Ik denk niet dat ik echt geïnteresseerd ben. Laten we maar gewoon –

Neem er nog eentje.

Glimlacht.

Ik sta op het punt om mijn afgezaagde bezwaren te herhalen, maar ik hoor hem al bij voorbaat zeggen: neem er nog eentje. Ik moet er bijna om lachen.

Hij ziet mijn lach en het kan hem niet schelen waar die vandaan komt, als ik maar lach.

Nu schenkt hij er een voor zichzelf in.

Hoor eens, *amigo*, ik hoop niet dat je denkt dat ik dit allemaal ga betalen.

Mijn kleine burgerlijke ikje heeft eindelijk gesproken. Ik ken dat, al die vergoelijkende aardigheidjes die er altijd, altijd mee eindigen dat buitenlanders worden uitgebuit.

Ik heb je niet gevraagd om voor de drankjes te betalen. En trouwens ook niet voor mij.

Ironisch genoeg is hij niet beledigd. Hij moet geweten hebben dat dit eraan zat te komen. Moet het al talloze keren hebben gedaan – hoort bij zijn werk, waarschijnlijk.

Hier, neem er nog een – uit naam van vriendschap.

Vriendschap?

Van mij heb je niets te vrezen.

Ik ga niet met je naar bed.

Misschien niet. Misschien wel. De nacht is nog jong. En ik heb het nog niet opgegeven.

En op dat moment neemt hij zijn pet af en valt er zoveel haar uit dat ik niet kon begrijpen hoe zo'n enorme waterval onder zo'n klein petje kon hebben gezeten. Hij was een vrouw.

Teleurgesteld?

Nee, integendeel.

De smalle polsen, de bedeesde houding, de zachtste huid ter wereld, ogen die leken over te lopen van tederheid, niet met die zelfgenoegzame brutaliteit van iemand die alles al gezien heeft, maar met de meest hartverscheurende beloften van volslagen beminnelijkheid en zuiverheid in bed. Was ik teleurgesteld? Misschien – omdat de scherpte weg was uit de situatie.

Ze stak haar hand uit naar mijn wang en liet hem daar liggen alsof ze de schok en de verrassing wilde verzachten. Gaat het?

Ik knikte.

Je hebt er nog eentje nodig.

En jij ook, zei ik, terwijl ik er ditmaal een inschonk voor haar.

Ik vroeg haar waarom ze mensen opzettelijk deed geloven dat ze een man was. Ik verwachtte: *dat is veiliger voor de zaken* – of iets ondeugenders, zoals: *voor momenten als deze.*

Toen kwam de giechel, ditmaal echt, alsof ze me een poets had gebakken maar niet in het minst ontevreden of verrast was door het resultaat. Maar ik ben een man, zei ze.

Ze knikte mijn ongeloof weg, alsof het knikken zelf ook deel uitmaakte van de poets.

Je bent een man? vroeg ik, niet minder teleurgesteld dan toen ik ontdekte dat ze een vrouw was.

Ik vrees van wel.

Met beide ellebogen op tafel leunde hij naar voren en hij raakte met het puntje van zijn neus bijna mijn neus aan toen hij zei: ik vind je echt verschrikkelijk leuk, signor Alfredo. En jij vindt mij ook verschrikkelijk leuk – en het mooie is dat we dat allebei weten.

Ik staarde hem, of haar, wie zal het zeggen, aan. We nemen er nog eentje, zei ik.

Dat wilde ik net voorstellen, zei mijn schalkse vriend.

Wil je dat ik een man ben of een vrouw? vroeg zij/hij, alsof je terug omlaag kon klimmen langs onze fylogenetische boom.

Ik wist niet wat ik moest antwoorden. Ik wilde zeggen, ik wil je als intermezzo. Dus zei ik, ik wil je als allebei, of iets ertussenin.

Hij leek verrast.

Ondeugend, ondeugend, zei hij alsof ik hem voor het eerst die avond had weten te choqueren met iets volslagen ontaards.

Toen ze opstond om naar het toilet te gaan, zag ik dat ze een jurk droeg en hoge hakken. Ik kon mijn ogen niet afhouden van de prachtige huid op haar prachtige enkels.

Ze wist dat ze me opnieuw te pakken had en begon nu écht te giechelen.

Let je op mijn tasje? vroeg ze. Ze zei het omdat ze door moet hebben gehad dat als ze me niet had gevraagd om op iets van haar te letten ik waarschijnlijk de rekening zou hebben betaald en de bar zou hebben verlaten.

Dit is, in een notendop, wat ik het San Clementesyndroom noem.’

Er klonk applaus en het was een hartelijk applaus. We vonden niet alleen het verhaal, maar ook de man die het vertelde leuk.

'*Evviva il sindromo di San Clemente,*' zei Straordinario-fantastico.

'*Sindromo* is niet mannelijk, maar vrouwelijk, *la sindrome,*' verbeterde iemand die naast haar zat haar.

'*Evviva la sindrome di San Clemente,*' verkondigde iemand die duidelijk dolgraag van zich wilde laten horen. Hij was erg laat aangekomen voor het eten en riep in goed Romeins dialect *lassatece passà*, laat ons door, tegen de eigenaren van het restaurant om het gezelschap duidelijk te maken dat hij was gearriveerd. Iedereen zat toen al lang te eten. Zijn auto had een verkeerde afslag genomen bij Ponte Milvio. Vervolgens kon hij het restaurant niet vinden et cetera. Het gevolg was dat hij de eerste twee gangen had gemist. Hij zat nu helemaal aan het uiteinde van de tafel en zowel hij als de anderen die vanuit de boekwinkel met hem waren meegekomen hadden de laatste restjes kaas gekregen die men nog in huis had. Dat plus elk twee kleine vlaaitjes, want meer was er niet over. Hij compenseerde het gebrek aan voedsel met te veel wijn. Hij had het grootste deel van het verhaal van de dichter over de San Clemente gehoord.

'Ik vind al dat *geclementiseer* alleraardigst,' zei hij, 'al heb ik geen idee hoe jouw metafoor ons beter helpt te zien wie we zijn, wat we willen of waar we naartoe gaan dan de wijn die we hebben gedronken. Maar als het de taak is van de poëzie, net als van de wijn, om ons te helpen alles dubbel te zien, dan breng ik nog een toost uit totdat we genoeg hebben gedronken om de wereld met vier ogen te zien – en, als we niet voorzichtig zijn, met acht.'

'*Evviva!*' viel Amanda hem in de rede en bracht een toost uit op de laatkomer in een wanhopige poging hem tot zwijgen te brengen.

'*Evviva!*' riepen alle anderen.

'Je moet nog maar een dichtbundel schrijven – en snel,' zei Straordinario-fantastico.

Iemand stelde voor naar een ijssalon te gaan, niet ver van het restaurant. Nee, laten we het ijs overslaan, laten we koffie gaan drinken. We kropen weer met zijn allen in de auto's en reden via de Lungotevere in de richting van het Pantheon.

In de auto voelde ik me gelukkig. Maar ik moest steeds denken aan de basiliek en hoeveel dat allemaal leek op onze avond, dat van het een het ander kwam en daarvan weer iets anders, tot aan iets totaal onverwachts, en net als je dacht dat de cyclus was opgedroogd, dook er weer iets nieuws op en vervolgens nog weer iets nieuws, totdat je je realiseerde dat je makkelijk weer terug kon zijn waar je begonnen was, in het centrum van het oude Rome, waar we nu inderdaad naar op weg waren. De vorige dag waren we gaan zwemmen bij maanlicht. Nu waren we hier. Over een paar dagen zou hij weg zijn. Was het maar zo dat hij over precies een jaar weer terugkwam. Ik liet mijn arm onder die van Oliver glijden en leunde tegen Ada aan. Ik viel in slaap.

Het was dik een uur 's nachts toen het gezelschap arriveerde in het Caffè Sant'Eustachio. We bestelden koffie voor iedereen. Ik dacht dat ik begreep waarom iedereen zweert bij de koffie van Sant'Eustachio; of misschien wilde ik denken dat ik het begreep, maar was ik er niet zeker van. Ik wist niet eens zeker of ik hem wel lekker vond. Misschien wist niemand het zeker, maar voelde men zich verplicht om de algemene opvatting te huldigen er niet zonder te kunnen. Het beroemde Romeinse koffiehuis puilde uit met zittende en staande koffiedrinkers. Ik vond het heerlijk om naar al die licht geklede mensen te kijken die zo dicht bij me stonden en die allemaal één ding gemeen hadden: de liefde voor de nacht, de liefde voor de stad, de liefde voor zijn inwoners en een vurig verlangen om samen te smelten – met wie dan ook. De liefde voor alles wat zou voorkomen dat de kleine groepjes die hier bijeen waren gekomen uit elkaar zouden vallen. Na de koffie, toen de groep overwoog uit elkaar te gaan, zei iemand: 'Nee, we kunnen nog geen afscheid nemen.' Iemand stelde een café in de buurt voor. Het beste bier in Rome. Waarom niet? Dus liepen we een lange, nauwe zijstraat door in de richting van Campo de' Fiori. Lucia liep tussen mij en de dichter in. Oliver liep achter ons met de beide zusjes te praten. De oude man was bevriend geraakt met Straordinario-fantastico en samen liepen ze te kletsen over San Clemente. 'Wat een metafoor voor het leven!' zei Straordinario-fantastico. 'Alsjeblieft! Het is nu ook weer niet nodig om alles te *clementificeren* en te *clementiseren.* Het was alleen maar een stijlfiguur, hoor,' zei Falstaff, die voor vanavond waarschijnlijk genoeg had van al die lof op zijn petekind. Ik zag dat Ada alleen liep dus liep ik terug en nam haar bij de hand. Ze was in het wit gekleed en haar gebruinde huid had een glans die maakte dat ik elke porie van haar lichaam wilde aanraken. We zeiden niets. Ik hoorde haar hoge hakken tikken op het leien plaveisel. In het donker leek ze wel een verschijning.

Ik wilde dat er aan deze wandeling nooit een eind zou komen. Het was donker in de stille, verlaten steeg en de oude, gepokte kasseien glinsterden in de vochtige lucht alsof een bode uit de oudheid er met de stroperige inhoud van zijn amfora had gemorst voordat hij naar huis liep. Iedereen had Rome verlaten. En de leeggelopen stad, die te veel had gezien en alles al eerder had gezien, behoorde nu uitsluitend aan ons toe en aan de dichter die hem, al was het maar voor één nacht, naar zijn eigen beeld had geschapen. De benauwdheid zou vannacht niet verdwijnen. Als we dat hadden gewild, hadden we rondjes kunnen blijven lopen en niemand die het geweten had en geen mens die zich eraan had gestoord.

Terwijl we door een leeggelopen labyrint van schaars verlichte straten slenterden, begon ik me af te vragen wat al dat gepraat over de San Clemente met ons te maken had – hoe we ons door de tijd bewegen, hoe de tijd door ons beweegt, hoe we veranderen en maar blijven veranderen en weer bij hetzelfde uitkomen. Je zou oud kunnen worden zonder iets te leren, behalve dit. Dat was de les van de dichter, neem ik aan. Over een maand of zo, als ik Rome opnieuw zou bezoeken, zou het totaal onwezenlijk zijn dat ik hier vanavond met Oliver was geweest, alsof het een heel andere ik was overkomen. En de wens die hier drie jaar geleden was geboren toen een boodschappenjongen me aanbood om met me mee te gaan naar een goedkope bioscoop die berucht was om wat zich daar afspeelde, zou over drie maanden niet minder onvervuld lijken dan drie jaar geleden. Hij was gekomen. Hij ging weer weg. Verder was alles bij het oude gebleven. Ik was niet veranderd. De wereld was niet veranderd. En toch zou niets meer hetzelfde zijn. Al wat rest zijn dromerij en zonderlinge heugenis.

Toen we aankwamen ging het café sluiten. 'We gaan om twee uur dicht.' 'Nou, dan kunnen we best nog wat drinken.' Oliver wilde een martini, een Amerikaanse martini. Wat een geweldig idee, zei de dichter. 'Dat wil ik ook,' viel iemand anders hem bij. Uit de grote jukebox klonk dezelfde zomerhit die we de hele maand juli al hadden gehoord. Toen ze het woord 'martini' hoorden, wilden de oude man en de uitgever er ook allebei een. '*Ehi! Taverniere!*' riep Falstaff. De kelner vertelde ons dat we konden kiezen tussen wijn en bier; de barman was die avond vroeger vertrokken, vanwege de reden dat zijn moeder ernstig ziek gehospitaliseerd moest worden naar het ziekenhuis. Iedereen probeerde zijn lachen in te houden. Oliver vroeg hoeveel een martini hier kostte. De kelner riep de vraag naar het meisje bij de kassa. Ze vertelde het hem. 'Wat zou je ervan vinden als ik de drankjes nou eens maakte en dan betalen wij die prijs vanwege de reden dat we de drankjes mogen mixen die we mixen?'

De kelner en het kassameisje aarzelden. De eigenaar was al lang vertrokken. 'Waarom niet?' zei het meisje. 'Als jij weet hoe je ze moet maken, *faccia pure*, ga je gang.'

Applausje voor Oliver die op zijn dooie gemak achter de bar ging staan en in een mum van tijd, nadat hij ijs bij de gin had gedaan en een beetje vermout, energiek met de cocktailshaker stond te schudden. Olijven waren niet te vinden in de kleine koelkast achter de bar. De caissière kwam kijken en haalde een kom tevoorschijn. 'Olijven,' zei ze, terwijl ze Oliver recht aankeek, alsof ze wilde zeggen: *hij staat voor je neus – heb je wel gekeken? En wat moet je verder nog?* 'Misschien kan ik je ertoe verleiden om een martini van ons te drinken,' zei hij. 'Dit is zo'n gekke avond. Van één drankje kan hij onmogelijk nog gekker worden.

Maar dan wel een kleintje.' 'Zal ik het je leren?'

En hij begon haar de finesses uit te leggen van een *straight-up* droge martini. Hij kon er prima mee leven om barman te spelen voor de serveerster.

'Waar heb je dat geleerd?' vroeg ik.

'Stoomcursus mixologie, met dank aan Harvard. Ik heb mijn hele studietijd elk weekend achter de bar gestaan om aan de kost te komen. Daarna ben ik chef-kok geworden en toen ben ik in de catering gegaan. Maar pokeren deed ik altijd al.'

Zijn studietijd kreeg, telkens als hij erover sprak, een magische fonkeling, alsof die bij een ander leven hoorde, een leven waar ik geen toegang toe had aangezien het al tot het verleden behoorde. Bewijzen voor het bestaan ervan sijpelden, zoals nu, door in zijn vaardigheid om drankjes te mixen, of om mysterieuze grappa's uit elkaar te houden, of om tegen alle vrouwen te spreken, of door de geheimzinnige vierkante enveloppen, die aan hem geadresseerd waren en die vanuit de hele wereld bij ons thuis aankwamen.

Ik was nooit jaloers op zijn verleden en voelde me er ook niet door bedreigd. Al die facetten van zijn leven hadden net zoiets geheimzinnigs als de incidenten die in mijn vaders leven hadden plaatsgevonden voordat ik geboren was, maar die nog steeds doorklonken in het heden. Ik was niet jaloers op het leven vóór mij, en evenmin verlangde ik ernaar om terug te reizen naar de tijd dat hij zo oud was als ik nu.

We waren nu nog hoogstens met zijn vijftienen en zaten met zijn allen om een van de grote rustieke houten tafels. De kelner kondigde voor de tweede keer aan dat dit de laatste bestelling was. Binnen tien minuten waren de andere klanten vetrokken. De kelner was al begonnen het ijzeren rolluik naar beneden te laten vanwege de reden dat het de tijd van de *chisura* was. Ook de stekker van de jukebox werd er zonder omhaal uitgetrokken. Als iedereen gewoon bleef praten zouden we hier bij zonsopgang nog zitten.

'Heb ik je gechoqueerd?' vroeg de dichter.

'Mij?' vroeg ik, omdat ik niet goed begreep waarom hij van alle mensen aan tafel mij zou uitkiezen om tegen te praten.

Lucia staarde ons aan. 'Alfredo, ik vrees dat hij meer weet dan jij over het corrumperen van de jeugd. *E un dissoluto assoluto*,' sprak ze plechtig, met, zoals ze nu voortdurend deed, haar hand tegen mijn wang.

'Dit gedicht gaat slechts over één enkel ding,' zei Straordinario-fantastico.

'San Clemente gaat in feite over vier dingen – op zijn minst!' antwoordde de dichter vinnig.

Derde laatste bestelling.

'Hoor eens,' viel de eigenaar van de boekwinkel de kelner in de rede, 'waarom kunnen we niet gewoon blijven? We zetten de jongedame in een taxi als we klaar zijn. En we zullen betalen. Nog een rondje martini's?'

'Jullie doen maar,' zei de kelner, terwijl hij zijn schort afdeed. Hij gaf zich gewonnen. 'Ik ga naar huis.'

Oliver kwam naar me toe en vroeg of ik iets op de piano wilde spelen.

'Wat wil je dan horen?' vroeg ik.

'Maakt niet uit.'

Dit zou mijn dankbetuiging worden voor de mooiste avond van mijn leven. Ik nam een slokje van mijn tweede martini en voelde me net zo decadent als zo'n jazzpianist die een heleboel rookt en drinkt en aan het eind van elke film dood in de goot worden gevonden.

Ik wilde Brahms spelen. Maar mijn intuïtie zei me dat ik iets heel rustigs en contemplatiefs moest spelen. Dus speelde ik een van de Goldbergvariaties, waarvan ik zelf heel rustig en contemplatief werd. Er ging een zucht van verrukking door het groepje van vijftien of zo, en daar was ik blij mee, want dit was voor mij de enige manier om iets terug te doen voor deze toverachtige avond.

Toen me werd gevraagd om nog iets te spelen stelde ik een capriccio van Brahms voor. Dat leek iedereen een goed idee, maar opeens kreeg ik zin om de boel op stelten te zetten en na de openingsmaten van het capriccio begon ik, zomaar uit het niets, een *stornello* te spelen. Het contrast kwam totaal onverwacht en ze begonnen allemaal te zingen, zij het weinig eendrachtig, want iedereen zong de stornello die hij of zij kende. We spraken af dat we, telkens als we bij het refrein kwamen, dezelfde woorden zouden zingen die Oliver en ik het levende standbeeld van Dante eerder die avond hadden horen declameren. Iedereen was opgetogen en mij werd gevraagd er nog een te spelen, en nog een. Romeinse *stornelli* zijn meestal vrolijke, dubbelzinnige liedjes, niet de gekwelde, hartverscheurende aria's van Napels. Toen ik er drie had gespeeld, keek ik naar Oliver en zei dat ik naar buiten wilde om een luchtje te scheppen.

'Wat is er, voelt hij zich niet lekker?' vroeg de dichter aan Oliver.

'Nee, hij heeft alleen wat frisse lucht nodig. Blijf maar lekker zitten.'

De caissière bukte zich en tilde met één arm het half neergelaten rolluik omhoog. Ik kroop eronderdoor en voelde ineens een fris briesje in de lege steeg.

'Zullen we een eindje lopen?' vroeg ik aan Oliver.

We slenterden door de donkere steeg, precies als twee schaduwen in Dante, de jongere en de oudere. Het was nog steeds erg heet en ik zag het licht van een straatlantaarn glinsteren op Olivers voorhoofd. Onze weg voerde ons een extreem stil steegje in, en toen weer een ander, alsof we werden aangetrokken door die onwerkelijke, benauwde koboldstraatjes die naar een andere wereld leken te leiden, een soort onderwereld, die je in opperste verbazing betrad. Het enige wat ik hoorde waren de straatkatten en het gespetter van stromend water ergens in de buurt. Ofwel een marmeren fontein of een van de talloze gemeentelijke *fontanelle* die je overal in Rome tegenkwam. 'Water,' kermde ik. 'Martini is dus niks voor mij. Ik ben stomdronken.'

'Je had er geen moeten nemen. Je had al whisky op, toen wijn, toen grappa, en nu gin.'

'Dat seksuele hoogtepunt waar we naartoe aan het werken waren kunnen we dus wel vergeten.'

Hij grinnikte. 'Je ziet bleek.'

'Volgens mij moet ik overgeven.'

'Dan kun je er maar het beste voor zorgen dat dat ook gebeurt.'

'Hoe dan?'

'Vooroverbuigen en een vinger in je keel steken.'

Ik schudde het hoofd. Vergeet het maar.

We kwamen een vuilnisbak tegen op de stoep. 'Doe het hier maar in.'

Gewoonlijk deed ik alles om maar niet te hoeven overgeven. Maar nu schaamde ik me te erg om kinderachtig te doen. Anderzijds vond ik het een onaangenaam idee om in zijn bijzijn te staan kotsen. Ik wist niet eens zeker of Amanda ons niet was gevolgd.

'Kom op, vooroverbuigen. Ik hou je hoofd wel vast.'

Ik hield het tegen. 'Het gaat wel over. Dat weet ik zeker.'

'Doe je mond open.'

Ik deed mijn mond open. Hij raakte mijn huig aan en voordat ik het wist stond ik over te geven.

Maar wat een troost dat mijn hoofd werd vastgehouden, wat een onzelfzuchtige moed om het hoofd van iemand vast te houden die stond te braken. Zou ik het in me hebben gehad om dat voor hem te doen?

'Volgens mij was het dat,' zei ik.

'Eerst kijken of er niet nog meer komt.'

En waarachtig, ik kokhalsde en daar kwam het resterende eten en drinken van die avond.

'Kauw jij nooit op je erwten?' vroeg hij lachend.

Ik vond het heerlijk als hij me zo voor de gek hield.

'Ik hoop maar dat ik je schoenen niet vies heb gemaakt,' zei ik.

'Dit zijn geen schoenen, dit zijn sandalen.'

We barstten allebei bijna in lachen uit.

Toen ik om me heen keek zag ik dat ik precies naast het standbeeld van de Pasquino had overgegeven. Typisch iets voor mij om pal voor de meest eerbiedwaardige pamfletschrijver van Rome te kotsen.

'Echt waar, daar zaten erwten tussen waar niet eens op gebeten was en waar je de kinderen van India mee had kunnen voeden.'

We moesten weer lachen. Ik waste mijn gezicht en spoelde mijn mond met het water uit de fontein.

Recht voor ons zagen we het menselijk standbeeld van Dante weer. Hij had zijn cape uitgetrokken en zijn lange zwarte haar was losgeraakt. Hij moest zeker twee liter gezweet hebben in dat kostuum. Hij ging tekeer tegen het standbeeld van koningin Nefertiti, nu ook zonder masker en haar lange haar samengeklit door het zweet. 'Ik haal vanavond mijn spullen op en de mazzel, je bekijkt het maar.' 'Nee, jíj bekijkt het maar en *vaffanculo.*' 'Ja, van hetzelfde, *e poi t'inculo.*' En terwijl ze dat zei gooide Nefertiti een handvol munten naar Dante, die ze ontdook, maar door eentje in het gezicht werd geraakt. '*Aiiio,*' kermde hij. Even dacht ik dat ze op de vuist zouden gaan.

We keerden terug door een ander, even donker, verlaten, glinsterend zijsteegje en kwamen uit in de via Santa Maria dell Anima. Boven ons verspreidde een vierkante straatlantaarn die aan de muur van een klein oud hoekhuis was bevestigd een zwak schijnsel. Vroeger had daar waarschijnlijk een gaslamp gezeten. Ik bleef staan en hij bleef staan. 'De mooiste dag van mijn leven en ik sta te kotsen.' Hij luisterde niet. Hij duwde me tegen de muur en begon me te kussen, terwijl hij zijn heupen tegen de mijne drukte en me met zijn armen bijna van de grond tilde. Ik had mijn ogen dicht maar ik wist dat hij gestopt was met kussen om om zich heen te kijken; er zouden mensen langs kunnen komen. Ik wilde niet kijken. Laat hij zich maar zorgen maken. En volgens mij hoorde ik, met mijn ogen nog steeds dicht, inderdaad twee stemmen, de stemmen van oude mannen, die iets liepen te mopperen in de trant van moet je die twee nou eens zien en zoiets zou je vroeger toch nooit hebben meegemaakt. Maar ik wilde niet aan hen denken. Ik maakte me geen zorgen. Als hij zich geen zorgen maakte, maakte ik me ook geen zorgen. Ik zou de rest van mijn leven zo door kunnen brengen: met hem, 's nachts, in Rome, mijn ogen voor alles gesloten, een been om het zijne gekruld. Ik bedacht dat ik hier in de weken of maanden die komen gingen terug zou komen – want dit was ons plekje.

Toen we terugkwamen bij de bar bleek iedereen al vertrokken. Het moet toen ondertussen drie uur in de nacht zijn geweest, of nog later. Afgezien van een paar auto's was het doodstil in de stad. Toen we, per ongeluk, uitkwamen bij de normaal gesproken drukke Piazza Rotonda rond het Pantheon, was ook dat ongebruikelijk leeg. Er waren een paar toeristen die met enorme rugzakken sjouwden, een paar dronkaards en de gebruikelijke drugdealers. Oliver hield een straatventer aan en kocht een flesje citroenlimonade voor me. De smaak van bittere citroen was verfrissend en ik ging me er beter door voelen. Oliver kocht een bitter sinaasappeldrankje en een stuk watermeloen. Hij vroeg of ik er ook wat van wilde, maar ik zei nee. Wat heerlijk om half dronken met een flesje citroenlimonade in een zwoele nacht als deze over de glimmende kinderkopjes van Rome te lopen met een arm om me heen. We sloegen links af in de richting van de Piazza Febo, toen we ineens, uit het niets, iemand op een gitaar hoorden spelen en daarbij niet een popsong, maar een oud Oudnapolitaans wijsje hoorden zingen. '*Fenesta ca lucive.*' Het duurde even voordat ik het herkende. Toen wist ik het weer.

Mafalda had me dat liedje jaren geleden geleerd, toen ik klein was. Het was haar slaapliedje. Ik kende Napels nauwelijks en afgezien van haar en haar directe entourage, en een paar vluchtige bezoekjes aan Napels met mijn ouders, had ik nooit contact gehad met Napolitanen. Maar de regels van dat treurige lied wekten zo'n nostalgisch verlangen in me op naar verloren liefdes en andere dingen die je verliest in de loop van je leven en de levens die lang voor het mijne waren geleefd dat ik opeens mee teruggenomen werd naar een arm, troosteloos universum van simpele mensen zoals Mafalda's voorouders, tobbend en druk in de weer in de kleine *vicoli* van een oud Napels waaraan ik de herinnering woord voor woord met Oliver wilde delen, alsof ook hij, net als Mafalda en Manfredi en Anchise en ik, een zuiderling was die ik was tegengekomen in een buitenlandse havenstad en die onmiddellijk zou begrijpen waarom dit oude lied, als een oud gebed voor de doden in de doodste taal, zelfs hen die er geen woord van verstonden tot tranen kon bewegen.

Het lied deed hem denken aan het volkslied van Israël, zei hij, of was het geïnspireerd door de *Moldau*? Bij nader inzien zou het een aria van Bellini's *Sonnambula* kunnen zijn. Warm, maar nog niet helemaal, zei ik, al is het lied vaak aan Bellini toegeschreven. We zijn aan het *clementiseren* zei hij.

Ik vertaalde de woorden uit het Napolitaans in het Italiaans in het Engels. Het gaat over een jongeman die langs het raam van zijn geliefde loopt en van haar zus te horen krijgt dat Nennélla dood is. *Uit de mond waar ooit bloemen bloeiden kruipen nu nog slechts wormen. Vaarwel raam, want mijn Nenna kan niet meer naar buiten kijken.*

Een Duitse toerist, die helemaal alleen en ook behoorlijk dronken leek te zijn, hoorde me het lied in het Engels vertalen en kwam op ons af om in haperend Engels te vragen of ik zo vriendelijk wilde zijn de woorden ook in het Duits te vertalen. We liepen met zijn drieën verder en ik leerde Oliver en de Duitser het refrein, dat we alle drie steeds opnieuw zongen, elk in zijn eigen verbasterde versie van het Napolitaans, en onze stemmen weergalmden in de nauwe, vochtige steegjes van het oude Rome. Uiteindelijk namen we afscheid van de Duitser op de Piazza Navona. Op weg naar het hotel begonnen we het refrein opnieuw zachtjes te zingen,

Chiagneva sempe ca durmeva sola,
mo dorme co' li muorte accompagnata.

Ze weende aldoor omdat ze alleen sliep
Nu slaapt ze tussen de doden.

Nu, na al die jaren, denk ik soms nog steeds de stemmen van twee jongemannen te kunnen horen die deze Napolitaanse woorden zongen net voor de dageraad, terwijl ze elkaar vasthielden en steeds weer kusten in de donkere straten van het oude Rome, zonder zich te realiseren dat dit een van de laatste keren was dat ze ooit nog de liefde zouden bedrijven

'Laten we morgen naar de San Clemente gaan,' zei ik.

'Morgen is vandaag,' antwoordde hij.

IV

Geestplekken

Anchise stond op het station op me te wachten. Ik zag hem zodra de trein vaart minderde om de langgerekte bocht rond de baai te nemen en haast de hoge cipressen raakte waar ik zo van hield en waar tussendoor ik altijd een voorvertoning zag van de fel schitterende namiddagzee, die me als altijd welkom heette. Ik liet het raampje zakken en de wind in mijn gezicht waaien en ving een glimp op van onze zwoegende locomotief, ver voor me uit. In B. aankomen maakte me altijd gelukkig. Het herinnerde me aan de aankomsten in het begin van juni aan het eind van elk schooljaar. De wind, de hitte, het zinderende grijze perron met de ouderwetse keet van de stationschef die sinds de Eerste Wereldoorlog permanent was dichtgetimmerd, de doodse stilte, ze waren allemaal voortekenen van mijn lievelingsseizoen op dit verlaten en geliefde tijdstip van de dag. De zomer leek op het punt te staan te beginnen, wat er ging gebeuren was nog niet gebeurd, mijn hoofd gonsde nog van het blokken voor de toetsen, dit was voor het eerst dit jaar dat ik de zee zag. Oliver wie?

De trein hield een paar seconden halt om een stuk of vijf passagiers te laten uitstappen. Toen klonk het gebruikelijke rommelen, gevolgd door het luide hydraulische stampen van de locomotief en met evenveel gemak als ze tot stilstand waren gekomen gleden de wagons, een voor een, weer piepend van het station vandaan. Totale stilte.

Ik bleef even staan onder de overkapping van gedroogd hout.

Alles hier, inclusief de dichtgetimmerde keet, ademde een sterke geur van benzine, teer, afbladderende verf en pis.

Een eenzame merel in een van de pijnbomen zong een paar noten die onmiddellijk werden overstemd door de cicaden.

Zomer.

Ik had nog vrijwel niet aan het naderende schooljaar gedacht. Nu was ik dankbaar dat het, met zoveel hitte en zoveel zomer om me heen, nog zeker maanden verwijderd leek.

Een paar minuten na mijn aankomst kwam de direttissimo naar Rome op het spoor aan de overkant binnen suizen – altijd op tijd, die trein. Drie dagen geleden hadden we exact dezelfde genomen. Ik dacht er nu aan terug hoe ik uit het raampje had gekeken en had gedacht: over een paar dagen zul je terug zijn en dan zul je alleen zijn en je zult het vreselijk vinden dus laat je er niet door overvallen. Wees gewaarschuwd. Ik had geoefend hoe het was om hem te verliezen en niet alleen het lijden af te wenden door het al van tevoren in kleine doses tot me te nemen, maar, net als alle bijgelovige mensen, door te proberen of mijn bereidheid om het allerergste te aanvaarden het lot er wellicht toe zou bewegen om de klap wat te verzachten. Zoals soldaten getraind worden om in het donker te vechten, leefde ik in het donker om niet blind te worden als de duisternis kwam. De pijn oefenen om de pijn te verdoven. Homeopathisch.

Nog maar eens dan. Uitzicht op de baai: check.

Geur van de pijnbomen: check.

Keet van de stationschef: check.

Zicht op de heuvels in de verte om me te herinneren aan de ochtend dat we in volle vaart terugreden naar B. en bijna een zigeunermeisje overreden: check.

Geur van pis, benzine, teer, vernis: check, check, check en check.

Anchise greep mijn rugzak beet en bood aan hem voor me te dragen. Ik sloeg zijn aanbod af; rugzakken waren er niet voor gemaakt om door iemand anders gedragen te worden dan hun eigenaren. Hij zag niet in waarom maar gaf hem terug.

Hij vroeg of Signor Ulliva was vertrokken.

Ja, vanmorgen.

'*Triste,*' merkte hij op.

'Ja, een beetje.'

'*Anche a me duole*, ik ben ook verdrietig.'

Ik meed zijn ogen. Ik wilde hem niet aanmoedigen om iets te zeggen of om het onderwerp ook maar ter sprake te brengen.

Toen we aankwamen wilde mijn moeder alles horen over ons Romereisje. Ik vertelde haar dat we niets bijzonders hadden gedaan, alleen naar het Capitool en de Villa Borghese waren gaan kijken, en de San Clemente. Verder hadden we alleen veel rondgelopen. Veel fonteinen. Veel vreemde plekken 's avonds. Twee etentjes. 'Etentjes?' vroeg mijn moeder met een ingehouden triomfantelijk *zie-je-nu-wel-dat-ik-gelijk-had?* 'Met wie dan?' 'Mensen.' 'Wat voor mensen?' 'Schrijvers, uitgevers, vrienden van Oliver. We zijn elke nacht opgebleven.' 'Nog geen achttien en nu al leidt hij *la dolce vita*,' klonk Mafalda's satirische commentaar. Mijn moeder stemde in.

'We hebben je kamer weer op orde gemaakt. We dachten dat je hem nu eindelijk wel weer terug wilde.'

Ik was meteen verdrietig en boos. Wie gaf hun het recht? Ze hadden duidelijk zitten neuzen, samen of elk voor zich.

Ik had altijd geweten dat ik uiteindelijk mijn kamer terug zou hebben. Maar ik had gehoopt op een langzamere, langdurigere overgang naar hoe alles was vóór Oliver. Ik had me voorgesteld dat ik in bed lag en de moed probeerde op te brengen om naar zijn kamer te gaan. Waar ik niet bij stil had gestaan was dat Mafalda de lakens al verschoond zou hebben – onze lakens. Gelukkig had ik hem vanmorgen opnieuw gevraagd om Fladder aan mij te geven, toen ik er zeker van was dat hij hem ons hele verblijf in Rome had aangehad. Ik had hem in een plastic waszak van het hotel gestopt en zou hem waarschijnlijk de rest van mijn leven moeten verstoppen om te voorkomen dat iemand uit mijn bemoeizuchtige omgeving hem in handen kreeg. Er zouden nachten komen dat ik Fladder uit zijn zak haalde, dat ik me ervan zou verzekeren dat hij niet was gaan ruiken naar plastic of naar mijn kleren, en hem tegen me aan zou houden, zijn lange mouwen om me heen zou slaan en zachtjes zijn naam zou fluisteren in het donker. *Ulliva, Ulliva, Ulliva* – dat was Oliver die mij bij zijn naam noemde als hij de gemetamorfoseerde klank wilde nadoen zoals die door Mafalda en Anchise werd uitgesproken; maar het zou ook ik zijn die hem bij zijn naam noemde, in de hoop dat hij me bij de mijne noemde, die ik in zijn plaats naar mij zou uitspreken en weer terug naar hem: *Elio, Elio, Elio.*

Om te voorkomen dat ik mijn slaapkamer binnen moest gaan via het balkon en zo te zien dat hij er niet was, gebruikte ik de binnentrap. Ik deed de deur naar mijn kamer open, liet mijn rugzak op de grond vallen en gooide me op het warme, zonverlichte bed. Godzijdank. Ze hadden de sprei niet uitgewassen. Opeens was ik blij om terug te zijn. Ik had ter plekke in slaap kunnen vallen en Fladder en de geur en Oliver zelf totaal kunnen vergeten. Wie kan de slaap weerstaan om twee, drie uur in de middag in deze zonverlichte delen van het Middellandse Zeegebied?

Ik was zo uitgeput dat ik besloot om later die middag pas weer verder te werken aan de Haydn vanaf het punt waar ik gestopt was. Dat, of ik zou naar de tennisbaan gaan en in de zon gaan zitten op een van die warme bankjes waardoor er vast en zeker een huivering van genot door mijn lichaam zou gaan, en kijken wie er beschikbaar was voor een spelletje. Er was altijd wel iemand.

Ik had de slaap nog nooit van mijn leven zo kalm verwelkomd. Er zou nog tijd genoeg zijn om te rouwen, dacht ik. Ze zeggen dat het met zulke dingen altijd zo gaat dat het je in het geniep bekruipt en ik zou er vast niet makkelijk van afkomen. Vooruitlopen op het verdriet om het verdriet teniet te doen – dat is verachtelijk en laf, hield ik mezelf voor, wetend dat ik die kunst uitstekend verstond. En als het nu ineens toesloeg? Als het kwam en me niet meer losliet, een verdriet dat voor altijd zou blijven, en dat met me deed wat mijn verlangen naar hem in die nachten met me had gedaan toen het leek alsof er iets zo wezenlijks ontbrak aan mijn leven dat het net was alsof het aan mijn lichaam ontbrak, zodat hem nu verliezen zou zijn als een hand verliezen die je op elke foto van jezelf in huis kon zien, maar zonder welke je onmogelijk nog jezelf kon zijn. Je hebt altijd geweten dat je hem zou verliezen en je was er zelfs op voorbereid; maar je kunt jezelf er niet toe brengen met het verlies te leven. En hopen dat je er niet aan zult denken doet, net als bidden dat je er niet over zult dromen, net zo goed pijn.

Toen werd ik bekropen door een vreemde gedachte: stel dat mijn lichaam – alleen mijn lichaam, mijn hart – om dat van hem riep? Wat moest ik dan doen?

Stel dat ik 's nachts niet met mezelf kon leven tenzij ik hem bij me had, in me? Wat dan?

Denken aan de pijn vóór de pijn.

Ik wist waar ik mee bezig was. Zelfs in mijn slaap wist ik waar ik mee bezig was. Jezelf immuun proberen te maken, daar ben je mee bezig – je maakt op die manier nog alles kapot – gluiperige, uitgekookte jongen die je bent, een gluiperige, harteloze, uitgekookte jongen, dat ben je. Ik glimlachte om de stem. Het zonlicht viel over me heen en ik hield van de zon met een bijna heidense liefde voor al het aardse. Heiden die je bent. Ik had nooit geweten hoeveel ik hield van de aarde, de zon, de zee – mensen, dingen, zelfs kunst leken op de tweede plaats te komen. Of hield ik mezelf voor de gek?

Halverwege de middag werd ik me ervan bewust dat ik genoot van het slapen en er niet alleen in wegvluchtte, slapen in de slaap, als dromen in dromen, iets fijners is er niet. Iets wat veel weg had van pure gelukzaligheid begon over me neer te dalen. Dit moest woensdag zijn, dacht ik en het was inderdaad woensdag, de dag dat de scharensliep op de binnenplaats elk lemmet dat we in huis hebben komt slijpen en Mafalda altijd naast hem gaat staan om wat met hem te flirten met een glas limonade voor hem in de handen, terwijl hij de slijpsteen laat draaien. Het raspende, schurende geluid van het wiel dat knispert en sist in de middaghitte en dat geluidsgolven van gelukzaligheid naar mijn slaapkamer omhoog zendt. Ik had mezelf nooit durven bekennen hoe gelukkig

Oliver me had gemaakt, die dag dat hij mijn perzik doorslikte. Het had me natuurlijk ontroerd, maar het had me ook gevleid, alsof hij met zijn gebaar tegen me zei: *ik geloof met elke cel in mijn lichaam dat elke cel in het jouwe niet mag sterven, nooit mag sterven en als hij dan toch moet sterven, laat hem dan sterven in mijn lichaam.* Hij had van buitenaf het haakje van de op een kier staande balkondeur gehaald en was naar binnen gestapt – we spraken eigenlijk niet met elkaar die dag; hij vroeg niet of hij binnen mocht komen. Wat moest ik doen? Zeggen: je mag niet binnenkomen? Dus had ik mijn arm opgestoken om hem te begroeten en hem te laten weten dat het nu afgelopen was met mijn gemok, geen gemok meer, nooit meer, en had hem toegestaan de lakens op te tillen en in mijn bed te kruipen. Nu wist ik, zodra ik het geluid van de slijpsteen tussen het gesjirp van de cicaden door hoorde, dat ik ofwel wakker zou worden of door zou slapen en dat het allebei prima was, dromen of slapen, het was een en hetzelfde, of ik nu het een deed of het ander, of allebei.

Toen ik wakker werd was het bijna vijf uur. Ik had geen zin meer om te tennissen en zag het absoluut niet zitten om aan de Haydn te gaan werken. Tijd om te gaan zwemmen, dacht ik. Ik trok mijn zwembroek aan en liep de trap af. Vimini zat op het muurtje naast het huis van haar ouders.

'Hoezo ga je zwemmen?' vroeg ze.

'Ik weet niet. Heb ik zin in. Ga je mee?'

'Nee, vandaag niet. Ze dwingen me om die achterlijke hoed op te houden als ik buiten wil zijn. Ik zie eruit als een Mexicaanse bandiet.'

'Pancho Vimini. Wat ga je dan doen als ik ga zwemmen?'

'Ik kijk wel naar je. Of je moet me op een van de rotsen helpen, dan ga ik daar wel zitten, met mijn voeten in het water en dan hou ik mijn hoed op.'

'Kom mee dan.'

Je hoefde Vimini nooit te vragen je een hand te geven. Dat ging helemaal vanzelf, zoals blinde mensen automatisch je elleboog vastpakken. 'Maar niet te snel lopen,' zei ze.

We gingen de trap af en beneden hielp ik haar op de rots waar ze het liefst zat en ging naast haar zitten. Dit was het lievelingsplekje van haar en Oliver. De rots was warm en ik genoot van de zon op mijn huid rond deze tijd van de middag. 'Ik ben blij dat ik terug ben,' zei ik.

'Was het leuk in Rome?'

Ik knikte.

'We hebben je gemist.'

'Wie wij?'

'Ik. Marzia. Ze was naar je op zoek, eergisteren.'

'Ah,' zei ik.

'Ik heb haar verteld waar je naartoe was.'

'Ah,' zei ik opnieuw.

Ik merkte dat het kind mijn gezicht afspeurde. 'Volgens mij weet ze dat je niet zo dol op haar bent.'

Het had geen zin om daartegenin te gaan.

'En?' vroeg ik.

'En niks. Ik had alleen medelijden met haar. Ik zei dat je halsoverkop weg moest.'

Vimini was duidelijk erg tevreden over de slinkse manier waarop ze het had aangepakt.

'Geloofde ze je?'

'Ik geloof van wel. Het was trouwens niet echt gelogen.'

'Hoe bedoel je?'

'Nou, jullie zijn allebei vertrokken zonder afscheid te nemen.'

'Nee inderdaad, dat klopt. Het was niet kwaad bedoeld, hoor.'

'O, van jou vind ik het niet erg. Maar van hem wel. Heel erg.'

'Waarom?'

'Waarom Elio? Neem me niet kwalijk dat ik het zeg, maar je bent nooit erg intelligent geweest.'

Het duurde even voor ik doorkreeg waar ze op doelde. Toen daagde het me.

'Misschien zie ik hem ook nooit meer,' zei ik.

'Nee, in jouw geval zou het best nog kunnen. Maar bij mij weet ik het nog zo net niet.'

Ik voelde een brok in mijn keel komen dus liet ik haar op de rots zitten en schuifelde het water in. Dit was precies wat ik had voorspeld. Ik zou vanavond naar het water staren en een fractie van een seconde vergeten dat hij er niet meer was, dat het geen zin had om me om te draaien en omhoog te kijken naar het balkon waar zijn beeld nog niet helemaal verdwenen was. En toch, uren geleden nog maar, zijn lichaam en mijn lichaam… Nu had hij waarschijnlijk al zijn tweede maaltijd op in het vliegtuig en zou hij zo gaan landen op JFK. Ik wist dat hij dodelijk verdrietig was toen hij me ten slotte een laatste keer had gekust in een van de toiletten op Fiumicino en dat, ook al was hij in het vliegtuig afgeleid door de drankjes en de film, ook hij weer ongelukkig zou zijn als hij eenmaal alleen was in zijn kamer in New York en ik vond het een vreselijk idee dat hij ongelukkig was, net zoals ik wist dat hij het vreselijk zou vinden om mij ongelukkig te zien in onze slaapkamer, die weer veel te snel mijn slaapkamer was geworden.

Er kwam iemand naar de rotsen toe. Ik probeerde iets te bedenken om mijn verdriet te verdrijven en wat er bij me opkwam was het ironische feit dat de afstand tussen Vimini en mij exact dezelfde was als die tussen mij en Oliver. Zeven jaar. Over zeven jaar, begon ik te denken, en opeens voelde ik iets bijna barsten in mijn keel. Ik dook het water in.

Na het eten ging de telefoon. Oliver was veilig aangekomen. Ja, in New York. Ja, hetzelfde appartement, dezelfde mensen, hetzelfde lawaai – helaas ook dezelfde muziek die van buiten door het raam naar binnen kwam – je kon het nu horen. Hij hield de hoorn buiten het raam en liet ons even meegenieten van de Latijns-Amerikaanse ritmes van New York. De Hundred and Fourteenth Street, zei hij. Zou gaan eten met vrienden. Mijn vader en moeder waren allebei met hem aan het praten via afzonderlijke telefoons in de woonkamer. Ik luisterde mee via de telefoon in de keuken. Hier? Tja, dat weet je wel. De gebruikelijke eetgasten. Net weg. Ja, hier ook heel erg heet. Mijn vader hoopte dat dit iets had opgeleverd. Dit? Dat je hier bij ons bent geweest, legde mijn vader uit. Het mooiste wat ik in mijn leven heb meegemaakt. Als het kon zou ik zo weer in hetzelfde vliegtuig springen en terugkomen met alleen het hemd dat ik aanheb, een extra zwembroek en een tandenborstel. Iedereen lachte. Met open armen, *caro*. Er werd wat heen en weer gegrapt. Je kent onze traditie, legde mijn moeder uit, je moet altijd terugkomen, al is het maar voor een paar dagen. *Al is het maar voor een paar dagen* betekende niet langer dan een paar dagen – maar ze had gemeend wat ze zei en dat wist hij. '*Allora ciao, Oliver, e a presto*,' zei ze. Mijn vader herhaalde min of meer dezelfde woorden en zei toen: '*dunque, ti passo Elio – vi lascio.*' Ik hoorde het klikken van beide toestellen ten teken dat er niemand anders meer op de lijn was. Wat tactvol van mijn vader. Maar het zo plotse privilege om alleen te zijn in wat nu wel een tijdbarrière leek, deed me verstijven. Had hij een goede reis gehad? Ja. Was het eten afschuwelijk? Ja. Dacht hij aan me? Ik kon geen vragen meer bedenken en had verstandiger moeten zijn en hem er niet mee moeten blijven bestoken. 'Wat denk je?' was zijn vage antwoord – alsof hij bang was dat iemand misschien per ongeluk de telefoon oppakte? Je krijgt de groeten van Vimini. Erg overstuur. Ik zal morgen iets voor haar gaan kopen en het per expresse opsturen. Ik zal Fiumicino nooit meer vergeten, zo lang als ik leef. Ik ook niet. Hoe vind je het nu op je kamer? Gaat wel. Raam kijkt uit op een lawaaierige binnenplaats, nooit zon, bijna geen ruimte voor mijn spullen, wist niet dat ik zoveel boeken had, bed veel te klein nu. Ik wou dat we helemaal opnieuw konden beginnen in die kamer, zei ik. Samen uit het raam hangen 's avonds, met de schouders tegen elkaar, zoals in Rome – elke dag van mijn leven, zei ik. Ook elke dag van mijn leven. Hemd, tandenborstel, partituur en ik kom eraan, dus breng mij ook maar niet in de verleiding. Ik heb iets meegenomen uit je kamer, zei hij. Wat dan? Je raadt het nooit. Wat dan? Probeer er zelf maar achter te komen. En toen zei ik het, niet omdat dat het was wat ik tegen hem wilde zeggen maar omdat de stilte zo zwaar woog en dit het makkelijkst was om tijdens een stilte ertussen te smokkelen – en ik het dan tenminste gezegd zou hebben: ik wil je niet verliezen. We zouden schrijven. Ik zou bellen vanuit het postkantoor – meer privacy daar. We opperden Kerstmis, Thanksgiving zelfs. Ja, Kerstmis. Maar zijn wereld, die tot op dat moment niet verder van de mijne had geleken dan de dikte van het velletje dat Chiara ooit van zijn schouders had geplukt, werd opeens uit mijn wereld weggezogen en dreef lichtjaren van me vandaan. Tegen Kerstmis zou het er misschien niet meer toe doen. Laat me nog een laatste keer het geluid vanuit je raam horen. Ik hoorde gekraak. Laat me het geluid horen dat je maakte toen... Een vaag, beschroomd geluidje – vanwege de reden dat er anderen in huis waren, zei hij. We lachten. Bovendien staan ze op me te wachten om te gaan eten. Had hij maar niet gebeld. Ik had hem mijn naam willen horen zeggen. Ik was van plan geweest hem te vragen, nu we ver uit elkaar waren, wat er tussen hem en Chiara was gebeurd. Ik was ook vergeten te vragen waar hij zijn rode zwembroek had gelaten. Waarschijnlijk had hij het vergeten en hem gewoon meegenomen.

Het eerste dat ik na ons telefoongesprek deed was naar mijn kamer gaan om te zien wat hij in godsnaam had meegenomen dat hem aan mij zou herinneren. Toen zag ik de niet-vergeelde lege plek op de muur. Wat een schat. Hij had een ingelijste, antieke ansichtkaart van het heuveltje van Monet meegenomen uit 1905 of daaromtrent. Een van onze vorige Amerikaanse zomergasten had die twee jaar geleden op een vlooienmarkt in Parijs op de kop getikt en hem als aandenken naar mij gestuurd. De kaart met zijn verbleekte kleuren was oorspronkelijk in 1914 verstuurd – hij was geadresseerd aan een dokter in Engeland en naast een paar haastige, sepiakleurige krabbels in het Duits op de achterkant had de Amerikaanse student zijn eigen groeten aan mij geschreven in zwarte inkt – *denk op een dag nog eens aan me.* Het plaatje zou Oliver herinneren aan die ochtend dat ik me voor het eerst had uitgesproken. Of aan de dag dat we langs het heuveltje fietsten en net deden of we het niet zagen. Of aan de dag dat we hadden besloten daar te gaan picknicken en hadden gezworen elkaar niet aan te raken, om er des te meer van te genieten als we die middag samen in bed zouden liggen. Ik wilde dat hij het plaatje voor ogen zou hebben, voortdurend, zijn hele leven lang, boven zijn bureau, zijn bed, overal. Hang het overal op waar je naartoe gaat, schreef ik.

Zoals dat bij mij altijd gaat werd het mysterie die nacht in mijn slaap opgelost. Het was tot op dat moment nooit tot me doorgedrongen. En toch was het twee hele jaren lang overduidelijk geweest. Hij heette Maynard. Op een dag, vroeg in de middag, toen hij geweten moet hebben dat iedereen aan het rusten was, had hij op mijn raam geklopt om te vragen of ik zwarte inkt had – die van hem was op, zei hij, en hij gebruikte alleen maar zwarte inkt, net als ik. Hij stapte naar binnen. Ik had alleen een zwembroek aan en liep naar mijn bureau en gaf hem het flesje. Hij bleef me strak aankijken en nam toen het flesje aan. Diezelfde avond liet hij het flesje pal voor mijn balkondeur achter. Ieder ander zou weer hebben aangeklopt en het me hebben teruggegeven. Ik was toen vijftien. Maar ik zou geen nee hebben gezegd. In de loop van een van onze gesprekken had ik hem verteld over mijn lievelingsplekje in de heuvels.

Ik had nooit meer aan hem gedacht totdat Oliver zijn kaart had meegenomen.

Een poosje na het avondeten zag ik mijn vader op zijn gebruikelijke plek aan de ontbijttafel zitten. Hij had zijn stoel zo gedraaid dat hij over de zee kon uitkijken en op zijn schoot lagen de drukproeven van zijn laatste boek. Hij dronk zijn gebruikelijke kamillethee en genoot van de avond. Naast hem twee grote citronellakaarsen. Het wemelde van de muggen vanavond. Ik liep naar beneden en ging bij hem zitten. Dit was het tijdstip dat we meestal bij elkaar zaten en ik had hem de afgelopen maand verwaarloosd.

'Vertel eens over Rome,' zei hij zodra hij zag dat ik bij hem kwam zitten. Dit was ook het moment dat hij zichzelf de laatste sigaret van de dag toestond. Met een verveeld gebaar mikte hij het manuscript op tafel, alsof hij zeggen wilde *nu-wordt-het-eindelijk-leuk* en stak kwajongensachtig een sigaret aan met een van de kaarsen. 'Nou?'

Er viel niets te vertellen. Ik herhaalde wat ik tegen mijn moeder had gezegd: het hotel, het Capitool, Villa Borghese, de San Clemente, restaurants.

'Nog lekker gegeten?'

Ik knikte.

'En lekker gedronken?'

Ik knikte weer.

'Dingen gedaan die je grootvader zou hebben goedgekeurd?' Ik lachte. Ditmaal niet. Ik vertelde hem over het voorval bij de Pasquino. 'Het idee alleen, braken voor het pratende standbeeld!'

'Films? Concerten?'

Het begon me stilletjes te dagen dat hij misschien ergens naartoe wilde, wellicht zonder het zelf echt te weten. Het begon tot me door te dringen omdat ik, terwijl hij maar vragen bleef stellen die het onderwerp uit de verte naderden, me ervan bewust werd dat ik me nu al in bochten wrong, nog lang voordat we ook maar konden zien wat ons om de hoek wachtte. Ik had het over hoe smerig en verwaarloosd de piazza's van Rome altijd waren. Over de hitte, het weer, het verkeer, te veel nonnen. Die en die kerk gesloten. Overal afval. Slonzige renovaties. En ik klaagde over de mensen en de toeristen en over de minibusjes die hele hordes voorzien van minicamera's in- en uitlaadden.

'Zijn jullie nog naar die particuliere binnenhofjes gaan kijken waar ik je over vertelde?'

Helaas hadden we nagelaten om de particuliere binnenhofjes te bezoeken waarover hij ons had verteld.

'Hebben jullie het standbeeld van Giordano Bruno nog de groeten van me gedaan?' vroeg hij.

Dat hadden we zeker. Daar had ik die nacht ook bijna overgegeven.

We lachten.

Korte stilte. Nog een trek van zijn sigaret.

Nu.

'Jullie twee hadden een mooie vriendschap.'

Dit was doortastender dan ik ooit had verwacht.

'Ja,' antwoordde ik en probeerde mijn 'ja' in de lucht te laten hangen alsof het werd gedragen door een negatieve kwalificatie die ik op het laatste moment nog had onderdrukt. Ik hoopte alleen dat hij het lichtelijk vijandige, ontwijkende, schijnbaar vermoeide *ja, nou en?* in mijn stem niet had opgevangen.

Anderzijds hoopte ik ook dat hij de gelegenheid zou aangrijpen om me vanwege het niet uitgesproken *ja, nou en?* in mijn antwoord te kapittelen, zoals hij zo vaak deed, dat ik ongevoelig was of onverschillig of veel te kritisch tegenover mensen die goede redenen hadden om zichzelf als mijn vrienden te beschouwen. Daarna kwam hij dan waarschijnlijk met zijn gebruikelijke afgezaagde verhaal over hoe zeldzaam een goede vriendschap was en dat mensen, ook al bleken ze na een poos misschien moeizaam gezelschap, het meestal goed bedoelden en dat iedereen iets moois te bieden had. Niemand kan het helemaal alleen klaren in het leven, je kunt jezelf niet voor anderen afsluiten, mensen hebben mensen nodig, blabla.

Maar ik had het mis.

'Je bent te intelligent om niet te weten hoe zeldzaam, hoe bijzonder het was wat jullie twee hadden.'

'Oliver is Oliver,' zei ik, alsof daarmee alles gezegd was.

'*Parce que c'était lui, parce que c'était moi,*' luidde het commentaar van mijn vader, die Montaignes alomvattende verklaring voor zijn vriendschap met Etienne de la Boétie citeerde.

Ikzelf zat daarentegen te denken aan Emily Brontës woorden: omdat hij '... meer mezelf is dan ik'.

'Oliver mag dan heel intelligent zijn...' begon ik. Weer kondigde mijn onoprechte stemverheffing een veroordelend 'maar' aan dat onzichtbaar tussen ons in hing. Alles om mijn vader te beletten me verder te leiden langs deze weg.

'Intelligent? Hij is meer dan intelligent. Wat jullie twee hadden had alles en niets te maken met intelligentie. Hij is een goed mens, en jullie hebben allebei geboft dat jullie elkaar hebben gevonden, want jij bent ook een goed mens.'

'Volgens mij is hij een beter mens dan ik, papa.'

'Ik weet zeker dat hij hetzelfde over jou zou zeggen en dat strekt jullie beiden tot eer.'

Hij wilde de as van zijn sigaret gaan tikken en terwijl hij vooroverleunde naar de asbak, raakte hij met zijn hand even de mijne aan.

'Wat er vóór je ligt zal erg moeilijk worden,' begon hij met een andere stem, een stem die zei: *we hoeven hier niet over te praten, maar laten we niet net doen of we niet weten waar ik het over heb.*

'Eigenlijk weet ik niet wat ik voel. Ik geloof zelfs dat ik helemaal niets voel.'

Zo in het abstracte praten was de enige manier om de waarheid tegen hem te spreken.

'Wees maar niet bang. Dat komt wel. Dat hoop ik tenminste. En wel als je er het minst op rekent. De natuur weet altijd heel geslepen onze zwakste plek te vinden. Als je maar niet vergeet: ik ben hier. Op dit moment wil je misschien helemaal niets voelen. Misschien heb je er wel nooit om gevraagd om iets te voelen. En misschien wil je er, als het zover komt, helemaal niet met mij over praten. Maar je hebt wel degelijk iets gevoeld.'

Ik keek hem aan. Dit was het moment dat ik zou moeten liegen en hem zou moeten vertellen dat hij er finaal naast zat. Ik stond op het punt dat te doen.

'Luister,' onderbrak hij me. 'Jullie hadden een prachtige vriendschap. Misschien meer dan vriendschap. En ik benijd je erom. De meeste ouders zouden nu hopen dat het allemaal overgaat, of bidden dat hun zoon weer snel met beide voeten op de grond komt. Maar ik ben niet zo'n ouder. En wat jou betreft, als je pijn voelt, koester die dan, en als er een vlam is, doof hem niet, ga er niet harteloos mee om. We rukken zoveel uit onszelf om ergens sneller van te genezen dan goed voor ons is dat we op ons dertigste bankroet zijn en telkens als we met een nieuw iemand beginnen minder te bieden hebben. Ontwenning kan vreselijk zijn als je er 's nachts wakker van ligt en zien dat anderen ons sneller vergeten dan we zelf vergeten zouden willen worden is ook al niet prettig. Maar niets voelen om maar niet te hoeven voelen – wat een verspilling!'

Ik kon niet eens beginnen dit allemaal in me op te nemen. Ik was verbijsterd.

'Ben ik buiten mijn boekje gegaan?' vroeg hij.

Ik schudde het hoofd.

'Laat me dan nog één ding zeggen. Het zal de lucht klaren. Ik ben er misschien in de buurt gekomen, maar ik heb nooit gehad wat jij had. Er was altijd wel iets wat me tegenhield of in de weg stond. Hoe jij je leven leidt is jouw zaak. Maar vergeet niet, ons hart en ons lichaam worden ons maar één keer gegeven. De meeste mensen kunnen niet anders dan leven alsof ze twee levens kunnen leiden, eentje is het proefmodel en het andere de voltooide versie en dan nog al die versies die daartussenin zitten. Maar je hebt er echt maar één en voor je het weet is je hart versleten en wat je lichaam betreft, er komt een moment dat niemand er meer naar kijkt, laat staan er dichtbij komt. Op dit moment is er verdriet. Ik benijd niet de pijn. Maar ik benijd jou om de pijn.'

Hij ademde diep in.

'Misschien hebben we het hier nooit meer over. Maar ik hoop dat je het me nooit kwalijk zult nemen dat we erover gepraat hebben. Ik zou een verschrikkelijke vader zijn geweest als je op een dag met me zou willen praten en het gevoel had dat de deur dicht was, of niet wijd genoeg open.'

Ik wilde hem vragen hoe hij het wist. Maar aan de andere kant, hoe kon hij het niet geweten hebben? Hoe kon iemand het niet geweten hebben? 'Weet moeder het?' vroeg ik. Ik wilde gaan zeggen *vermoedt* maar verbeterde mezelf. 'Volgens mij niet.' Zijn stem betekende: *maar zelfs als ze het wel wist weet ik zeker dat ze er niet anders tegenover zou staan dan ik.*

We zeiden elkaar goedenacht. Op weg naar boven nam ik me heilig voor naar zijn leven te vragen. We kenden allemaal de verhalen over zijn vrouwen toen hij jong was, maar ik had nooit ook maar een vermoeden gehad van iets anders.

Was mijn vader iemand anders? En als hij iemand anders was, wie was ik dan?

Oliver hield zijn belofte. Hij kwam net vóór Kerstmis terug en bleef tot Nieuwjaar. Aanvankelijk had hij een vreselijke jetlag. Hij heeft tijd nodig, dacht ik. Maar ik ook. Hij bracht de uren voornamelijk door met mijn ouders, toen met Vimini, die dolblij was toen ze voelde dat er niets tussen hen was veranderd. Ik begon te vrezen dat we terug zouden glijden naar onze begindagen toen, afgezien van wat grapjes op de patio, de norm was dat we elkaar meden en onverschillig deden. Waarom hadden zijn telefoontjes me hier niet op voorbereid? Was ik verantwoordelijk voor de nieuwe richting die onze vriendschap insloeg? Hadden mijn ouders iets gezegd? Was hij voor mij teruggekomen? Of voor hen, voor het huis, om weg te zijn? Hij was teruggekomen voor zijn boek dat al was uitgegeven in Engeland, Frankrijk en Duitsland en dat nu eindelijk zou uitkomen in Italië. Het was een fraai boek geworden, en we waren allemaal erg blij voor hem, ook de boekhandelaar in B., die hem de volgende zomer een boekpresentatie beloofde. 'Misschien. We zullen zien,' zei Oliver toen we er op de fiets langsgingen. De ijskraam was dicht in de winter. Net als de bloemenwinkel en de drogisterij waar we langs waren gegaan nadat we bij het heuveltje waren geweest die allereerste keer en hij me had laten zien hoe ernstig zijn schaafwond was. Ze hoorden allemaal bij een vorig leven. Het stadje voelde leeg aan. De lucht was grijs. Op een avond had hij een lang gesprek met mijn vader. Waarschijnlijk hadden ze het over mij, of over mijn studieplannen, of over afgelopen zomer, of over zijn nieuwe boek. Ik hoorde gelach in de gang beneden en mijn moeder die hem een zoen gaf. Even later werd er op mijn slaapkamerdeur geklopt, niet op de balkondeur – die ingang moest dus kennelijk voorgoed gesloten blijven. 'Wil je praten?' Ik lag al in bed. Hij had een trui aan en leek gekleed voor een wandeling. Hij ging op de rand van mijn bed zitten en zag er net zo ongemakkelijk uit als ik er die eerste keer moet hebben uitgezien, toen deze kamer nog van hem was. 'Ik ga misschien trouwen in de lente,' zei hij. Ik was verbijsterd. 'Maar je hebt nooit iets gezegd.' 'Nou, het is eigenlijk al meer dan twee jaar gaande, dan weer aan, dan weer uit.' 'Wat een geweldig nieuws,' zei ik. Als mensen gingen trouwen was dat geweldig nieuws, ik was blij voor hen, trouwen was goed, en de brede lach op mijn gezicht was best wel oprecht, ook al bedacht ik me na een poosje dat zulk nieuws onmogelijk veel goeds kon voorspellen voor ons. Of ik het erg vond, vroeg hij. 'Ben je mal,' zei ik. Lange stilte. 'Kom je nu in bed?' vroeg ik. Hij keek me aan met een behoedzame blik. 'Heel even dan. Maar ik wil niets doen.' Het klonk als een herziene en veel beleefdere versie van *later, misschien.* Dus nu waren we daar weer aangeland? Ik had de neiging om hem na te bauwen, maar hield me in. Hij ging naast me liggen boven op de deken met zijn trui nog aan. Het enige dat hij had uitgedaan waren zijn schoenen. 'Hoe lang denk je dat dit nog zal duren?' vroeg hij wat zuur. 'Niet lang, hoop ik.' Hij kuste me op de mond, maar het was niet dezelfde kus als die na de Pasquino, toen hij me hard tegen de muur had geduwd op de Santa Maria dell'Anima. Ik herkende de smaak onmiddellijk. Ik had me nooit gerealiseerd hoe lekker ik die vond of hoe lang ik die al gemist had. Nog een item om aan te kruisen op de lijst van dingen die ik zou missen voordat ik hem voor altijd zou verliezen. Ik wilde onder de dekens uit komen. 'Ik kan dit niet,' zei hij en veerde van me vandaan. 'Ik wel,' antwoordde ik. 'Ja, maar ik niet.' Ik moet ijzige scheermesjes in mijn ogen hebben gehad want het drong opeens tot hem door hoe kwaad ik was. 'Ik zou niets liever willen dan je kleren uittrekken en je in ieder geval vasthouden. Maar ik kan het niet.' Ik legde mijn armen om zijn hoofd en hield het vast. 'Dan moest je misschien niet blijven. Ze weten ervan.' 'Dat dacht ik wel,' zei hij. 'Hoezo?' 'Door de manier waarop je vader praatte. Je boft maar. Mijn vader zou me onmiddellijk hebben laten opsluiten.' Ik keek hem aan; ik wil nog één kus.

Ik had hem moeten, had hem kunnen grijpen.

De volgende morgen was de kilte officieel.

Die week deed zich nog één kleinigheid voor. We zaten na de lunch in de woonkamer koffie te drinken toen mijn vader kwam aandragen met een grote map waarin hij zes aanvragen had opgeborgen met een pasfoto van elke aanvrager erbij. De kandidaten voor de volgende zomer. Mijn vader wilde eerst Olivers mening horen en gaf de map vervolgens door aan mijn moeder, aan mij en aan een andere professor, tevens zijn collega aan de universiteit, die was komen lunchen met zijn vrouw en die het jaar daarvoor om dezelfde reden hier was geweest. 'Mijn opvolger,' zei Oliver die zijn keus maakte en de map doorgaf. Mijn vaders blik viel onwillekeurig even op mij en toen keek hij snel weer weg.

Precies hetzelfde was, bijna op de dag af, een jaar eerder gebeurd. Pavel, de opvolger van Maynard, was die kerst op bezoek geweest en had na bestudering van de papieren iemand uit Chicago sterk aanbevolen – iemand die hij trouwens heel goed kende. Pavel en alle anderen in de kamer voelden niet veel voor de jonge postdoc van de universiteit van Columbia die zich uitgerekend in de presocratici had gespecialiseerd. Ik had langer dan nodig naar zijn foto zitten kijken en was opgelucht dat ik er niets bij voelde.

Nu ik erop terugkeek was ik er zeker van dat alles tussen ons was begonnen tijdens die kerstvakantie in deze kamer.

'Ben ik ook zo uitgekozen?' vroeg hij met de soort ernstige, onbeholpen openheid die mijn moeder altijd zo ontwapenend vond.

'Ik wilde dat jij zou komen,' zei ik later die avond tegen Oliver, toen ik hem hielp bij het inladen van zijn spullen in de auto waarmee Manfredi hem naar het station zou brengen. 'Ik heb ervoor gezorgd dat ze jou uitkozen.'

Die avond bladerde ik door de dossiers van mijn vader en vond de map met de aanvragen van het vorige jaar. Ik vond zijn foto. Open hemdskraag, Fladder, lang haar, een zweem van de filmster die tegen zijn zin gekiekt wordt door een paparazzo. Geen wonder dat ik er zo lang naar had zitten kijken. Ik wilde dat ik me kon herinneren wat ik die middag precies een jaar geleden had gevoeld – die onmiddellijke golf van verlangen gevolgd door zijn onmiddellijke tegengif, angst, vermomd als onverschilligheid. De echte Oliver en elke daaropvolgende Oliver, elke dag in een andere kleur zwembroek, of de Oliver die naakt in bed lag, of die op de vensterbank leunde van ons hotel in Rome stond het verwarde, wazige beeld in de weg dat ik me van hem had gevormd toen ik voor het eerst zijn foto zag.

Ik keek naar de gezichten van de andere aanvragers. Deze was niet slecht. Ik begon me af te vragen wat voor wending mijn leven zou hebben genomen als er iemand anders in zijn plaats was komen opdagen. Ik zou niet naar Rome zijn gegaan. Maar misschien wel ergens anders naartoe. Zou niets hebben afgeweten van de San Clemente. Maar ik zou misschien iets anders hebben ontdekt waar ik nu nooit iets van af zou weten. Zou niet veranderd zijn, zou nooit zijn geweest wie ik vandaag was, zou iemand anders zijn geworden.

Ik vraag me nu af wie die iemand anders vandaag is. Is hij gelukkiger? Zou ik me niet een paar uur, een paar dagen, in zijn leven kunnen onderdompelen om daarachter te komen – niet alleen om te zien of dat andere leven beter is, of om te meten hoe onmetelijk onze levens van elkaar verschillen vanwege Oliver, maar ook om te overwegen wat ik tegen die andere ik zou zeggen als ik op een dag even bij hem langs kon gaan. Zou ik hem aardig vinden, zou hij mij aardig vinden, zouden we van elkaar begrijpen waarom de ander was geworden wie hij was, zouden we verbaasd zijn als we erachter kwamen dat we elk wel degelijk een of andere Oliver waren tegengekomen, man of vrouw, en dat het heel goed mogelijk was dat we, ongeacht wie er die zomer bij ons had doorgebracht, nog steeds een en dezelfde persoon waren?

Omdat mijn moeder een hekel had aan Pavel en mijn vader gedwongen zou hebben om iedereen die door hem werd aanbevolen af te wijzen, was zij het uiteindelijk die het lot een handje hielp. We mogen dan joden met beleid zijn, zei ze, maar die Pavel is een antisemiet en ik wil niet wéér een antisemiet in mijn huis.

Ik herinnerde me dat gesprek. Ook dat hoorde bij zijn pasfoto. Dus hij is ook een jood, had ik gedacht.

En toen deed ik wat ik daar in de studeerkamer van mijn vader al de hele avond had willen doen. Ik deed net of ik niet wist wie die Oliver was. Ik deed alsof het afgelopen Kerstmis was. Pavel was nog steeds aan het proberen ons over te halen om zijn vriend te laten komen. De zomer had nog niet plaatsgevonden. Oliver zou waarschijnlijk per taxi arriveren. Ik zou zijn bagage dragen, hem voorgaan naar zijn kamer, hem meenemen naar het strand via de trap naar de rotsen, en hem vervolgens, als er genoeg tijd was, het hele landgoed laten zien tot helemaal bij het oude station en iets zeggen over de zigeuners die in de verlaten treinwagons woonden met de koninklijke insignes van het Huis Savoye erop. Weken later, als we er tijd voor hadden, zouden we misschien naar B. fietsen. We zouden iets te drinken kopen. Ik zou hem de boekwinkel laten zien. Daarna zou ik hem het heuveltje van Monet laten zien. Nog niets van dat alles was gebeurd.

De volgende zomer hoorden we van zijn huwelijk. We stuurden cadeaus en ik deed er een klein bon mot bij. De zomer kwam en ging. Ik was vaak in de verleiding om hem te vertellen over zijn 'opvolger' en om allerlei overdreven verhalen te verzinnen over mijn nieuwe balkonbuurman. Maar ik stuurde hem nooit iets. De enige brief die ik hem wel stuurde het jaar daarop was om hem te laten weten dat Vimini was overleden. Hij schreef terug aan ons allemaal om ons te laten weten hoe erg hij het vond. Hij was bezig aan een reis door Azië dus toen de brief aankwam leek zijn reactie op Vimini's dood eerder een vanzelf geheelde wond open te halen dan hem te lenigen. Toen ik hem over haar schreef was ik de laatste brug tussen ons overgegaan, vooral omdat het duidelijk was geworden dat we het er nooit meer over zouden hebben wat er ooit tussen ons was geweest, of meer nog, dat we het er zelfs nooit over hadden dat we het onderwerp meden. Hem die brief schrijven was ook mijn manier geweest om hem te vertellen op welke universiteit ik zat in Amerika, voor het geval mijn vader, die een actieve correspondentie voerde met al onze voormalige bezoekers, hem dat niet al had verteld. Ironisch genoeg schreef Oliver terug naar mijn adres in Italië – nog een reden voor de vertraging.

Toen kwamen de blanco jaren. Als ik mijn leven zou opdelen aan de hand van de mensen met wie ik het bed heb gedeeld, en als die in twee categorieën verdeeld konden worden – zij die vóór Oliver kwamen, en zij die na hem kwamen – dan zou het grootste geschenk dat het leven mij kon geven zijn om die verdeler naar voren te plaatsen in de tijd. Velen hielpen me om het leven te verdelen in Vóór-X- en Na-X-delen, velen brachten vreugde en verdriet, velen brachten mijn leven uit de koers, terwijl anderen geen enkel verschil maakten, zodat Oliver, die zo lang vaag aanwezig was geweest als een draaipunt op de schaal van het leven, uiteindelijk opvolgers kreeg die hem ofwel overschaduwden of hem terugbrachten tot een vroege mijlpaal, een minder belangrijke vork in de weg, een kleine, vurige Mercurius op een reis naar Pluto en verder. Moet je je voorstellen, zou ik kunnen zeggen: in de tijd dat ik met Oliver was, had ik die en die nog niet eens ontmoet. En het leven zonder die en die was gewoon ondenkbaar.

In een zomer, negen jaar na zijn laatste brief, kreeg ik in Amerika een telefoontje van mijn ouders. 'Je raadt nooit wie er voor twee dagen bij ons is. En in je oude slaapkamer slaapt. En nu recht voor me staat.' Ik had het natuurlijk al geraden, maar deed net of ik het niet wist. 'Het feit dat je weigert te zeggen dat je het al hebt geraden, is erg veelzeggend,' grinnikte mijn vader, voordat hij weer afscheid nam. Er was wat gebakkelei tussen mijn ouders over wie de telefoon zou afstaan. Eindelijk klonk zijn stem. 'Elio,' zei hij. Ik hoorde mijn ouders en de stemmen van kinderen op de achtergrond. Niemand kon op die manier mijn naam zeggen. 'Elio,' herhaalde ik, om aan te geven dat ik het was maar ook om ons oude spel uit te lokken en te laten zien dat ik niets had vergeten. 'Met Oliver,' zei hij. Hij had het vergeten.

'Ze hebben me foto's laten zien, je bent niks veranderd,' zei hij. Hij vertelde over zijn twee zoontjes die op dat moment in de woonkamer met mijn moeder aan het spelen waren, acht en zes, ik moest zijn vrouw leren kennen, ik ben zo blij dat ik hier ben, je hebt er geen idee van, geen idee. Het is het mooiste plekje ter wereld, zei ik, en deed alsof ik dacht dat hij blij was vanwege de plaats. Het is niet te begrijpen hoe gelukkig ik ben dat ik hier ben. Zijn woorden werden onverstaanbaar en hij gaf de telefoon terug aan mijn moeder, die, voordat ze tegen mij sprak, nog steeds lieve woordjes tegen hem aan het zeggen was. '*Ma s'è tutto commosso,* hij is helemaal ontroerd,' zei ze ten slotte tegen mij. 'Ik wou dat ik bij jullie kon zijn,' antwoordde ik terwijl ik me helemaal druk stond te maken om iemand aan wie ik vrijwel nooit meer dacht. De tijd maakt ons sentimenteel. Misschien is het uiteindelijk vanwege de tijd dat we lijden.

Vier jaar later, toen ik in de stad kwam waar zijn universiteit was, deed ik iets opmerkelijks. Ik besloot mijn gezicht te laten zien. Ik woonde 's middags zijn college bij en toen dat was afgelopen en hij zijn boeken aan het opbergen was en losse blaadjes in een map stopte, liep ik naar hem toe. Ik was niet van plan hem te laten raden wie ik was, maar ik was ook niet van plan om het hem makkelijk te maken.

Er was een student die hem iets wilde vragen. Dus wachtte ik op mijn beurt. Eindelijk ging de student weg. 'Waarschijnlijk weet je niet meer wie ik ben,' begon ik, toen hij me met de ogen tot spleetjes geknepen aankeek in een poging me te plaatsen. Hij was opeens afstandelijk alsof hij overvallen werd door de angst dat we elkaar ergens hadden ontmoet waar hij liever niet aan werd herinnerd. Hij zette aarzelende, ironische, vragende ogen op, een ongemakkelijk, fronsend lachje, alsof hij iets ging zeggen in de trant van: *ik vrees dat je me met iemand anders verwart.* Toen even niets. 'Goeie god – Elio!' Het kwam door mijn baard dat hij het niet meteen had geweten, zei hij. Hij omhelsde me en gaf een paar klopjes op mijn harige gezicht alsof ik nog jonger was dan die zomer zo lang geleden. Hij gaf me de knuffel die hij me niet had kunnen geven op de avond dat hij mijn kamer binnen was gekomen om me te vertellen dat hij ging trouwen. 'Hoeveel jaar is het geleden?'

'Vijftien. Ik heb ze op weg hierheen geteld.' Toen voegde ik eraan toe: 'Dat is trouwens niet waar. Ik wist het altijd al.'

'Vijftien jaar, klopt. Kijk jou nou toch!'

'Luister,' zei hij toen, 'kom iets drinken, kom eten, vanavond, nu, je moet mijn vrouw leren kennen, mijn zoontjes. Alsjeblieft, alsjeblieft, alsjeblieft.'

'Graag, maar – '

'Ik moet even iets naar mijn kantoor brengen en dan kunnen we gaan. Het is een mooi stukje lopen naar de parkeerplaats.'

'Je begrijpt me niet. Ik zou het graag doen. Maar ik kan niet.'

'Ik kan niet' betekende niet dat ik niet in de gelegenheid was om bij hem op bezoek te gaan, maar dat ik mezelf er niet toe kon brengen.

Hij keek me aan terwijl hij nog steeds paperassen in zijn leren tas aan het stoppen was.

'Je hebt het me nooit vergeven, hè?'

'Vergeven? Er viel niets te vergeven. Als er al iets was, dan is het dat ik dankbaar ben voor alles. Ik herinner me alleen de mooie dingen.'

Dat had ik mensen in films horen zeggen. Ze leken het te geloven.

'Wat is er dan?' vroeg hij.

We liepen het lokaal uit en gingen naar buiten waar zo'n typische lange, lome, herfstachtige zonsondergang die je alleen aan de oostkust ziet lichtende oranje schaduwen wierp over de aangrenzende heuvels.

Hoe moest ik ooit aan hem, of aan mezelf, uitleggen waarom ik niet met hem mee naar huis kon gaan om kennis te maken met zijn gezin, ook al wilde elk deel van mij niets liever? Olivervrouw. Oliverzoontjes. Oliverhuisdieren. Oliverstudeerkamer, -bureau, -boeken, -wereld, -leven. Wat had ik verwacht? Een knuffel, een hand, een plichtmatige, kameraadschappelijke begroeting en vervolgens het onvermijdelijke *later*?

Alleen al de mogelijkheid zijn gezin te leren kennen was opeens eng – te werkelijk, te plotseling, te recht-voor-zijn raap, niet genoeg gerepeteerd. In de loop van de jaren had ik hem ondergebracht in het permanente verleden, mijn minnaar uit de voltooid verleden tijd, op ijs gezet, hem opgezet met vulsel van herinneringen en mottenballen als een jachttrofee die gezellig babbelde met de geest die elke avond weer langskwam. Van tijd tot tijd stofte ik hem af en zette ik hem terug op de schoorsteenmantel. Hij hoorde niet meer bij de aarde of het leven. Waar ik op dit moment waarschijnlijk alleen nog maar achter zou komen was niet slechts hoe ver de paden die we hadden gekozen uiteenliepen; het was het besef hoe groot mijn verlies was dat zou toeslaan – een verlies waar ik in abstracte termen best aan kon denken maar dat pijn zou doen als ik ermee geconfronteerd werd, zoals nostalgie pijn doet lang nadat we zijn opgehouden na te denken over de dingen die we zijn kwijtgeraakt en waar we misschien nooit om gegeven hebben.

Of was ik soms jaloers op zijn gezin, op het leven dat hij voor zichzelf had opgebouwd, op de dingen die ik nooit met hem had gedeeld en waar ik onmogelijk vanaf kon weten? Dingen waar hij naar had verlangd, waar hij van had gehouden en die hij was kwijtgeraakt en waarvan het verlies hem had verpletterd, maar waarvan ik de aanwezigheid in zijn leven nooit had meegemaakt en waar ik dus geen flauw benul van had. Ik was er niet bij geweest toen hij ze had aangeschaft, ik was er niet bij geweest toen hij ze had opgegeven. Of was het veel, veel eenvoudiger? Ik was gekomen om te zien of ik iets voelde, of er nog steeds iets leefde. De ellende was alleen dat ik al evenmin wilde dat er nog iets leefde.

Steeds wanneer ik in al die jaren aan hem had gedacht, dacht ik ofwel aan B. of aan onze laatste dagen in Rome, wat steeds resulteerde in twee taferelen: het balkon en zijn bijbehorende kwellingen en de via Santa Maria dell'Anima, waar hij me tegen de oude muur had geduwd en me had gekust en ik uiteindelijk mijn been om dat van hem had mogen slaan. Telkens als ik terugga naar Rome, ga ik terug naar die ene plek. Die is voor mij nog springlevend, heeft nog steeds de weerklank van iets wat volledig aanwezig is, alsof een hart, gestolen uit een verhaal van Poe, nog steeds ligt te kloppen onder het oeroude plaveisel om me eraan te herinneren dat ik hier eindelijk het leven was tegengekomen dat goed voor me was maar dat ik helaas nooit was gaan leiden. Ik kon me hem nooit voorstellen in New England. Toen ik een tijdlang in New England woonde, niet meer dan tachtig kilometer van hem vandaan, ging ik gewoon door me hem ergens in Italië voor te stellen, onwerkelijk, als een geest, en ook de plaatsen waar hij had gewoond hadden dat onbezielde en dreven, even onwerkelijk en spookachtig, weg in een waas als ik ze me probeerde voor te stellen. Zoals nu bleek waren niet alleen de steden in New Engeland wel degelijk springlevend, maar ook hij. Ik had me al jaren geleden gemakkelijk aan hem kunnen opdringen, getrouwd of niet – tenzij ik het was die, al meende ikzelf van niet, een onwerkelijk en spookachtig leven had geleid.

Of was ik gekomen met een veel lager doel? Om hem alleen aan te treffen, wachtend op mij, hunkerend om mee teruggenomen te worden naar B.? Ja, ons beider levens aan dezelfde kunstmatige beademing wachtend op het moment dat we elkaar eindelijk weer zouden tegenkomen en terug konden naar het standbeeld op de Piave.

En toen kwam het uit mijn mond: 'De waarheid is dat ik niet zeker weet of ik niets kan voelen. En als ik dan al je gezin leer kennen, zou ik liever niets voelen.' Gevolgd door een dramatische stilte. 'Misschien is het nooit overgegaan.'

Sprak ik de waarheid? Of kwam het door dat gespannen, netelige moment dat ik dingen zei die ik mezelf nooit echt had toegegeven en waarvan ik nog steeds niet zou durven wedden dat ze helemaal waar waren? 'Ik geloof dat het nooit is overgegaan,' herhaalde ik.

'Dus,' zei hij. Zijn 'dus' was het enige woord dat mijn verwarrende situatie kon samenvatten. Maar misschien had hij ook bedoeld *nou en?* alsof hij zich afvroeg wat er nou zo schokkend aan was dat ik na zoveel jaren nog naar hem zou verlangen.

'Dus,' herhaalde ik, alsof ik het had over de onvoorspelbare kwalen en zorgen van een pietluttige derde en die derde was toevalligerwijs ik.

'Dus daarom kun je niet met mij mee naar huis gaan om iets te drinken?'

'Dus daarom kan ik niet met jou mee naar huis gaan om iets te drinken.'

'Wat een dommerik!'

Ik was dat woord compleet vergeten.

We kwamen bij zijn kantoor aan. Hij stelde me voor aan twee of drie collega's die we daar toevallig tegenkwamen en het verraste me toen ik hem elk aspect van mijn carrière hoorde opsommen in zijn introductie. Hij wist alles, had zich op de hoogte gehouden van de onbelangrijkste details. In sommige gevallen moest hij informatie over me hebben opgegraven die hij alleen van internet kon hebben gehaald. Het raakte me. Ik was ervan uitgegaan dat hij me finaal vergeten was.

'Ik wil je iets laten zien,' zei hij. Op zijn kantoor stond een grote leren bank. Oliverbank, dacht ik. Dus hier zit hij te lezen. Er lagen paperassen op de bank en op de grond. Alleen de hoekzitting, met een albasten lamp erboven, was vrij. Oliverlamp. Ik herinnerde me de papieren op de vloer van zijn kamer in B. 'Herken je het?' vroeg hij. Aan de muur hing de ingelijste ansichtkaart van het heuveltje van Monet.

'Hij was ooit van mij, maar hij is al veel langer van jou dan hij ooit van mij is geweest.' We hoorden bij elkaar, maar we hadden zo ver van elkaar vandaan gewoond dat we nu bij anderen hoorden. Zij die zo lang bij ons waren geweest dat ze aanspraak konden maken op ons hart waren krakers, en niet meer dan dat.

'Er zit een lange geschiedenis achter,' zei ik.

'Weet ik. Toen ik het opnieuw liet inlijsten zag ik wat er op de achterkant stond, daarom kun je nu ook de achterkant van de kaart lezen. Ik heb vaak aan die Maynard gedacht. *Denk op een dag nog eens aan me.*'

'Je voorganger,' zei ik om hem te plagen. 'Nee hoor, niets van dien aard. Aan wie zul jij hem ooit geven?'

'Ik had gehoopt hem op een dag persoonlijk door een van mijn zonen te laten brengen als hij komt voor een verblijf bij jullie. Ik heb er zelfs al iets bijgeschreven – maar dat mag je niet zien. Heb je een hotel?' vroeg hij om van onderwerp te veranderen en trok zijn regenjas aan.

'Ja. Voor één nacht. Ik heb een afspraak met een paar mensen van de universiteit, dan ben ik weer weg.'

Hij keek me aan. Ik wist dat hij aan die nacht in de kerstvakantie dacht, en hij wist dat ik het wist. 'Dus je hebt me vergeven.'

Hij kneep zijn lippen samen in een onuitgesproken verontschuldiging.

'Laten we iets gaan drinken in mijn hotel.'

Ik voelde hoe ongemakkelijk hij zich voelde.

'Ik zei drinken, niet neuken.'

Hij keek me aan en kreeg letterlijk een kleur. Ik bleef naar hem kijken. Hij was nog steeds verbazend knap, geen haarverlies, geen vet, jogde nog steeds elke morgen, zei hij, zijn huid nog even glad als toen. Alleen wat levervlekken op zijn handen. Levervlekken, dacht ik en ik kon de gedachte niet van me afschudden. 'Wat zijn dat?' vroeg ik terwijl ik naar zijn hand wees en hem toen aanraakte. 'Die heb ik overal.' Levervlekken. Ze braken mijn hart en ik wilde ze stuk voor stuk wegkussen. 'Te veel zon in mijn jonge jaren. Zo verbazend is dat trouwens niet. Ik word een dagje ouder. Over drie jaar is mijn zoon zo oud als jij toen – eigenlijk staat hij dichter bij de persoon die je was toen wij bij elkaar waren dan jij bij de Elio die ik toen kende. Over griezelig gesproken.'

Noem je het zo, *toen wij bij elkaar waren?* dacht ik.

In de bar van het oude New Englandhotel vonden we een rustig plaatsje met uitzicht op de rivier en een grote bloementuin die in deze maand helemaal in bloei stond. We bestelden twee martini's – met Sapphire-gin, vermelde hij er speciaal bij – en zaten dicht op elkaar in de hoefijzervormige box, als twee echtgenoten die gedwongen zijn onaangenaam dicht bij elkaar te zitten terwijl hun vrouwen naar het toilet zijn.

'Over nog eens acht jaar ben ik zevenenveertig en jij veertig. En vijf jaar daarna ben ik tweeënvijftig en jij vijfenveertig. Kom je dán bij ons eten?'

'Ja. Dat beloof ik.'

'Dus wat je eigenlijk zegt is dat je alleen komt als je denkt dat je te oud bent om nog iets om me te geven. Als mijn kinderen het huis uit zijn. Of als ik opa ben. Ik zie het al helemaal voor me – en op die avond zullen we bij elkaar gaan zitten en een sterke brandewijn drinken, zoals de grappa die je vader 's avonds soms schonk.'

'En we zullen praten over twee jongemannen die een paar weken lang heel gelukkig waren en die de rest van hun leven wattenstaafjes in die kom van geluk doopten omdat ze bang waren dat het anders opraakte, en die niet méér durfden te drinken dan een vingerhoedje vol op rituele gedenkdagen.' Maar datgene wat er bijna nooit was blijft lokken, wilde ik tegen hem zeggen. Ze kunnen het nooit ongedaan maken, nooit ongeschreven maken, nooit ongeleefd maken of het herleven – het is er gewoon, als een visioen van vuurvliegjes dat tegen de avond boven een zomerweide hangt en zegt: *in plaats van wat je nu hebt, had je dit kunnen hebben.* Teruggaan is bedrieglijk. Vooruitgaan is bedrieglijk. De andere kant op kijken is bedrieglijk. Proberen om alles wat bedrieglijk is goed te maken blijkt net zo bedrieglijk te zijn.

Stilte.

'God, wat waren ze jaloers op ons daar aan die eettafel de eerste avond in Rome,' zei hij. 'En maar naar ons gapen, de jongelui, de oude mensen, mannen, vrouwen – iedereen aan die eettafel zat ons aan te gapen omdat we zoveel geluk hadden.'

'Ze wisten veel en veel meer dan wij tweeën.'

'En op die avond als we oud zijn zullen we het hebben over die twee jongemannen alsof ze twee mensen zijn die we in de trein zijn tegengekomen, volmaakte vreemdelingen die we bewonderen en die we vooruit willen helpen. En we zullen het liever afgunst noemen, want het zou ons hart breken om het spijt te noemen.'

Weer stilte.

'Misschien ben ik nog niet zover dat ik over ze kan praten alsof het vreemden zijn,' zei ik.

'Misschien een schrale troost, maar ik denk dat we geen van beiden ooit zover zullen zijn.'

'Ik vind dat we er nog eentje moeten nemen.'

Hij had al ingestemd voordat hij een zwak argument kon verzinnen waarom hij naar huis zou moeten.

We werkten de inleidende praatjes af. Zijn leven, mijn leven, wat deed hij, wat deed ik, wat is leuk, wat is niet leuk. Waar wilde hij naartoe, waar wilde ik naartoe. We meden onze ouders. Ik nam aan dat hij het wist. Door er niet naar te vragen maakte hij me duidelijk dat dat inderdaad zo was.

Een uur.

'Jouw mooiste moment?' vroeg hij ten slotte.

Ik dacht even na.

'De eerste nacht herinner ik me het best – misschien omdat ik zo onhandig was. Maar ook Rome. Er is een plekje op de via Santa Maria dell'Anima waar ik telkens als ik in Rome ben naartoe ga. Dan kijk ik er even naar en opeens herinner ik me alles weer. Ik had die avond net overgegeven en toen we terugliepen naar de bar kuste jij me. Er kwamen de hele tijd mensen langs maar dat kon me niet schelen, en jou ook niet. Die kus kan ik daar nog steeds terugvinden, godzijdank. Het is het enige dat ik van je heb. Dat en je hemd.'

Hij wist het nog.

'En jij,' vroeg ik, 'wat is jouw moment?'

'Ook in Rome. Samen zingen tot de zon opkwam op het Piazza Navona.'

Dat was ik helemaal vergeten. We hadden die avond helemaal niet alleen een Napolitaans liedje gezongen. Een groep jonge Nederlanders had gitaren tevoorschijn gehaald en zat het ene Beatlesnummer na het andere te zingen, en iedereen bij de grote fontein had meegezongen, wij ook. Zelfs Dante kwam weer opdagen en ook hij zong mee in zijn kromme Engels. 'Was het een serenade voor ons, of verzin ik dat maar?'

Hij keek me stomverbaasd aan.

'Het was een serenade voor jóú – en jij was straalbezopen. Uiteindelijk leende je de gitaar van een van die jongens en begon je *Lascia ch'io pianga* te spelen en toen begon je het godbetert zomaar ineens te zingen. Ze zaten je allemaal aan te gapen. Alle drugsgebruikers van de wereld die als schapen zaten te luisteren naar Händel. Een van die Nederlandse meisjes was helemaal van de kaart. Jij wilde haar meenemen naar het hotel. Zij wilde ook mee. Wat een nacht. Uiteindelijk zaten we op het lege terras van een gesloten caffè achter de piazza, alleen jij en ik en het meisje, en keken naar de zonsopgang, ieder onderuitgezakt op een stoel.' Hij keek me aan. 'Ik ben blij dat je bent gekomen.'

'Ik ben ook blij dat ik ben gekomen.'

'Mag ik je iets vragen?'

Waarom maakte dat me ineens nerveus? 'Ga je gang.'

'Zou je er weer aan beginnen als dat kon?'

Ik keek hem aan. 'Waarom vraag je dat?'

'Daarom. Geef nu maar antwoord.'

'Zou ik er weer aan beginnen als dat kon? Onmiddellijk. Maar ik heb er al twee van deze op en ik ga nu de derde bestellen.'

Hij glimlachte. Het was duidelijk mijn beurt om dezelfde vraag nu aan hem te stellen, maar ik wilde hem niet in verlegenheid brengen. Dit was mijn lievelings-Oliver: de Oliver die precies zo dacht als ik.

'Jou hier te zien is net ontwaken uit een coma van twintig jaar. Je kijkt om je heen en je ontdekt dat je vrouw je heeft verlaten, je kinderen, van wie je de kinderjaren finaal bent misgelopen, zijn volwassen mannen, een paar zijn er getrouwd, je ouders zijn dood, je hebt geen vrienden en dat kleine gezichtje dat je door dikke brillenglazen aanstaart is van niemand minder dan je kleinzoon, die hierheen is gebracht om opa te verwelkomen uit zijn lange slaap. Je gezicht in de spiegel is zo wit als sneeuw. Maar dit is het addertje onder het gras: je bent nog steeds twintig jaar jonger dan degenen die om je heen staan. Dus, aangezien je het bijna vroeg maar nog net niet, ik kan, als in Einsteins theorie, op dit moment, vijftien jaar na dato, in één tel weer vierentwintig zijn – ik ben vierentwintig. En als je de parabel nog een paar jaar verder zou opschuiven, zou ik wakker kunnen worden en jonger zijn dan mijn oudste zoon.'

'Wat zegt dat dan over het leven dat je geleid hebt?'

'Een deel ervan – een deel maar – was een coma – maar ik geef de voorkeur aan de term parallel leven. Dat klinkt beter. Het probleem is dat de meeste mensen meer dan twee parallelle levens leiden.'

Misschien was het de alcohol, misschien was het de waarheid, maar ik vond dat ik het moest zeggen, want dit was het moment om het te zeggen. 'Jij bent de enige persoon van wie ik afscheid zou willen nemen als ik doodga, want alleen dan zal datgene wat ik mijn leven noem ergens op slaan. En mocht ik horen dat jij bent gestorven, dan zal mijn leven zoals ik het ken, de ik die nu tegen je praat, ophouden te bestaan. Wat waarschijnlijk betekent dat ik ergens nog steeds op iets hoop. Soms zie ik het vreselijke beeld voor me dat ik wakker word in ons huis in B. en dat ik, als ik naar de zee kijk, het nieuws hoor van de golven, *hij is vannacht gestorven.* We zijn zoveel misgelopen. Het was een coma. Morgen ga ik terug naar mijn coma en jij naar het jouwe. Neem me niet kwalijk, ik wilde je niet beledigen – ik weet zeker dat dat van jou geen coma is.'

'Nee, een parallel leven.'

Misschien besloot alle verdriet dat ik ooit in mijn leven had gekend opeens met dit ene samen te vallen. Ik moest me ertegen verweren. En als hij het niet zag kwam dat waarschijnlijk doordat hij er zelf ook niet immuun voor was.

In een opwelling vroeg ik hem of hij ooit het boek *The Well-Beloved* van Thomas Hardy had gelezen. Nee, dat had hij niet. Over een man die verliefd wordt op een vrouw die, jaren nadat ze hem heeft verlaten, sterft. Hij bezoekt haar huis en ontmoet daar haar dochter op wie hij verliefd wordt en nadat hij ook haar heeft verloren, ontmoet hij jaren later weer háár dochter, en volgt er weer een liefdesaffaire. 'Sterven deze dingen vanzelf uit of zijn er ook die generaties en hele levens nodig hebben om ze te laten betijen?'

'Ik zou mijn zoon niet in jouw bed willen hebben, net zomin

als ik de jouwe, als je die ooit zou hebben, in het bed van mijn zoon zou willen.'

We grinnikten. 'Ik vraag me trouwens weleens af hoe dat met onze vaders zat.'

Hij dacht een poosje na en lachte toen. Allebei professor aan dezelfde universiteit in dezelfde jaren. 'Zou best kunnen,' zei hij.

'Wat ik niet wil is dat ik een brief krijg van je zoon met het slechte nieuws: *en overigens, bijgesloten vindt u een ingelijste ansichtkaart die ik op verzoek van mijn vader aan u terugstuur.* En ik wil al evenmin iets antwoorden in de trant van: *je mag komen wanneer je maar wilt, ik weet zeker dat hij zou hebben gewild dat je zijn kamer krijgt.* Beloof me dat dat niet gebeurt.'

'Beloofd.'

'Wat heb je op de achterkant van de kaart geschreven?'

'Dat moest een verrassing zijn.'

'Ik ben te oud voor verrassingen. Bovendien hebben verrassingen altijd een scherp kantje dat kwetsend bedoeld is. Ik wil niet gekwetst worden – niet door jou. Vertel.'

'Twee woorden maar.'

'Laat me raden: *Zo niet later, wanneer dan?*'

'Twee woorden zei ik. Bovendien zou dat wreed zijn.'

Ik dacht even na.

'Ik geef het op.'

'*Cor cordium*, hart van mijn hart, ik heb nog nooit van mijn leven iets tegen iemand gezegd wat meer waar was.'

Ik staarde hem aan.

Het was maar goed dat we in een openbare gelegenheid waren.

'We moesten maar eens gaan.' Hij reikte naar zijn regenjas die opgevouwen naast hem op de bank lag en maakte aanstalten om op te staan.

Ik zou met hem naar buiten lopen door de hotellobby en dan gaan staan kijken hoe hij wegging. Nog even en we zouden afscheid nemen. Het drong opeens in alle hevigheid tot me door dat een deel van mijn leven nu van me afgenomen zou worden en nooit meer terug zou komen.

'Als ik nou eens met je naar de auto liep,' zei ik.

'Als je nou eens bij ons kwam eten.'

'Als ik dat nou eens deed.'

Buiten werd het nu snel donker. Ik hield van de vredigheid en de stilte van het platteland met zijn vervagende rossige gloed en verdonkerende uitzicht op de rivier. Oliverland, dacht ik. De vlekkerige lichtjes aan de andere oever schenen op het water en deden me denken aan Van Goghs *Sterrennacht over de Rhône*. Erg herfstachtig, erg begin van het schooljaar, erg Indian summer, en als altijd in de schemering van dit seizoen, die talmende mengeling van onafgemaakte zomerse gelukzaligheid en onafgemaakt huiswerk en altijd de illusie van zomermaanden die voor je liggen, die verdwijnt zodra de zon is ondergegaan.

Ik probeerde me zijn gelukkige gezin voor te stellen, jongens die verdiept waren in hun huiswerk, of die naar binnen kwamen sjokken na een late training, nors, humeurig, stampend met modderige laarzen, elk cliché denderde door mijn hoofd. *Bij deze man heb ik in huis gewoond toen ik in Italië was*, zou hij zeggen, gevolgd door een knorrige onverstaanbare begroeting van twee adolescenten die geen boodschap hadden aan de man uit Italië of het huis in Italië, maar die een rolberoerte zouden krijgen als hun verteld werd *o, en trouwens, deze man die toen ongeveer zo oud was als jullie nu en die de ochtenden meestal doorbracht met het transcriberen van* De zeven laatste woorden van Christus *sloop 's nachts altijd stiekem mijn kamer binnen en dan neukten we de sterren van de hemel. Dus geef hem een hand en gedraag je.*

Toen dacht ik aan de terugrit, laat in de avond, langs de sterrenverlichte rivier naar dit gammele antieke New Englandhotel langs een oever waarvan ik hoopte dat die ons allebei zou herinneren aan de baai van B., en aan de sterrennachten van Van Gogh, aan de nacht dat ik naar hem toe was gegaan op de rotsen en hem in de nek had gekust en aan de laatste nacht toen we samen over de kustweg hadden gelopen en hadden gevoeld dat nu ook de allerlaatste wonderen waarmee het afscheid kon worden uitgesteld waren uitgeput. Ik stelde me voor dat ik in zijn auto zat en me afvroeg: wie weet, zou ik het willen, zou hij het willen, wellicht dat een afzakkertje in de bar de beslissing zou brengen, wetend dat hij en ik ons tijdens het eten die avond voortdurend zorgen hadden zitten maken over exact hetzelfde, hopend dat het zou gebeuren, biddend dat het niet zou gebeuren, wellicht dat een afzakkertje in de bar de beslissing zou brengen – ik kon het van zijn gezicht aflezen terwijl ik me voorstelde dat hij wegkeek terwijl hij een fles wijn ontkurkte of een ander muziekje opzette, omdat ook hij de gedachte die door mijn hoofd denderde zou oppikken en zou willen dat ik wist dat hij precies hetzelfde aan het afwegen was, want, terwijl hij de wijn inschonk voor zijn vrouw, voor mij, voor zichzelf, zou het ons allebei eindelijk duidelijk worden dat hij meer mij was dan ikzelf ooit was geweest, omdat, toen hij al die jaren geleden in bed mij werd en ik hem, hij mijn broer was, mijn vriend, mijn vader, mijn zoon, mijn echtgenoot, mijn minnaar, mijzelf, en dat altijd zou blijven, lang nadat elke tweesprong in de weg van het leven zijn werk had gedaan. In de weken dat we die zomer bij elkaar waren gebracht, hadden onze levens nauwelijks raakvlakken gehad, maar we waren naar de andere oever gegaan, waar de tijd stilstaat en de hemel omlaag reikt naar de aarde en ons dat rantsoen geeft dat ons bij onze geboorte van godswege geschonken wordt. We wilden het niet zien. We spraken over alles behalve dat. Maar we hebben het altijd geweten en door nu niets te zeggen werd het eens temeer bevestigd. Wij hadden de sterren gevonden, jij en ik. En dat wordt je slechts één keer gegeven.

Afgelopen zomer kwam hij dan toch eindelijk terug. Het was maar voor één nachtje, als tussenstop tussen Rome en Menton. Hij arriveerde in een taxi aan het eind van de met bomen gezoomde oprijlaan, waar de auto zo ongeveer op dezelfde plaats stopte als waar hij twintig jaar eerder was gestopt. Hij sprong eruit met zijn laptop, een enorme sporttas en een grote doos in cadeaupapier, kennelijk een geschenk. 'Voor je moeder,' zei hij toen hij zag dat ik ernaar keek. 'Je kunt haar maar beter vertellen wat erin zit,' zei ik zodra ik hem zijn spullen in de hal had helpen zetten, 'want ze vertrouwt geen mens.' Hij begreep het. Het maakte hem verdrietig.

'Oude kamer?' vroeg ik.

'Oude kamer,' bevestigde hij, ook al hadden we alles vooraf al via e-mail geregeld.

'Goed, dan krijg jij je oude kamer.'

Ik stond niet te trappelen om met hem naar boven te gaan en was opgelucht toen Manfredi en Mafalda, die de taxi hadden gehoord, uit de keuken kwamen sloffen om hem te begroeten. Hun impulsieve omhelzingen en kussen leidden even de aandacht af van het ongemakkelijke gevoel dat ik vast en zeker zou krijgen zodra hij zich hier weer thuis voelde. Ik wilde dat hun opgewonden verwelkoming nog zeker het eerste uur van zijn verblijf zou voortduren. Alles om te voorkomen dat we tegenover elkaar aan de koffie zaten en eindelijk de onvermijdelijke twee woorden moesten zeggen: twintig jaar.

In plaats daarvan zouden we zijn spullen in de hal laten staan en hopen dat Manfredi ze naar boven zou brengen, terwijl Oliver en ik een kleine wandeling rond het huis maakten. 'Ik weet zeker dat je het dolgraag wilt zien,' zou ik zeggen en ik bedoelde de tuin, de balustrade en het uitzicht op zee. We zouden achter het zwembad om lopen, terug naar de woonkamer waar de oude piano naast de tuindeur stond en vanwaar we ten slotte zouden terugkeren naar de hal en inderdaad ontdekken dat zijn spullen al naar boven waren gedragen. Een deel van mij wilde dat hij zich realiseerde dat er niets was veranderd sinds hij hier voor het laatst was geweest, dat de *binnenzoom van het paradijs* er nog steeds was, en dat het scheefhangende hekje naar het strand nog steeds piepte, dat de wereld nog precies zo was als hij haar had achtergelaten, afgezien van Vimini, Anchise, en mijn vader. Dat was het welkomstgebaar dat ik wilde maken. Maar een ander deel van mij wilde dat hij aanvoelde dat het geen zin had om nu nog te proberen dingen in te halen – we hadden gereisd en we hadden te veel meegemaakt zonder elkaar om nog werkelijk iets gemeenschappelijks te hebben. Misschien wilde ik dat hij de pijn voelde van verlies en verdriet. Maar uiteindelijk en misschien was het een soort compromis, besloot ik dat het het eenvoudigst zou zijn om hem te laten zien dat ik niets had vergeten. Ik stelde voor om met hem naar het lege stuk land te gaan dat er nog steeds even verschroeid en braak bij lag als toen ik het hem twee decennia eerder had laten zien. Ik had het nog maar nauwelijks aangeboden of hij antwoordde: 'Al geweest, al gedaan.' Het was zijn manier om mij te vertellen dat ook hij het niet had vergeten. 'Misschien wil je liever even snel naar de bank gaan.' Hij barstte in lachen uit. 'Ik durf te wedden dat ze mijn rekening nooit gesloten hebben.' 'Als we er tijd voor hebben en als je dat graag wilt, ga ik met je naar de klokkentoren. Ik weet dat je nooit bovenin bent geweest.'

'Daar-doe-je-'n-moord-voor?'

Ik lachte terug. Hij herinnerde zich onze naam ervoor.

Terwijl we een rondje over de patio liepen en uitkeken over de enorme blauwe uitgestrektheid voor ons, bleef ik staan en keek toe hoe hij op de balustrade leunde en uitkeek over de baai.

Onder ons was zijn rots, waar hij 's avonds zat, waar hij en Vimini hele middagen samen hadden zoekgebracht.

'Ze zou nu dertig zijn geweest,' zei hij.

'Weet ik.'

'Ze heeft me elke dag geschreven. Elke dag weer.'

Hij stond naar hun plekje te staren. Ik herinnerde me hoe ze hand in hand de trap af waren gehold, helemaal naar het strand.

'Toen op een dag hield ze op met schrijven. En ik wist het. Ik wist het gewoon. Weet je, ik heb al haar brieven bewaard.'

Ik keek hem weemoedig aan.

'Die van jou ook,' voegde hij er onmiddellijk aan toe, om me, wat vagelijk, gerust te stellen, omdat hij niet wist of dit iets was wat ik wilde horen.

Het was mijn beurt. 'Ik heb die van jou ook nog. En nog iets anders. Misschien laat ik het je nog zien. Later.'

Herinnerde hij zich Fladder niet of was hij te bescheiden, te voorzichtig om te laten zien dat hij precies wist waar ik het over had? Hij keerde zijn blik weer naar de zee.

Hij was op de juiste dag gekomen. Geen wolkje aan de hemel, geen rimpeltje in het water, geen vleugje wind. 'Ik was vergeten hoeveel ik van deze plek houd. Maar dit is precies zoals ik het me herinner. Rond het middaguur is het paradijselijk.'

Ik liet hem praten. Het was goed om zijn blik over de zee te zien gaan. Misschien wilde ook hij een rechtstreekse confrontatie vermijden.

'En Anchise?' vroeg hij ten slotte.

'Die is overleden aan kanker, de arme ziel. Ik dacht altijd dat hij zo oud was. Hij was nog geen vijftig.'

'Hij vond het hier ook heerlijk – met zijn enten en zijn boomgaard.'

'Hij is gestorven in de slaapkamer van mijn grootvader.'

Weer stilte. Ik had willen zeggen: mijn oude kamer, maar ik bedacht me.

'Vind je het fijn om terug te zijn?'

Hij doorzag mijn vraag voordat ik het deed.

'Vind *jíj* het fijn dat ik terug ben?' kaatste hij terug.

Ik keek hem aan en voelde me totaal ontwapend, maar niet bedreigd. Net als mensen die makkelijk blozen maar zich daar niet voor schamen, wist ik wel beter dan dat gevoel te onderdrukken en liet ik me erdoor leiden.

'Dat weet je best. Fijner dan ik het zou moeten vinden, misschien.'

'Ik ook.'

Dat zei alles.

'Kom, dan laat ik je zien waar we een deel van de as van mijn vader hebben begraven.'

We liepen de tuin in waar vroeger de oude ontbijttafel stond. 'Dit was het plekje van mijn vader. Ik noem het zijn geestplek. Mijn plekje was daarginds, weet je nog?' Ik wees naar waar mijn oude tafel vroeger stond bij het zwembad.

'Had ik ook een plekje?' vroeg hij met een halve grijns.

'Jij zult altijd een plekje hebben.'

Ik wilde tegen hem zeggen dat het zwembad, de tuin, het huis, de tennisbaan, het hele landgoed, zelfs de zee, van hem waren en altijd van hem zouden blijven. In plaats daarvan wees ik naar boven, naar de balkondeuren van zijn kamer. Jouw ogen zijn daar voor altijd, wilde ik zeggen, gevangen in de vitrage, naar buiten starend vanuit mijn slaapkamer daarboven waar tegenwoordig niemand meer slaapt. Als er een briesje staat en ze bollen op en ik kijk van hierbeneden naar boven, of ik sta buiten op het balkon, betrap ik me erop dat ik denk dat jij daarbinnen bent en vanuit jouw wereld naar mijn wereld kijkt, en zegt, zoals je deed op die avond toen ik je op die rots vond: weet je, ik ben hier gelukkig geweest. Je bent duizenden kilometers ver weg maar ik hoef maar naar dat raam te kijken of ik denk aan een zwembroek, een hemd dat je in het voorbijgaan snel aantrekt, en opeens ben je er, met je armen op de leuning en steek je je eerste sigaret op van de dag – twintig jaar geleden vandaag. Zo lang als het huis staat zal dit jouw geestplek zijn – en de mijne ook, wilde ik zeggen.

We bleven een paar seconden staan op de plek waar mijn vader en ik ooit over Oliver hadden gepraat. Nu stonden hij en ik over mijn vader te praten. Morgen zal ik aan dit moment terugdenken en de geesten van hun afwezigheid laten rondslenteren in het grijze uur van de dag.

'Ik weet dat hij zou hebben gewild dat er zoiets als dit zou gebeuren, vooral op zo'n schitterende zomerdag.'

'Zeker weten. Waar hebben jullie de rest van zijn as begraven?' vroeg hij.

'O, overal. In de Hudson, de Egeïsche Zee, De Dode Zee. Maar hier kom ik naartoe om bij hem te zijn.'

Hij zei niets. Er viel niets te zeggen.

'Kom, we gaan naar de San Giacomo voordat je je bedenkt,' zei ik ten slotte. 'Dat redden we nog wel voor de lunch. Weet je de weg nog?'

'Ik weet de weg nog.'

'Je weet de weg nog,' echode ik.

Hij keek naar me en glimlachte. Dat vrolijkte me op. Misschien omdat ik wist dat hij de spot met me dreef.

Twintig jaar was gisteren en gisteren was gewoon vanmorgen en morgen leek lichtjaren verwijderd.

'Ik ben net als jij,' zei hij. 'Ik herinner me alles.'

Ik bleef even staan. Als jij je alles herinnert, wilde ik zeggen, en als je echt net zo bent als ik, draai je dan, voordat je morgen vertrekt, of net als je op het punt staat om het portier van de taxi dicht te trekken en al van iedereen afscheid hebt genomen en er absoluut niets meer te zeggen valt, naar mij toe, alleen deze ene keer, en kijk me aan, net als toen, houd mijn blik vast en, al is het maar voor de grap of als iets wat op het laatste moment nog bij je opkomt, wat toen we nog samen waren alles voor me zou hebben betekend, en noem me bij jouw naam.